人 生 独 语

—— 关于存在、生存和生活的心灵手记

王增恂 著

重庆大学出版社

我的心愿

我似乎一生都在寻求生存的理由，我似乎一生都将找寻原因。

我似乎一生都充满着生活的困惑，我似乎一生都将找寻慰藉。

我似乎一生都饱含着追求的渴望，我似乎一生都将找寻家园。

我似乎一生都在追问无数的问题，我似乎一生都将找寻答案。

尽管每一个人的境遇不同、生活现状不同、对未来的憧憬不同，但人生中都会充满无数的疑问，也总在寻求无数的答案，而一切问题的归结或许都是与人生相关的问题。人们不禁要问：造成我们今天生存与生活状况的原因是什么？我们为什么会像今天这样生活？我们的明天又将会怎样？我们每个人是否都应该而且能够拥有自我的价值和幸福？我也不断地追问自己，不断地寻求着我之所以如此存在并生活的理由！

虽然每个人无法选择自己出生的时间和地点，但可以选择自己生存的方式、塑造自己生活的状态、追求自己人生的理想。因而，人类始终离不开自我个体的思索、关怀及类的观照，因其对人自身的注重和研究，尤自文艺复兴以来，从未间断过。但"人学"的研究常常是以专科专学的形式出现，如同从伦理学角度出发的"伦理学的人学"、从经济学角度出发的"经济学的人学"、从哲学角度出发的"哲学的人学"、从文化角度出发的"文化的人学"、从宗教角度出发的"宗教的人学"、从心理学角度出发的"心理学的人学"、从社会学角度出发的"社会的人学"，凡此种种，为人类认识自身、研究自身，在现实社会生活中把握和发展自身，均提供了很好的研究视角和认识指引。但我深感专科专学研究的局限和艰深，深感每一种专学所倡导的某种固定模式化的生存定位的偏颇，也感到其与生活现实和生活大众疏离的尴尬，更感受到大众因忙碌于生存、奔波于生活而失去心中长久幸福与快乐的躁动、艰辛和痛苦。于是，我想把自己在生存和生活中的所感所思，由心灵流淌出来，融化自己已有的知识，将其整理成一本人生独语的心灵手记。

我希望我的人生独语是记载自己真实心灵的日记，我希望我的心灵手记能在前人种种专科专学的基础上，吸纳方家的智慧和观点，由自己所经历的有限的人生出发，用自己的语言，结合自己的所思所感，表达出认识自身、思考自身的脉络；更希望自己关于人生的思考对他人有所启发和帮助，使生活中愿意或正在进行人生思索的人，能更好地根据自己天赋的个体特点，在社会生活中较好地选择自我的生存定位，明确人生的方向，生活得自如自适，不断向更高的人生目标和理想迈进，力争实现符合自身特点的人生价值，不辜负上苍的赐予。

基于此，我的心愿是：希望我人生的心灵手记体现出真实、真诚和真情、真思，并以此慰藉我心，也带给我的同类以安慰和自适。我相信我们都是生活中独特的"这一个"，生活不可能使每一生命个体都按某种固定模式来生存，也不可能成为某种固定形象的翻版，就如同这世界的山水一样，属性相同，但形态有别、蕴含有异；也如同这世界的草木一样，灵性相同，但姿态有异、强弱有别。但她们有一点却是共通的，她们都按自己的本性，顽强地生存在这个世界上，装点着这个世界，生活得丰富多彩并体现出自身的价值！而生存和生活在同一个世界的每一个生命个体，也当如此！

——我这样思考，我这样希求，我这样企盼，我这样祈祷，我这样祝福！

目 录

第**2**篇

我究竟是怎样活着的人——生活状况的认识　071

（自我——本我——主我——次我——客我——他我——非我——实我——忘我）

下部　关于人的实然性的现实探索

第3篇

我究竟应该怎样活着

人——生活需要的认识　165

（自然——经济——情感——心理——伦理——

认识——价值——信仰——回归——超越）

第4篇

结语
人生的定位与现实的选择　361

（生存的理由——人生的定位——现实的选择——理想的召唤）

序　篇

　　作为生命的个体，我充满着大海一般丰富的感情，充满着高山一样深沉的思考，充满着白云一样变幻的遐想，充满着小溪一样执着的追求。

　　作为人类的一员，我想，生活中的每个人都有自己的愿望和理想，都应该生活得尽其所能，生活得自足、自满、自适而又幸福，并且拥有自我的价值。

　　因此，面对生活，我常思考的一个问题是怎样才能生活得更好，生活得无忧无虑、温馨美满。面对未来，我常焦虑的一个问题是怎样才能生活得永恒，生活得充满意义、富有价值。

　　然而，我感到心中有太多的迷茫，我感到自身有太多的困惑，现实社会生活中存在的我似乎并不是心灵中的我，我外在的真实并不完全等同于我内心的真实，生活、社会和未来在我的心灵中、在我的情感中、在我的思绪中，又是那样密不可分，就像我的生存不能没有阳光、水和空气一样。我思考生活的时候，尽管是如此倾情于自我，但社会和未来总掺和在其中，使我不能孤立地沉浸于生活；我思考社会的时候，尽管是那么执着于社会，但生活和未来总渗入其中，使我不能单一地专注于社会；我思考未来的时候，尽管是那样地热忱于未来，但生活和现实总让我回头，使我不能只憧憬着未来，还应回望着古朴的自然。

生活就这样在我的心迹中划出一圈又一圈的年轮，成为我心灵的音响，发出现实的奏鸣，就像平静湖面的涟漪……

于是，我感到生活充满了焦虑，社会充满了约束，未来充满了茫然。我感到人生就像一次痛苦的旅程，尽管这痛苦的旅程中也有欢愉。

于是，我成为一个对美好生活充满希冀与执着的痛苦的人，成为一个向往阳光的悲观主义者，我的思考和理想使我感到困惑、迷茫和痛苦。

我想超然于现实而生活，世俗的羁绊又实在太多；我想深入在现实中生活，心灵的情感又总在呼唤。"阳春白雪"和"下里巴人"常常在我心中同时奏响，世俗的诱惑和心灵的召唤常常在我灵魂中痛苦搏斗。我举目茫然，无所适从。我所向往的一切，在我的内心世界里，就像不平静的海面上那些破碎的阳光……

于是，我开始思考人生那千古永恒的主题：人！为什么会这样活着？究竟是怎样活着的？应该为什么而活着？于是，我开始思索人生无穷的困惑：人！为什么会贫困和富有？为什么会自足和失落？人！为什么会欢乐和忧伤？为什么会幸福和痛苦？人！为什么会激情与颓废？为什么会感恩与怨恨？人！为什么会既生活在白日喧嚣的现实中，又憧憬着夜晚深邈的遐想？人！为什么会有无数的为什么？

我仰望苍天，时而白云悠悠，时而阴霾密布；时而阳光普照，时而电闪雷鸣。我俯视大地，时而生机盎然，时而肃杀凄凉；时而欢声笑语，时而沉寂无声。这一切似乎是在昭示我：天地如此，何况人生！

但我始终不甘心这样不明不白、糊里糊涂地活着，哪怕情感和理智的矛盾折磨着我，哪怕现实和理想的矛盾困扰着我；哪怕丰富的情感和贫乏的认知难以圆满，哪怕缥缈的感性和沉寂的理性难以趋同；我都将不懈地追问自己：我为什么会这样活着？我究竟是怎样活着的？我应该为什么而活着？我希望能解答自己的疑问，我希望我能生活得清清楚楚、明明白白。

如此，我不得不开始自己思考和认知的历程，为了让这疲惫而有意义的旅程走得坚实，我得留下自己跋涉的足迹，哪怕这足迹歪歪斜斜、深浅不一！

像所有的跋涉者一样，在启程的时候，我为自己的行程定下这样的线路：

我为什么会这样活着？试图追寻：人——自身存在的足迹；

我究竟是怎样活着的？试图发现：人——生活状况的认知；

我究竟应该怎样活着？试图知晓：人——生活需要的秘密；

我应该为什么而活着？试图探究：人——理想信仰的意义。

在"我为什么会这样活着？我究竟是怎样活着的？"这两个问题中，我希望能从人的自然属性存在开始，在我作为本真的正常人前提下，对我所本应该具有的主要自然属性和社会属性进行思考，试图明白我在自然天性的指引下，在现实社会生活中应该具有的一些基本的表象特征，如我的降生、我的生存、我的生活、我的情感、我的人格，以及我所具有的一些社会角色形象等。于是，我将这两个问题作为我"心灵手记"的上部，并以"关于人的应然性的理性思考"为题，以期对我的自然天性进行一次理性认知的回溯。

在"我究竟应该怎样活着？我应该为什么而活着？"这两个问题中，我希望能从我作为一个人的社会文化生活开始，在我作为一个正常的社会人的前提下，对我所可能的生存定位、生活状况、社会角色选择进行思索，试图明白我在社会文化意义的引导下，在现实社会生活中所可能具有的种种表象及其选择特征，如我是怎样根据自身的生存定位进行社会角色的选择、转换和组合的，我应该在现实社会生活中进行怎样的选择和定位等。于是，我将这两个问题作为我"心灵手记"的下部，并命题为"关于人的实然性的现实探索"，以期对我的社会属性给予一个现实思考的指引。

像所有探险者一样，我为自己的征途准备好笔记本，开始喃喃自语，并记下自己人生旅途的心灵手记——既为自我生存与生活寻求某种理由，也对自我生存与生活探索一些要义，更希望能借此使自己生活得明白、平和、自适、充实，使自己的生活充满信心、饱含价值、富有意义。

我希望我的手记既属于自己，也属于自己的同类，属于我们活着的每一个人。

因此，如果生活中的普通人读了这本手记，能和我有一样的感受，并认同笔录中的"我"也是生活中的"他（她）"的话，我将为自己心灵的旅程深感欣慰。

倘能如此，我将感到无比的慰藉。

　　在现实生活中，我常常对自身的存在方式和生活现状感到困惑和迷茫，常常会自我追问"我为什么会这样活着？""我究竟是怎样活着的？"这样一些看似难以回答的问题。

　　为此，我希望以理性的视角，尝试着理清人诞生后，从自然生存到社会生活的社会演变过程；思考人在从自然到社会的发展过程中，自身本该具备的客观的存在状态和生活状况，以期从中知晓我们从自然诞生到生存、生活的演变发展过程，力图展现出人在理论逻辑上所应该具备的生存状态和生活状况，以便从理性上厘清自我原初应该具备的生活面貌，对照和思考我们自身今天的现实生活。

PART

我为什么会这样活着

人——自身存在的认识

动物存在状态的人 —— 自然生存状态的人 —— 社会生活状况的人

在我心中，我常苦恼自身的矛盾状态，我想保持天性而生活，但社会似乎并不允许；我想与现实随波逐流，但内心似乎又不答应；即使我按天性而活着，似乎天性又不一定充满着真善与完满，于是我想明白自己为什么会这样痛苦而矛盾地活着，想清楚自身生命自然基因、心灵情愫和社会情感的起源。我想到了自身原初的"动物性"存在状态，以及随后而生的"自然人"生存状态，也想到了后来的"集体人"及"社会人"状况，试图对自身存在状态有一个较为清醒的认识，以求解开"我为什么这样活着"这个问题。

年少不知愁滋味，那是一种天真无邪、无忧无畏的快乐；稍长乐在求知中，那是一种不懈追求、充实奋进追求的快乐，只是那些天真无邪的幸福时光转瞬即逝，来不及回味、来不及思虑，难以紧紧攥住、难以延及后来的日子，只能留在心灵的记忆中。随着年龄的不断增长，生存空间的拓展，知识的不断积累，生活阅历的增加，内心感受的丰富，理性思考的增强，理想的不断召唤，困惑也不断增多，我似乎丢掉了原初的自我，我的生活似乎愈加陷入了一种寻找自我的迷茫之中，处于一种难以自拔的困惑境地。

尽管我生活在一个风和日丽与雷鸣电闪交替、资源匮乏与消耗无度并生的世界，尽管我生活在一个贫穷与富有同在、发达与落后共生、战争与和平并存的矛盾的社会，尽管我生活在一种理性与感性相矛盾、理想与现实相抵牾、理智与情感相冲突、努力与失败相抗争的令自己困惑的状态中，但我至今仍然这样或顽强或怯懦、或坚定或彷徨、或自信或惶恐、或自足或不满、或充实或空虚地活着。因此，面对当今世界生态环境恶化、生存竞争激烈、物质精神冲突、传统伦理道德滑坡、医学伦理困惑、家庭关系松弛、科技存在负面影响、全球化引发的文化冲突加剧、农业地位急剧下降等现实，我一直在思考着这样一个问题：我为什么会面对这样的自然、社会和世界？我为什么会这样存在着、生活着？

我最容易想到与我有着血亲关系的生我养我的父母、我的兄弟姐妹、我的妻子女儿，这些构成我生活情感主要内容并与我相互依赖的亲人；我也容易想到令我尊敬的师长、令我感到友善的亲友，这些构成我社会情感主要依托的师友；我也常想起使我心醉的自然，使我生存的大地，令我遐想的天空，让我心仪的大海，这些唤醒我天性情感的内容。而无论是对亲情、友情或自然的眷念和思考……都希望能为今天的生活寻找一些答案——为什么生活在不同时代的人们，竟会在身体和精神的存在状态上、在物质需求和在精神向往上如此本质地与我们今天的人们一样地活着呢？于是，我的思绪飘荡得更深更远。我想到了生养我的父母，以及我父母的父母……想到了我生存的人类社会，想到了形成这个社会的自然，想到了人类社会与自然世界的关系……我当然不会在此去深究自然世界和人类社会的起源，以免又陷入另一种困惑，但我思考这些问题的时候，又不能不虑及我之所以为我的本源，似乎只有这样，我才能发现不同自然环境及其相应的社会环境中，我以及"我"之前的"我"……乃至更为遥远的"我"的一个生存与生活的发展轨迹，也才能明白我为什么会像今天这样活着！

　　我想，正如我所赖以生存的这个地球一样，在人类社会诞生后，既然可以分为自然和社会两个暂时分割的组成部分，那么，生存于地球上的我除了与生俱来的动物属性以外，还应该有着自然和社会的烙印，我的生存与生活至少也就应该包含着自然和社会这两种属性，正是自然与社会的共存才产生了人类"生活"这个词语及其丰富的内涵。因此，在我思考"我为什么这样活着"的时候，我必须强忍将自身分割的痛苦，把自身解剖为动物性的我、自然性的我和社会性的我这三个组成部分来进行分析，同时也将我置身的环境划分为纯粹的自然、自然的社会和文明的社会三个层面进行思考，以便能较为清晰地认识自身——尽管在我的身心深处，动物性、自然性和社会性三者之间是如此难以分割，尽管我的生存与生活也难以分割动物性、自然性与社会性共生的我。

01

我诞生于自然

—— 动物存在状态的人

　　我来自自然，我本身只有自然的抑或动物的属性，在我诞生之初并不具备善与恶的文化伦理概念，自然只给了我唯一的天性和意志，那就是存在！一种与自然一体的存在！存在是我作为一种生命体的客观实在，表明我作为一种完整的生命体所持续占据的一定的时间和空间的一种客观状态。为了这种存在，我会努力学习生存的技能，无所畏惧，也会没有荣辱！这时的我，追求的目标就是生存，所谓生存的唯一的特征便是"存在"！这或许就是我在以后社会中生存、生活，并作为"社会人"的恶的基因。这时的我，是纯粹以自然天性为主导的动物性存在的我。

　　我一直觉得，在我们生存、生活的世界充满着无数难以解开的谜团，特别是包含着我自身在内的关于万事万物的最初起源与最终归宿问题，更让我百思不得其解，尽管关于自然的产生有宇宙大爆炸的推论，关于人的诞生有从猿到人的进化论观点，但对万事万物起源的思考和研究，似乎还处于一种在现有理论和知识基础之上的猜想中，仍然让人充满疑虑和困惑。当我开始自身的心灵絮语、进行自身思考的时候，对自身生命的起源似乎是一个难以回避的问题，因为我得想象自己原初的降生和早期的生存，思考经常所说的人的自然天性是什么？人后天所形成的人性又是什么？自然的天性与后天的人性又具有什么样的区别和关联？而且与之相应的，天性的生存与人性的生活又有什么样的关联与异同？这些对人自身的丰富、发展、变化，以及自身的种种矛盾混杂，究竟产生了什么样的作用？究竟带给了我们今天的社会生活什么样的影响？凡此种种，还真是难以回避！如此，思者在前，智者在后，我不敢僭越，只能寻着自己的心迹，撷取先贤的智慧，尽己所能，凭借执着与真诚，从我生命的存在之始开始追寻。

一、我原初的降生

呱呱坠地的我啼哭着来到人世，啼哭声似乎是向自然和社会发出的报到通知，似乎是一种人世磨难的昭示，也似乎是开启一生奋斗誓言的呐喊，我的降生似乎清晰明了。但是，我对降生却有着更为遥远的遐思……

我思考着我来自何方？这自然不能仅囿于父母与我的生养和教导关系，因为在我降临于这个世界之前，我生命的基因与胚体本源就已经存在，在我承续的家族基因之前，肯定还有家族的家族基因存在，而作为无数人类的家族基因，是否又都同宗同源呢？如果有某种人类共同的生命之源，又来自何方并为什么会存在呢？我不是天体物理学者，也不是遗传生物学家，我只是一个随心漫步的追寻者，我不能也不敢触及更多的自然科学理论。我思考这些的时候，只是因为我的躯体本身是我心的载体和归依，我只能跟随自身的心迹，从自身具有的原始自然属性或者复杂的人性来思考。

我相信我源于自然，属于自然，所以我的物质躯体、我的思想情感中才有如此多的自然属性，也才与自然有如此多的依存关系，才能免费拥有人生须臾也不能离开的最宝贵的阳光和空气，才会在今天的生活中始终倾情于原始的自然和古朴的人文，寄情于山、移情于水，在山水中发现契合天性节律的快乐，在山水中发掘社会文化仁与智的蕴含。我想不管人们推测今天的人类已是地球这颗星球上的第多少代生命，但全少我们人类之初就是自然的一个组成部分，是从自然状态中演化脱生而来并生存至今的，就如同地球上的一切生灵一样，人类也是自然造物的杰作，我的存在和自然的存在融为一体，我在最早的自然中同其他的生灵并没有什么区别。

　　如同过去和现在的哲人们一样，我也始终在思考自身与自然的关系，但我对自然生命体诞生的途径和方式、甚至我们人类赖以生存的自然，以及装点并孕育自然的浩瀚星空的产生和演变，似乎都还难以清晰明了。尽管我从啼哭降生开始便生活在一个自然与社会相互依存的世界，但我的思绪仍然飘向那古朴莽莽的原始自然时代。作为一种生物类，我从生命诞生之初，如同我的生物体是一种自然物的存在一样，我的一切都有无数自然本能之状况与表现，我的生命体是一种自然物的存在，我同其他的"我"一样，有着共同的生命体"存在"特征，有着共同的生命体"情绪"及"精神"的自然本能——降生时的啼哭、生存中的物欲、接受长辈的示范、求生技能的学习、与自然的抗争、感官上的快适、精神上的希冀，这一切的一切都表明了我无论在物质的生命特征之初，还是在情绪与精神的天性之始，都是赤裸裸的自然之物，也都明明白白地昭示——我本诞生于自然。自然赋予了我动物存在的天性，造就了我动物求生的本能，外化出我本能满足后的情绪特征，铸就了我生存的顽强本性与执着精神，编织起了我与自然间从此难以割舍的关系，也在我生存本性中埋下了恶的种子，即从诞生那天起，生存就是我首要的任务，为了生存，似乎什么行为都可能发生，除了生存的困惑和痛苦外，在动物性生存状态的我似乎无忧无虑。

　　然而，在对自然依存与眷念的同时，我在心里对大自然又有一种矛盾的感情。人诞生于自然而依存于自然，为生存而撷取自然的养分与果实；同时又与自然抗争搏击，甚至挤榨自然、掠夺自然；但又时常因自然资源不济而困于自然，甚至死于自然，最终还要复归于自然。大自然是人存在之源，也是人按自己意志征服的王国，还是人最终的归宿；大自然像用原生物链构筑的牢笼，既圈养着生命的个体，提供着阳光、空气、水，以及丰富的自然植物和动物资源；又绞杀个体的生命，时而电闪雷鸣、风雪火山；甚至还关押着生命的灵魂，使生命在向社会文明进化中时时被原始自然的天性所羁绊，既违反着人的精神，又似乎造就了人的精神本身，成为人生死难离的处所。自然与人类的关系时而像是盟友、时而像是敌人，仿佛是涌出生命的黑暗混沌，仿佛是生命本身，仿佛是生命进程的遥远之所。我降生时与大自然形成的这种相互依存与相互斗争的关系，以及时常相互毁灭与相得益彰的矛盾，既铸就了我难以泯灭的原始本能的自然天性，也影响着我不断丰富发展的个性与人性，更直接影响到我后来的生存和生活。

二、我早期的生存

我想，从我和其他的生灵一起并生于同一颗星球开始，其实我就是自然的一员，自然就是我生命的源泉。或许早期的自然生命族类之中本无动物与植物的区别，都是有生命的真实存在，都有其自身生命体的规律与始终，都有其自身丰富的情感与思维，只是我们不懂得植物的思考、情感和语言，也来不及或未曾想到去体察植物的心灵世界，似乎自感有着比其他生灵更为勤奋的劳作、具有比其他生灵更为发达而聪慧的大脑，所以才以"我"为中心，狠心地切分出了动物与植物两大类别，并且自认为作为动物存在状态的我，生存与生活圈比其他的生灵更为广阔而丰富。因而，在阳光、蓝天、白云、大地、溪流、空气和绿色构成的美丽画卷中，我加入宇宙与地球的生物圈和生存链，以自然作为我生存的基础，吮吸大地赐予的养分，攫食自然中的植物和其他生物，而我死后又复归于自然，化作养料滋润大地植物，供给食草类动物，食草类动物又作为食肉类动物的食品，在相互的掠夺、甚至在同类的搏杀中彼此争斗又彼此献身，以此循环往复，生生不息。于是，头顶一片天，脚履一方地，在太阳的升与落中，在挣扎与拼搏中，我与大自然和其他生物相互依存地生存、生活、繁衍，我们不仅拥有共同的家园、彼此关联难分的生存链，而且还有相通的自然本性——最基本的生存欲望、最原始的求生本能、最本能的繁衍方式。而在自然本能中除了成长之初对长辈的天然依赖、对大自然的生命依存等情愫之外，作为动物生存的自然原始本能属性与生存法则，也潜在地植入了我未来的生命进化中，转化为一种潜意识或无意识，一旦有诱因而难以自持时，便常常成为我在以后社会生活中性恶的一面。

当然，所谓"性恶"的概念与含义，在我原初的记忆之中都是不存在的，这一切都是我生存本能与生存行为中的某些表象，当我处于纯粹的动物性存在状态时，我的一切行为表现及其生理、精神因素，都是一种以求生为唯一目的的自然本性的外化，都不具备现在社会人所理解和所赋予的文化褒贬意义。那时的我，只具有渴求、欢喜、满足、焦虑、愤怒、恐惧等较为原始的一些基本的动物性情愫，也就是说，我只是具有在原始的食欲、生存欲、繁衍欲等本能的欲求得到满足时而产生的快乐的感觉，以及这些东西得不到满足时所产生的不快乐的感受。所以，那时的我因本能与直觉而相对简单，尚处于一种相对快乐而自适的自然生存状态中，所能追求与感知的便是自我的存在与生存。所以，当念及今天自身的一些心理欲求和行为表现时，似乎也可从原初的动物性生存状态中追寻到一些起源的佐证。

一些追寻是温馨而美好的。如生存中对原始自然的依存，埋下了我心底始终眷念自然的情愫；与自然抗争的斗志，滋养了我顽强不屈的精神；从吮吸乳汁等开始的对血缘关系的依赖，涵养了我对骨肉亲情的顾盼；以存在为目的的单一生存追求，引发我简单生活即快乐的体认；单纯的感官存在与生存冲动中，孕育着我内心的感受与理性；凡此种种，都是我心灵深处最古朴原始的美好情愫。

一些追寻是痛苦而丑陋的——如为了生命的存在而不顾

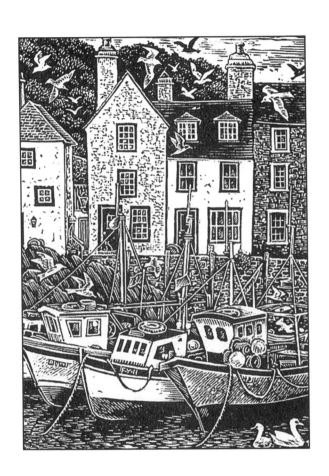

一切的求生欲望和生存法则所种下的有时自私狭隘、甚至偏执异常的种子：为生存而掠食其他生物的血腥拼杀，产生了生命中的某些粗俗甚至野蛮的行为；为生存而衍生出的与同类的抢食争斗，甚至更滋生出因私利而对同类的排斥伤害行为；而为生存对自然毫无顾忌的掠夺挤压，则埋下了侵害自然、毁灭家园的祸根。凡此种种，都在我心理上留下了动物性自然本能冲动的潜意识或无意识，也许这些正是造成哲人们亘古探究的性善与性恶的因缘。

当我今天追寻、想象并反省自身从原初降生到动物性存在、到早期生存的遥远经历时，艰难的岁月刻骨铭心，温馨的画面历历在目，似乎今天生命中的一切情愫都有迹可循，我也似乎因自己可以较为清楚地认识并反思过去和现在的一切，而使自己茫然的情感和困惑的思绪能得到稍许的宁静与慰藉……因为从中可以使自己更加清晰地了解自身，看待自身，正视自身，保持警醒，砥砺前行。

02

我与同伴共生

—— 自然生存状态的人

在我由"动物人"存在迈向"社会人"的生存生活之旅中，有一座可称之为人性发萌的"集体人"重要桥梁，它逐渐把我从纯粹自然的个体"动物人"引向了含有"类"的观念的"准社会人"。正是在这种从单纯的动物本能生存向复杂的人性内涵生活转化中，我进入了一种与同伴共生的自然生存状态，即不再听天由命地，而是开始带有主观努力地保持生命体存在的一种状态。正因为这种存在是带有主观能动色彩的，我便由此开启了自身努力学习并与同伴合作交流的阶段，为我进入早期文明社会的生活状态奠定了基础，但这时的我所具有的特征和追求仍然以生存为主。

　　在今天的生活世界中，我感到有许许多多很神奇的现象，其中人的生活世界本身更是充满了玄妙。作为生活在今天现实社会中的人，似乎对过去的生活岁月总是充满着怀旧：在日益发展的物质生活中，总怀念着简单艰苦生活中的经历；在日益丰富的文化生活中，愈加缺乏精神的富足与心灵的归宿；在愈加广阔的生活背景中，更加倾向于对个人世界的眷念和思考；似乎简单的生活中包含着更为丰富的情感，似乎越丰富的情感中越包含着更多的纯粹与真实。所以在浮华的都市生活中，人们向往自然和乡村的宁静；当乡村也进入城镇化文明后，人们又向往自然的古朴纯真；似乎每伴随着社会文明的进步，我们就有一些原初本真的失落；似乎社会的文明越发展，我们离自然就越远；似乎我们在社会文明的道路上每走一步，都伴随着心灵的顾盼与回望。而无论是今天日益丰富的物质文化生活，还是日益广阔的生活背景，都是人类在漫长艰难岁月中自我选择并发展的结果，人们又为什么会怀念起过去乃至原初古朴的生活呢？为什么不同时代都会有返璞归真的欲求呢？那么，原初简朴的生存、生活究竟是一种什么样的状态，又发生了什么样的发展变化呢？一个纯粹个体生命的存在是怎样顽强地生存下来的？在生存的过程中又是怎样由个体的生存演变为群体的生存的？群体的生存又是怎样发展成为一个同类的原初组织形式、甚至是后来的社会现实的？这种生存环境、生存空间、生存形式的变化，带给了人哪些生活内容和精神情感呢？如此，在对生命的诞生和早期的生存进行思考和追寻后，我又得循着这一思想情感的脉络，对心灵进行叩问。

一、生存本能的共生

我来自并生存在自然世界中，在与自然的共生与拼搏中，在和其他生灵的相互掠杀中，我感受到了自然的难以控制和生灵间的残酷，愈加感受到生存的艰难与困苦，我开始逐渐本能地意识到，不论自然界的植物还是生物，都相伴相依但又彼此相克，自己其实始终就处于一个由神奇的生物链所构成的生物圈中，我不过是这个生物圈中生物链上的一个随时都可以忽略的小布点，尽管时常感觉自身内心强大，但在生物圈中，其实就像巨大的地球在浩渺的星空中一样小如尘埃，这或许正是人时常会有孤寂感的缘由。

当我聚焦我的同类，在自然世界的生物圈中始终就那么渺小，即使用显微镜放大了看，也只不过是生物链中一个连接点的组成部分。而在连接点上，我发现其实我与同伴始终相伴共生、相互依存、相互竞争，形成了一个同类的生存群，这个生物群的大小，影响着我们同类在生存链上的点的大小，决定了我和同类在生物圈中的生存机会的多少和竞争能力的强弱。因此，如同独木不成林，也如同其他一些动物也需要群居一样，我更感到一种自然生理驱使和生存本能需要的、与同伴共同生存和繁衍的欲求，因为共同的生存可以弥补我自然能力的弱小，使我们大家可以彼此相互学习和帮助，用同类集体的力量抵御自然的危机和其他物种的攻击伤害。于是，在以个体生存为基础的类群生存与劳作中，我与同伴们便产生了相伴相助、协同共生的需求与愿望，形成了相互的关联关系，产生了个人和群之间相互依存的原始情感，动物性存在的感官中开始萌动着感受、感情和感思，也孕育了相互之间简单的语言沟通和思想交流，这种最初的个人和集体的情感，似乎都只有一种蕴含，即一切都来源于更好生存的需要。

正是这种共生中形成的原始纽带关系和思想情感，使我逐渐地由单纯的个体及简单的血亲纽带关系，进入了一种"类"的关联；使因原始自然生存而形成的单纯动物属性，开始具有了类的概念与类的属性；使单纯的个体自然本能的生存，开始孕育着集体群居生活和原始自然社会的发萌；使我开始萌生并具有了生存中的危机意识、交流意识、情感意识、模仿意识、互助意识和求同意识、集体意识。从此，我已不再是纯粹的自然性的动物了，也不再是纯粹孤立的个体生命存在体了，不可能再像以往那样简单地率性而为了，我自然的本能冲动行为中已经注入了对外界感性的反射、关注、甚至观照，生存的本能直觉中已经产生了自我的感知。使我在漫漫的岁月中逐渐涵养出了像今天这样更为丰富、也更为复杂，而且充满了执着与矛盾、幸福与困惑的情感生活和人文世界。

但此时的我，虽然开始了由动物性向原始人性逐渐演进的过程，却还只是停留在自然生存状态中，生存的本能仍然主宰着我的一切行为和情感，一切仍然以动物性的生存本性为主。但是，我与同伴相依相生的现实和需要，逐渐造就了我在未来的社会生活中与他人、与群体、与整个的人的类的相互依存甚至相互矛盾，以及因这种依存所带来的各种复杂的情感和困惑。但也正是这种逐渐类群化、组织化、社会化的进程，使我在与同类愈加依存的时候，也愈加与自然相分离，甚至将自然作为了斗争与获取的对象，这在当时是生存之所需，但在未来却造成了我自然天性的社会性异化，同样也造成了自然的社会性异化。似乎从生存本能所导致的集体群居生活开始，也开启了我与自然在一定程度上的疏离、分化与对立；在自然天性衍生出社会属性的同时，也使自身原来仅有的动物本能进化出了自然天性与社会属性的划分，而且在社会属性的不断丰富发展变化中，还在一定程度上产生出自身内在自然天性与外在社会属性之间难分难合的复杂关联；自己除了要面对生存的自然法则外，逐渐地又面临了现实生活的社会法则，甚至还包括随之而引发的自我心灵的疏离与异化。尽管这些是我在今后的生活中才逐渐感知和认识到的问题，但这些问题的种子却似乎从此播撒下，一直影响并困惑着自己的思想和情感。

二、协作共生的情感

伴随共生的生存本能的逐渐发展，群体生存的形式日渐增强，生存的内容也日渐丰富，我原本具有的原始自然天性中，也逐渐产生并丰富发展出一种由群体而集体而社会的属性，使我自身成了动物属性、自然属性与群体人性情感相混杂的混合体，在这种混合的过渡性生存演进状态中，我原本仅有的本能冲动中开始注入了直觉与感觉的因素，本能的条件反射的情绪中孕育出了情感与表达，原始的生存本能中开始包孕出一些带有社会情愫的元素：不同性别之间的关系，形成了生殖繁衍的血缘与亲情；父母与子女之间的关联，形成了家庭亲人间的关爱与责任；同类群居之间的协同，形成了伙伴之间的互助与友情；艰难生存中的劳动协作，形成了彼此间模仿学习与相互观照；等等。而这些带有社会情愫的元素，不仅在客观上促进了生存本能的丰富发展，而且还逐渐形成了一种需要层次上的递进关系，即生存的本能——生殖的本能——情绪的本能——关爱的本能——群居的本能——模仿的本能——学习的本能——认识的本能——求同的本能——自我发展的本能等，使我逐渐地由纯粹的动物个体，向混杂着血肉亲情、家庭情愫、群体观念、生存意识、认知能力、进取精神的集体人和社会人转变，在自然本能的喜怒哀乐、勇惧畏怯等一些较为原始的基本动物性情感中，开始渐渐地注入了尊敬与轻蔑、互助与竞争、感激与仇怨、慈爱与憎恨、趋同与孤独等感性情感，也初步具有了互助、团结、斗争、发展等群体和社会的观念意识，逐渐萌生出学习、认识和发现、调节等理性思维，自身也由思想感情单纯的单向度的自然动物人逐步成为多重组合的多维度的原始社会人；并且生存的关联对象，也由单纯的自然逐步衍生出了群体组织和集体社会等，自身的生存能力也逐渐出现了自然能力与社会能力的划分，为我进入早期的原始自然社会生活，以及未来作为社会人的丰富和发展奠定了基础。

今天，人们时常困惑于人之初究竟"性本善"还是"性本恶"的问题，其实，我原本是意识不到"善"与"恶"的，即使在我与同伴们的情感与思维稍成雏形的时候，也还处于一种较为原始的性恶与性善共存的混沌状态，既无自我认知的"自性"感，也无群体观念认同的"他性"观，一切具体的表象都基本源于一种生存本能需要的冲动或效仿，而非自觉理智或理性选择，在一般情况下都取决于生存的现实之需与群居集体的氛围引导。在本能行为和本能情感中，关于性恶与性善的观念和标准仍然处于一种集体的萌动与酝酿中，我也似乎尚未自主意识到自身所混杂着的善与恶的基因，更不清楚引导我善行与恶行的条件与环境。因为在残酷的自然环境中生存是首要的，为了生存，我们通过摘食植物、狩猎动物、播种收获等劳动，使我们的生存条件和生存环境有了改善，逐渐具有并产生了人性情感和社会情愫，使自身成了包容着动物属性、自然属性与社会属性的混合体，并感受到了作为动物性的我、自然人的我和作为社会人的我之间所存在的一些关联、矛盾、痛苦与困惑。

在生存本能的共生中、在共生的情感里，我不可避免地像同类一样做同样的事，而那一过程在更大程度上却还只是一种本能的或无意识的模仿，是被动而非主动、感性而非理性的行为，并未出现像今天所说的有意识的带有主观能动性的行为，今天意义上的社会化的生活、社会化的情感、社会化的组织、社会化的观念也尚未真正形成，也还未出现在我所能感觉到的自主意识之中。这时的我，虽然还没有进入完全社会化、人性化的生活状态，尚处于从纯粹的动物性存在向社会性生存的转化过程中，但我已经开始进入一种带着原始人性的集体自然人的生存状态，初步感受到生存的群体需要和集体约束，感受到了群体趋同的内在诉求与外在要求的矛盾与协调，感受到群体趋同与个体疏离的相伴相生，感受到了未来社会生活中与同类间的种种情感甚至还有种种潜在的规则，我生活情感的产生、丰富、困惑，乃至我逐渐生成的实践思考、理性认知等一切，都与我的同伴们、与我所生存的环境、我所生活的群体密不可分了，似乎一只脚虽然已经迈入了早期的原始社会化生活之中，而另一只脚还停留在原始自然的生存状态，随之却即将开启一种新型群体关系的生存与生活。

03

我与社会同在

—— 社会生活状况的人

随着生存圈的不断扩大，我开始由动物的存在状态进入了原始人类的生存、生活状态，生存的范围由单一的自然扩展为群居的集体，进而又进入复杂的社会，经历了从纯粹自然到原始社会、再到文明社会的三个发展阶段，生存的内容增添了生活的内涵，原始本能的感性世界中注入了群体生存、社会生活的人性思维和情感内涵，产生并接受了是与非、真与假、善与恶、美与丑、崇高与低俗等社会伦理道德观，产生了对情感好恶标准和理性价值尺度的认知，产生了作为自然人、社会人和文化人的三种人格特征，逐渐拥有了"社会人"的生活特质。在生存和发展中，能够带着理性的思考与理智的情感，感受并思考自身的生存活动和生活状况，主观能动地面对现实社会。

　　在我从纯粹的单一个体存在向同类群体生存发展的时候，生存的空间也由单一的自然扩展到同类的组织，而在漫长的发展过程中，我所置身的环境也随之经过了纯粹的自然、原始的社会和文明的社会三个阶段的发展，我自己也随之开始经历纯粹自然的人、原始社会的人和文化社会的人三个阶段的成长，并且还在后来同时兼具了这三个阶段的特质并形成了相应的人格，我生存、生活的发展变化、所思所感，也便定格在这三个层面相互交融的混合体中。在这一发展进程中，生存方式也由简单的与自然拼搏拓展为与同类相伴相处，个体也由单纯的追求生存进一步发展为丰富生活，存在的状态随之逐渐地开始了由动物本能向群居生存、再向有组织形式的原始社会生存、再向文明社会的生活转化。因而，在我纯粹的本能存在和感性的生存中，逐渐产生了愈加丰富的情感和日渐成熟的理性，自身的存在开始逐渐发展并且包孕出自然、社会和文化三重人格的属性，自身的生存与生活也在这三重人格的发展中开始具有了不同的人生思考和体味，并且逐渐步入了一种丰富复杂的生存状态和生活情态，开始拥有了更为多姿多彩，也更加考验智慧和心灵的现实社会生活。我之所以要如此痛苦而死板地分割我作为社会人的各种存在、生存、生活阶段和状态，主要原因是在思考自身的存在、生存与生活时，我感到生存与生活中确实包含有许许多多的令自己矛盾困惑的种种基因和表象，甚至自身也包含着多重的属性与人格，而在原本的存在、生存、生活的发展脉络中，我本不该如此地痛苦而迷茫……于是，我不得不用这种痛苦的方法来追寻和分解自己社会性存在的发展过程，以便在此后的思考中清楚我为什么会具有今天这样包容万象、复杂矛盾的生存状况与生活情感。尽管我唯恐把这些问题弄得学术化，但我只能听从心灵的召唤，继续我思想和心灵的交流。

一、自然人格的人

作为人的存在、生存、生活和发展，应该是以具有人格意识和人格特征为开端的，也就是说当纯粹的生命个体在某种意义上不再只属于自己，有了家庭、群体、社会等组织形式的关联的时候，生命在一定程度上就不再可能纯粹以个体为中心了，开始具有类属的特征。即：既具有自我认知的"自性"存在感，也具有群体观念认同的"他性"生存观；既有属于自己主观的主体人，也有属于群体客观的客体人，因而也开始感受到要生存得更好，必须在现实行为中有所约束、有所克制并有所付出。这时在个体自然生命体的身边便逐渐产生了一个附着文化观念和文化意义的社会生命体，而且两种生命体似乎是影随身从、形影不离、难以分割，我因之逐渐具有了所谓的性格、气质、能力等人格观念特征，产生了个人道德品质的标准和权利义务的意识，具有了人格的观照和人格的自觉，开始逐

渐步入了人类社会的文明生活。回顾这一过程，自然人格应是
我人格意识形成发展的起点。当我不再只是作为纯粹动物个体
存在并开始作为类人而群体生存、生活的时候，也就是我们常
言的原始社会的开端，这是一种有组织形式的生存方式和生活
方式的开端，我也随之逐渐开始具有了最初的人格状态即自然
原始社会的人格状态。这时，我愈加处于一种日益难以分割的
群体组织中，在我动物的生存本性中也开始增加了人性情感的
思想和内容，感性生活不仅仅存在于这个世界，也不只满足于
自然生存本能的需要，我开始了由动物向人的转变；在注重生
命自然属性的同时，也逐渐开始自觉关注生命的社会属性，单
纯的生存状态也随之逐渐进入了人的生活状态，单一的生存方
式和简单的存在内容中也逐渐增加了生活的丰富内涵，尽管这
一进程中包含着自然原始的野性、自然原始的和谐、自然原始
的人性，以及后来漫长的丰富和发展。

（一）自然原始的本能：个体的我中分化出了客体的我

像一切生物有机体一样，生命的本能和原始的野性使我的
存在得以实现，在生存得到满足的情况下，动物性本能的生理
需要逐渐增加，相伴的精神欲求逐渐拓展，诸如饥饿与食欲、
家庭与繁殖、生存与群居、存在与认同等关联愈加密切并不断
延展，我开始具有一种早期的群体群居式、集体组织化和组织
社会性生存倾向、意识及过程，逐渐形成了人格因素产生的基

础。为此，在原始自然的生存本能占主导的情况下，为进一步
增强生存能力、改善生存条件，在与同伴共同的生存协作中，
我开始尝试与同伴进行原始的互助交往和技能交流，在不断发
展和成熟的相互关系中，产生了对同伴言行举止的观察、对同
伴情绪情感的体味，随之对自己以往的本能冲动行为有了某些
顾虑和顾忌，生理本能欲求开始进化出理智的能力和表达的意
识，甚至产生了交往和认同的目标期待，而我的同伴们也和我
一样地产生了同样的需要，得到了同样的发展，我和同伴们带
着共同的愿望和目的，进入了一个原始自然人格的发展阶段。
于是，在交流和协作中逐渐形成了自然的生命群体，个体生命
开始具有了相互间的表达沟通和认识了解，产生出对生命的个
体形象概念及群体认知形象，生命个体开始逐渐意识到这种群
体形象的产生、塑造及认同，也逐渐意识到这种形象在群体组
织中与每一个生命个体的关联。自此，个体的群体性特征和组
织化生存形式，开始在生命的本能需求中起步，原始本能的我
既是主体存在的我，同时也成了客体存在的我，过去那个自然
纯粹而独立的我只能留在内心之中了。

（二）自然原始的和谐：天性自然的我中产生出自律约束的我

当原始自然而独立的我逐渐进入群居的集体组织生活，并
同时具有了主客体的存在后，自身与同伴、与自然、与组织的

关系就成为无法回避的问题，因为这关系到自身客体能否得到同伴和集体的认同，关系到自身主体能否更好地存在，也关系到自身主客体两种存在能否统一，决定着自身的生存状态。于是，早期自然原始的和谐便随之产生了，尽管这种和谐是建立在生存所需的群体生活及其欲求基础之上的。这时，我和同伴都开始意识到，彼此要更好地生存、生活和发展，必须在相互关系之中求同存异，一些自然生存和生理的本能需要因其天然的排他性或侵害性，必须在一定的组织关联内，在理解同伴感受感知中按照一定的规则进行自我克制，以维护彼此间的生存协作关系，形成共同拥有的和谐生存环境，也就是说在集体组织的生存框架内，需要营造一定的环境、情境与规则，培植个体生命的克制能力与互助精神，激发彼此间更多的和谐行为，从而形成更为良好有序的协作关系，使大家都能更好地生存、繁衍和发展。由此，在原始组织内产生的相互交往、沟通表达、协作规则等，便构成了我与同伴之间种种形式或类型的社会交往及行为基础，具有了早期的原始社会性特征，我和同伴们也因之初具了自然社会的一些人格特征和表象。虽然作为原始初民的我，与同伴的相互交往与结合，还不完全具备今日意义上的完全基于理性自觉的社会关系，但那时所产生的沟通交往和协作关系，又都开始具有了一定的规则性、规范化、情感性、自在性、自觉性、自律性、日常性等特征，天性自然的我中产生出了自律约束的我，生命个体及其同类随之开始进入了自然原始的和谐社会化进程，开始步入了今天人们所说的自然原始社会的生活。

（三）自然原始的人性：纯粹的小我中发展出了大同的大我

我与同伴相处的自然原始社会阶段，虽然表现出了原始的自然和谐，但其社会化进程中，更多的是它所包括的个体生命的生理差异和生理要求的结果，我们共同努力参与并形成的原始自然社会形态及其发展过程，很大程度上是由这些差异和要求所决定的，因为这种原始的和谐，既是彼此更好生存的需要，也是彼此克制天性与维系规则的结果，同时也伴随着"弱肉强食、适者生存"的残酷，所以从中也孕育出了今天所认知的人性与人格中的高尚与卑劣、克己与奉献、软弱与坚强等品质，如果没有这一发展阶段，现在所具有的思想与心灵、意识与智能、语言与文字等便不会出现。由于我和同伴的交流与相处是建立在愿望相同、目的一致的基础之上的，所以我和同伴们能从自身生存的实际出发，团结一致，互相弥补自身天性中体质等不足，共同面对自然和其他生灵的挑战，满足彼此更好生存的愿望，因而我们在原始而艰苦的生存中基本能相处和谐而愉悦，并在早期的组织生存方式与原初的社会行为进程中，逐步向原始自然的人类社会生活状态迈进，进而逐渐孕育出原始自然的人性特质，衍生出基于集体意识与群体认同的性格、气质、能力等社会性人性人格特征，也逐渐形成并突显出差异化的个体人格特点。因此，以自身生存和生活需要为原动力的、扬弃自然本能的恶而趋于克己共存的社会和谐行为，便促进了早期人性人格的产生和发展，构成了我们作为社会人的最初人性特征。这虽然多少有些自为性的自觉（或者说自私），却是我们生活中充满了田园牧歌情调的美好时光，或许这正是"人人为我、我为人人""同患难易、共甘甜难"的最好注脚……所以有人将生命进程的这一发展阶段称为幸福的原始共产主义社会时期。

正因为在自然和社会的演进过程中，个体的我中逐渐分化出了客体的我，天性自然的我中逐渐产生出自律约束的我，纯粹的小我中逐渐发展出了大同的大我，纯粹个体的生存也随之逐渐演进为有目的、有组织、有规则、有协作、有交流、甚至有竞争的群体组织式生存，生命才由动物向人变化，生命个体才懂得了在集体生存中不能纯粹基于原始本能率性而为，纯粹动物性的个体生存才成为具有集体特征的生命存在，继而又由集体特征的生存演化为社会形式的生活，使个体生命之间开始具有了生理机能、生存素质、生活修养、集体意识等方面的认知观念和社会表现差异，在性格、气质、能力等方面逐渐产生了社会化的个性人格，生命的存在因之具有了人格的概念及其内涵，具有了人格意义的生存及其后来的社会生活，使生命个体在共同的社会生存和相互的社会交往中，既产生出人格表象中的趋同倾向，也表现出生存、生活在需求和情感上的差别，这些差别促使每一个生命开始能够针对各自不同情况，自觉或非自觉地顾虑或思考与自己相适应的社会环境和行为选择。因为大家都开始意识到，如果没有由自然原始的本能所演进出的原始社会的和谐，原始本能的我与集体组织框架内的我之间便会分裂，主体的我与客体的我也无法统一，内心之中过去那个自然纯粹而独立的我，也会由此感受到一种从来没有过的痛楚，这或许正是今天的人们在社会生活中，会因人与人的关系或者人与社会的关系不和谐而感到困惑与痛苦的重要源头。也正因为有了类似的思考与选择，生活的内涵开始变得更为丰富而复杂起来，个体生命也随之进入了社会人格的生活之中。

二、社会人格的人

在原始自然社会生存和生活的变更演进中，伴随着生理冲动和社会需求所产生的种种基本社会行为，我逐渐从自然人的状态进入了社会人的状态，由率性而为的生命成了有约束的生命，具有了社会化的人性特质和人格特征；开始具有了对同伴的认知，对生活态度的思考，对情感好恶的感知，对本能行为的约束；开始尝试对生存环境的认识，对生产养殖的实践，以及后来所萌生的科技和文明的创造。我的生活中增添了更多的生活内容和情感内涵，我的生存中也发掘出更多的主观能动性和创造性。生活内容的增多，使我在生存中面临着更多的付出和收获；情感内涵的丰富，使我在生活中面临着更多的满足和困惑；理性思考的产生，使我的本能行为有了社会的约束与道德的评判；使我动物性的存在本能和自然社会的生存关联中，逐渐增加了人类的理性情感和理性认知，激发了人的智慧，产生了人的困惑，体味了奋斗的乐趣和满足的愉悦，感受了失落的痛苦和迷茫的焦虑。我的自然人格随之进入了一种具有伦理道德、社会标准和主观能动性的社会人格之中，我再不可能以一种纯粹生命个体的状态，无所羁绊地独立存在和生存于一种组织形式或社会形态之中，我自身即使在"我"这个语义概念上，也是因为有"你"的语义概念而存在，而"我"与"你"的语义概念，也是因为有"他"的语义概念而存在，这充分说明了我与同伴之间已经结成了不可分割的关系。因而我的行为不能再简单地依从于单纯原始的自然本能，我的快乐愉悦因而也不再满足于简单的生存，我的生活开始出现了情感和心理的焦虑与困惑，在社会生活中开始不得不面临着感性与理性、情感与理智、理想与现实这三大矛盾和困惑。

（一）感性与理性

感性是我的感觉和知觉等直觉与心理活动，理性是我生命中利用大脑进行判断和推理等活动。感性使我凭借眼耳口鼻身等直觉，感知我生命及其以外的一切，使我感知到我生命的存在及其状况，感知到其他的东西对我的作用及其所带给我的影响和感受；理性使我在感性的基础上，通过大脑的作用，使我在感知中对所感受到的东西进行思考、判断和推理，以确定我在感受中的状态，决定我在某种状态后的行为。自从我开始作为有组织的群体生活后，我在感知外界的同时常常也是我理性思考的时候，感性的东西似乎总会转入我的大脑，使我的理性加以思考，感性和理性在我的生命活动中常常是难以分割开的，感性与理性在社会生活中似乎紧密相依，彼此相伴，相辅相成，我想这也正是我告别动物的生存而作为人开始生活的重要特征。

但是，感性带给我直觉的感受，不论是酸甜还是苦辣，它总是短暂的，最多只能伤及我作为物质存在的生命体，常常转瞬即逝；而理性带给我的思考及其思考后的感受，不论是轻松愉悦还是沉重痛苦，却总是长久的，常常能够伤及我的精神甚至灵魂，使我难以摆脱。而在我的生命及我的生活中，如果只是任凭感性或者选择理性而生活，似乎又只能获得短暂的愉悦甚至于换得痛苦，只有当二者能够达到和谐统一的时候，我才能真正感到长久甚至永远的幸福和满足，然而要求得两者的和谐统一似乎又是可望而不可即的。特别是感性与理性之间虽然相互关联，但又相互作用，既有感性后上升的理性，也有理性后指引的感性，更有感性与理性同时发挥作用的时候。因此，感性与理性的矛盾之所以使我倍感困惑，就在于二者在现实社会生活中的难以分割和难以协同，他们使我在生活中不得不经常同时面对这种选择的困惑，并且陷入一种难以自拔的困境中。或许人的社会生存就是如此，永远得在感性与理性的缠绕中生活，因为我的生命不再是孤立的存在，我的生活与我的社会人格紧密相连。

（二）情感与理智

如果说，感性和理性在一定程度上是行为前或行动中相对静态的辩证统一体；那么，情感和理智在一定程度上则更多作用在实施行为的瞬间或行动的过程中，更多地体现为一种动态的辩证统一体。情感是因外界刺激所产生的肯定或否定的心理反应及所产生的情绪和感情，如喜欢、爱慕、厌恶、恐惧、愤怒、悲伤等；理智是辨别是非、利害关系以及控制自己行为的能力。情感是源自我的感性，是我对外界刺激的最本能的反映和感受；理智源于自我的理性，是我对情感的感性反映进行是非辨别的理性思考和判断。如果说感性与理性的矛盾更多地依附并作用于我的生命本体，那么情感与理智的矛盾则更多地将生命本体的感性或理性外化于客观的特定对象，并最终导致我对外界的反映和行动。作为一种动物的本能，感性的情感是我对外界最直接的感受与反映，它常常导致我本能的情绪化冲动行为；而作为一种人的理性，理智的思考又常常会通过辨别和判断控制我的本能及其行为，使我的行为都成为一种自我理性判断后的结果。在情感与理智的矛盾统一中，感性与理性仍然相生相伴地影响并作用于我的生活，感性常常造成一种本能的情绪或情感冲动，而理性又常常约束着我的情绪化冲动或简单的感性行为，对我的感性及其情感、情绪进行理智的控制，使我常常感到自我受到了限制，尽管这种理性的把控有时带有滞后性的特征，常常导致感性冲动行为的超前发生，但即使有时在本能的冲动中使感性及其情感先于理性或理智而行动，理性与理智也总会紧随其后，对我本能的行为进行正确与否的重新思考和判断，并随之对我的行为做出反省和鉴别，及时修正或进一步地延续我业已发生的行为。

我作为人的生活，正是以这种理性和理智控制为特征的生存和生活，这也正是我感到有别于动物的自豪处与痛苦处。我之所以自豪，是因为我已经脱离了纯粹动物本能的生存与生活，具备了以理性和理智控制自己感性的情绪情感行为的能力；我之所以痛苦，是因为我的理性和理智在控制我生命本能的时候也常常扼杀了我自然的天性，使我的情感、我的思想、我的行为等常常受制于种种人为观念的所谓人格形象、人文观念、社会环境、组织秩序等的影响。这种影响有时无疑是必要且正确的，我会因为理性和理智的作用而感到发自内心的愉悦；但这种影响有时也常常会因为掺杂一些社会的庸俗观念或不良影响导致我行为的错误，这时我会因为理性和理智使我违背天性情感或者违背具体事理而倍感苦痛。因此在我生活中，特别是相关的生活方式和生活行为里，不仅情感与理智的矛盾常常使我困惑和痛苦，而且也常常使我感到，在我获得人自身理性进步的同时，我的自然天性和纯朴情感也常常随之减弱甚至是泯灭了，似乎人的社会性人格成熟便意味着自然天性在一定程度上的消解与丧失。

（三）理想与现实

同感性与理性、情感与理智两大矛盾困惑相伴生的，是关乎人生方向和未来的理想与现实的矛盾。理想是我对未来事物有根据的合情合理的想象或希望，是我生活追求的目标和生活激情的源泉，在一定程度上也是我之所以存在并生活的理由；现实是我生存和生活所依赖的客观存在的人、事、物，或所面对的合于客观存在的情况。我作为人的生存与生活，不只满足于动物性的本能感官之乐，而在于对美好生活的憧憬，以及憧憬中所包含的希望、价值与理想。理想是一种心灵预期的方向与归宿，在心灵中是由不清晰向清晰、由不具体向具体的，具有相对终极性与稳固性特征，是人生奋进的灯塔，指引着人前进的方向；同时理想又是现实而具体的，总是由一个又一个具体的希望或分阶段目标所构成，并在一个又一个分目标的实现过程中得以不断修正、丰富和完善，带有现实人生的阶段性特征。我会因为理想的召唤，通过一个一个目标的不懈努力追求，不断感受生命价值的实现和精神富足的幸福，不断享有生活带给我的快乐，因而我的生命在一定程度上是因为理想而存在，我的生活在某种意义上是因为理想而幸福。

但是，理想作为源自心灵情感的一种美好愿景，是立足于现实基础之上的。在理性的构架中需要以感性与激情的方式来设计，需要我在现实追求的过程中将其不断具体化和清晰化、不断强化和固化；而理想必须立足于我生存和生活所依赖的现实，现实是理想藉以产生和实现的基础，在富有激情的实现理想的过程中，需要以理性与理智的方式来对待，使理想在具体的实现过程中不断丰富、发展和完善。因此只有我的理想与现实相协调并取得一致的时候，我的理想才不是无源之水、无本之木，才可能通过努力得以实现，我也才会因为理想的一步步实现而感到生活充实、心灵富足和精神幸福。由于我深深处于感性与理性、情感与理智的矛盾中，我的理想与现实常常充满了矛盾，我内在的心灵情感因我而产生，我尚可以在矛盾中根据自身的情况不断加以修正和完善；而现实却常常不以我的意志为转移，我常常在现实与理想的矛盾面前感到困惑得束手无策，只能无奈地将理想酝酿并珍藏在心灵，将行为转化为思考，将未能付诸的行为化为一种准备。因为我只能生活在现实社会之中，我的社会性人格是现实而具体的主观与客观的统一体，我的感情与感性、理性与理智，不得不同时面对我心灵的理想和客观的现实，而即使是面对其中之一我也常常感到困惑，更何况三对矛盾的交织。

如果说感性与理性的矛盾主要着眼于生命本体自身的考

量，更多地抽身于行动外；情感与理智的矛盾主要反映出生命本体与客观对象的交流互动，更多地体现在行为过程中；那么理想和现实的矛盾则是生命在当下的际遇与生存生活的理由，更多取向于未来。人生中的三大矛盾与困惑彼此相连、难以分割，使我感受到生活的绚丽多彩和纷繁复杂，感受到生活所富有的魅力和可能的失落，懂得在社会意义的生活中，我已经不再可能只是一个孤立的生命存在，我也不再只满足于生命体的生存，我生存中所追求的已不只是物质的内容，更包含着精神的追求，甚至在基本生存满足的情况下，精神的需求还会大于物质的满足，所以我会产生出感性与理性、情感与理智、理想与现实这三大矛盾和困惑，感受到这三大矛盾与困惑始终作用并贯穿在我的生存与生活之中，感受到生活的丰富多彩和纷繁复杂，感受到因不同的阶段性目标而具有的多种层次的需求，使我在生活中必须不断认识自身，不断面对并思考在不同层次上的矛盾困惑及其产生的原因，从而认识自身在文化意义和文化层次上的不同阶段性特征与需求定格，同时也正因为这种需求和定格上的层次特征及其发展过程，使我不断感受到了生活带给我的宁静与浮躁、充实与空虚、欢愉与悲伤、幸福与痛苦、满足与失落，也使我不断地在自我的肯定与否定、再肯定与再否定的不断递进之中，得以生存、生活、追求、发展和完善，因为作为社会人格的我必然与作为文化人格的我相依相成。

三、文化人格的人

随着生活内容的不断拓展和人性情感的不断丰富，随着受知识的不断增多和理性的不断成熟，在我生活的现实世界中，动物存在的本能与自然生存的本性中加入了人性的情感与理智，萌发了人的智慧与理想，我所处的社会及其社会所产生的文化，都使得我内心世界的文化观念、文化内涵、文化情愫、文化思索和文化理想随之不断丰富发展，人生的三大矛盾和困惑愈加具体，我的社会人生也相应地面临着多种多样的矛盾与选择、困惑与坚强、失落与满足、痛苦与幸福，我感到在人生的多重选择中常常难以独立地以一种生活方式孤立地存在。因为，我必须为自己最基本的或最切合自己某一阶段最迫切的需求而挣扎，但与此同时又总向往着更高层次的需求和满足。因而，我常常成为各种层次的需要、追求和满足混杂于一身的人，这使我的思想情感和生活内容更加丰富而复杂，也更加矛盾而困惑。如此，伴随着我不同的需求和不懈的追求，在我的身上便常常同时包容或更替着不同层次的生活角色，在以个人性格、气质、能力为特征的自然原始社会人格基础之上，在伦理、道德、品质为特征的文化社会人格基础之上，我的生存与生活中增加了一种基于文化认知的观念化或概念化的人格特征，我的自然人格和社会人格中被赋予了一种包含素养、品格、美善等内涵的文化意蕴。使我具有了一种思考自身需求、权利和义务的生命主体意识，自觉担负并努力追求自身需求、权利和义务的责任；使我必须不断地辨析自身在生存和生活中的阶段性定位并做出相应的文化抉择，合理而合情、合目的且合规律地不断满足自身的自然人格、社会人格和文化人格的需求，使文化人格的阶段性及层次化需求不断得以实现、丰富和发展。为此，我得从理性上认识和辨析我在生活中所必须包含、可能包含或者应该包含的需求层次，每一需求层次的重点，以及与之相应的我所扮演的生活角色。

我想到了中国古老的塔。从其外形观之，她逐层上升，以一个一个的层级而构成其整体，下基阔大而上部精小；从内部观之，她靠螺旋式台阶逐级上升，逐步形成直冲云霄而立于天地之间的态势，越是往上，其空间越小，但她的整个身躯在蓝天白云的映衬下，有着高山般的肃穆宁静与宗教般的威严与神圣。我的生存与生活需求正像中国古老的塔一样，企望着冲上云霄极目远眺，感受万物与我为一的境界，但我必须一级一级、一层一层地往上攀登，我越是向上，螺旋式的道路越是令我步履艰难，而且由于空间的愈加窄小，我的同伴也越来越少，时常会产生一种追求中的孤寂感。而似塔身所反映出的生存、生活需要层次及其文化意味的蕴含之中，处在最底层的是我生存的最基本的需要，如空气、水、食物、住所、安全保障等；其次是我希望自身得到发展的需要，如人的自尊、生活的意义、自我满足、真善美等；再次才是自我理想实现的需要等等。在这种逐级发展的层级需要中，越是往上面攀登，精神的意味愈加浓厚，文化的内涵愈加丰富，生命的负荷愈加沉重，因而产生需求的人会越少，但正是这种不断向上的需求，决定了我在生活中的不断选择和追求，而正是其中的每一种需求又决定了我对生存和生活的每一种追求与努力，导致了相应的理性思考，产生了相应的文化人格层次表现，铸就了相应文化人格的发展层次定格。我感到，在经历了自然原始社会并进入文化观念的文明社会后，社会既是我作为生命主体生存、生活的环境和对象，我也同时成为文明社会的评价对象、服务对象，是文明社会的客体；我的社会人格成为一种基于文明社会的、建立在文化意义上的人格，人的生命因之成为附着了文化观念和文化意义的社会生命体，是文明社会的产物，我的生命也因之逐渐包涵了政治、经济、文化、社会、生态等多重社会文明所附加的身份、价值和意义，我的生活也因之细化出了自然、经济、情感、心理、伦理、认知、价值、信仰、回归等多重的生存发展需求与社会化属性。因而，在生命本身所包含的种种文化内涵之中，在生命所应该具有的种种内在人格层次之中，我通过在现实社会中对生存与生活需求层次的追求，一步一步地实践并实现我的人格层次，一步一步地兑现我生命所包含的种种文化内涵，并在这种追求与奋斗中感受到自身的充实与完善，同时也深切地体味到生命本身所需要的，也是我生存与生活中必须经历、必须遵循的人生发展历程，直至通往自己向往的目标。

（一）自然层次的人 —— 本能的"欲"

自然层次是一种源自本能的以存在为标志的生存层次，即使是在社会的生存与生活中，由于生命体的自然属性所决定，我首要的需求仍然是维系生命的存在，我仍然无法摆脱最基本的生命本能之欲的需求。因而，从文化意义的角度来理解，这种自然属性的需要所导致的社会行为及其社会表象，便决定了我社会生活中的自然层次定格，这是我在社会生存与生活中最原始、也最基本的文化人格层次。在自然层次上，虽然生活在社会中，但我生命的基本动因仍然是以生存为前提的动物本能性需求，在这个层次的人格表现中，虽然已经具有了原始人的社会性特征，但更有着几分动物的本能欲求与自然的率真质朴，这个层次是我向更高层次迈进的基础，是我在社会生活中难以逾越又必须迈过的一个门槛，也时常成为我社会生活中的品性高下、人格缺陷与人性假恶丑的诱因。

因为处于自然层次的我，与种种社会关系相联系，关系到我生命中自然生命主体与社会生命客体的存在与否，这时在自然层次上的文化生存，既关系着物化的个体生命的维持，也关系到文化观念的社会客体生命的存在，还关系到精神层面的生命状态，在适者生存的同时，舍生取义或者是舍义求生时常考验着我，成为我在现实社会生活中人格道德高尚与否、人生价值取舍的分水岭——这是最令人难以摆脱的羁绊，也是考验我文化品格能否向上发展和升华的基础，常常将我置于一种两难选择的困境中，迫使我必须做出自己可能无比痛苦的人生抉择。正因为如此，凡是在社会生活中敢于舍生取义、勇于无私奉献，乃至在关键时刻能为国家、为民族、为他人抛头颅、洒热血、奉献宝贵生命者，都会受到人们的敬仰与纪念；而对个人而言，其实自身的人格层次及其实现的人生价值，在此奉献之中已经得到了递进与升华。

（二）经济层次的人 —— 现实的"物"

在生存得到满足的情况下，我便会由自然层次的人向经济层次的人发展。经济是伴随物质文明和社会文明进程中的产物，本应服务于社会和人类，但社会及其人类却时常被这个社会和人类自身所孕育创造的怪胎所异化（可悲的是这种作茧自缚的现象似乎总是不断呈现，有如人的物化、文明发展中的得失、货币流通中的扭曲、金融设计中的牢笼、科技发展中的异化），使社会和人的属性在物质与精神两种维度中，平白增添了一种物质所伴随的经济属性，使这种经济的属性成为维系我生命延续的需求，影响着我社会生活中物质水平的高低，在一定程度上也关系到我生存与生活质量的优劣，成为自身具有一定现实生活压力的层次。因为社会发展到一定阶段，物化的生活条件是需要以一定的经济能力为基础的，因而为了在社会中拥有更多更好的生存环境和生活条件，在经济的层次上的我，社会生活时常会以经济利益的追求为目标，但这种经济利益的追求是属于我个人社会生存与生活所需要的，不是超越道德意义之上的狭隘而自私的追求，这种追求的目的不仅与自身的自然生命密切联系，而且还常常与社会生命相关联，是自身生命延续的保障，是保证和提高自身的生存、生活质量的需要，也是使自身向更高的生活层次迈进的一种必要的准备。

　　但是，在纷纭复杂的社会现实生活之中，在经济层次上的我，在生存中开始面临金钱拜物的诱惑，在生活中面临着更多困难的考验，也面临着更为严峻的挑战和抉择，因为我是在自然层次的生存基本得到保障的情况下进入这一文化人格层次的。当我能够或有可能争取到一定的经济利益、满足现实的物欲时，在社会道德、文化伦理等与经济追求行为、自我目标相一致时，时常是快乐的；但当社会道德、文化理想等与经济追求行为、自我目标相冲突时，时常又是矛盾和痛苦的。更何况，并非经济的充裕与物质的富足就能带给我情感的满足与精神的充实。那么，我是顺从物化生命的快感而选择经济层次的更多满足呢？还是追求崇高的文化价值理想而放弃更多经济层次的欲求呢？或者是将经济的追求和物化的需求限制在一定的程度内？这些问题，不仅时常可能成为我社会人格高下与生活文化人格优劣的界线，而且还时常考验着我的人生追求取向，也时常决定着我是否能拥有真正快乐幸福的生活。因为经济原本只是生存生活的基础，是为生存生活服务的工具，而不是生活的目标。但人们时常在现实中本末倒置，将经济作为了生活的目标，人自身成了经济的附庸、成了物质的工具，人生及其生活也便只是停留在经济的层次上难以上升。其实，随着生活中人格层次的逐渐上升递进，真正的经济需求反而会随之下降，因而现实中时常出现经济的富足与生活的幸福成反比反向的情况。令人悲哀的是，这种扭曲的悲剧似乎还总是在不断地重复上演。所以，正确适度地把握并追求自身的经济层级，使之与生活中的人格层次相适应、相协调、相匹配，事关人生后续人格及生活层次的发展与质量，是人生历程中必须面对并正确处理的重要的问题。

（三）情感层次的人 —— 人间的"情"

在自然层次得到满足，经济层次能够得到正确对待或恰当处理的情况下，在物质与经济的需求实现的同时，我便会产生一种因社会形态及其社会关联所产生的一种思想情感的需要，这种情感虽然本身就伴随着人原始社会性的产生而存在，但那时更多还只是一种本能的感性与情绪特征。只有发展到文化人格的情感层次时，我才不会囿于自然人格层次的满足，也才发现除自然生存的需要之外，还有更多更高层次的其他需要。从此，我不再只受原始自然本能情绪的支使率性而为，而在一定程度上以理智理性情感的追求和满足为重点，使我享有

更多的情感交流、感受和思考，我所生活的精神世界也因之得
到丰富和发展，在物化的生命中突显精神的生命。处于情感层
次的我，生活中已经包含着一种情感上的丰富和愉悦、充实和
满足，人生开始有一种情感的渴求，所需求的情感以向外的追
求为表现、以实现内心的认可满足为目的，一定程度上带有现
实社会的关联性和外倾性特点。但这时情感的满足又时常并不
一定与自然层次的满足或者经济层次的满足成正比，表明我的
人生从这一阶段开始，情感的需求将伴随着我的生活，将与我
此后的每一需求层次密切关联，预示着我还将迎来更高层次的
需求。

　　所以，在情感层次的我同样也感到社会现实生活所充满
的矛盾和困惑。处于文化人格的生活状态之中，因与社会、自
然和人的关联所产生的情感，既是作为生命主体的自我主观
感受，也是作为生命客体的社会观照和反射，二者时常相互作
用影响，以致在自我的选择和社会的评价中，不仅不能率性
而为，而且还会产生情感取向和情感拥有的高尚与低下之别，
即：要么是纯粹利己的狭隘的情感满足，要么是既符合社会道
德观念也符合自己情感追求的利他也利己的情感满足，或者相
对纯粹的利他性的一种更为高尚的情感满足，这也体现出情感
层次追求中人性和人格的复杂性。其实，纯粹利己或利他的情
感满足，在现实中都是不可能存在的，因为进入文化人格的层
次后，人的自然生命和社会生命便融为一个整体，人的情感虽

然是个人主体的感知，但也是因客体而生，并会反作用于所关联的客体，进而形成主客体之间的关联互动。所以在一定意义上说，虽然情感在一定程度上说是一种个体所有，但又不只是一种单纯的个体拥有，因为情感本身就是在种种的关联中产生并互动的，我们经常会感受到人的生命其实不只是属于自己，我们在追求、丰富并享受情感的同时，也需要在心里掂量着自我情感的权利、责任与义务。

（四）心理层次的人 —— 内心的"和"

在具有外向关联的情感层次的基础上，伴随着情感世界的充实，特别是文化观念和理性情感的丰富，我又会进一步深入地转向我的内心世界，因为在情感层次的现实生活追求过程中，自身对情感不仅仅是获取，更重要的是需要得到自我认同的平和闲适，只有经过心理过滤后的情感，才能成为真正意义上的情感愉悦，而不会成为某种本能的快感。因而为防止和避免一切过激的冲动行为和一切起伏的焦虑情感，我会以自己内心的研判调适为主要手段，区分出本能的快感与精神的富足，从心灵的感受中体会出短暂的快乐与长久的愉悦，在心灵的天平上衡量情感的分量和收获，从而在理智与情感、感性与理性的辩证统一中，调整自己的现实追求及其社会行为，在心灵深处寻求慰藉与平和，求得闲淡与宁静，使我由单纯情感层次的人向心理层次的人发展。这种心理层次的需求，以内倾性的感受、思索和调适为起点，以外向性的行为关联、情感互动为特征；以心灵的理智和理性为指引，以内心世界的平衡、平和为目的。因而，处于心理层次满足的我，会是一个敏于感受而富于思考的人，是一个练达持重而富于理性的人，是一个闲静平和而自得其乐的人。

但是，处于心理层次的我所面临的最大的困难便是心理素质本身。因为心理是很难独居的，她很容易与外界发生关联，也很容易受到情绪和情感等因素的影响，更会受到自身修养和素质的局限。虽然进入心理层次应该标志着人的一种理性自觉，但心理层次又受心理素质的影响，心理素质既有先天的因素，也有后天的历练，包含着情感与理智、感性与理性、信心与意志力等，是心理本能、潜能、能量、特点、品质和行为等的综合体。生活在现实社会中，我得防止因情绪的消沉而缺乏激情，得防止因情绪的波动而失却理性，得防止因心理的躁动而危及道德，我还得不断地学会将外界的一切平和地转入内心世界加以净化。所以，心理层次是我人生中十分关键的一个文化人格层次。能否使自己真正踏入心理层次的门槛，成为一个具备实现了心理层次人格的人，它关系到我能否正确对待现实社会中一切与自身密切相关的事物，关系到我文化人格的成熟与否，并在一定程度上影响着我能否在人生道路上继续合目的而合社会规范地前行。因而，一个人真正的强大是源自内心的强大，一个人真正的富足是源自内心的富有。如果一个人能够不断涵养并真正夯实自身的心理人格层次，那么不管人生发展到哪个层次，其心理人格将始终与之协调并进，并且将提供强大而不竭的动力。

（五）伦理层次的人 —— 社会的"善"

当我的社会生活因心理层次而转向内心世界，并由外向世界的追求转向内倾世界的思索后，在理智与理性的心理活动中，我会凭借自己所具备的心理素质和文化素养，自觉或不自觉地将自身再次放在客观的社会环境中进行观照。我愈加感到，自身在追求社会生活中自然、经济、情感、心理等各个层次的实现过程中，除去自身的努力之外，似乎还与外界发生着种种的关联、产生着种种的规范性限制。即：在已经实现或即将开始的人格层次的生活中，自己为保有或实现不同层次的人格生活所付诸的努力和行为，都愈加存在着某种社会文化观念的伦理和道德判断与规范，这些判断与规范还关系着自己在社会生活中的集体文化认同、文化意义和生命价值，甚至作用于自己已经实现的自然、经济、情感、心理等各个层次的人格生活，因而也提示着自己在社会现实生活中又将面临并且必须进入一种符合社会伦理要求和道德标准规范的人格生活状态，进入一种合于人情之常并合于事情之理的生活层次中，从而获得一种更加趋善的生活境界。从此，我的生活中会因之少了一些盲从，多了一些理智；少了一些被动的约束，多了一些道德的自律；少了一些感官的快乐，多了一些理性的沉寂。我会在现实的社会生活中自觉反省检讨自身的行为，努力使自身的行为合乎社会伦理道德的规范，追求更高的道德完善。在实现并具备了伦理层次的文化人格后，我自身也会因之成为一个具有良好社会文化人格的人，成为一个具有社会道德责任感的受人尊重和信赖的人，这不仅会更加牢固地夯实我已有的生活层次，更为我进入下一个认知的层次奠定较为坚实的基础。

　　当然，每一个层次的迈进都有其相应的复杂与困难，因为每一个和每一次层次的递进过程，都是对既有层次的再次审视和调整，当既有的层次作为一个综合的整体状态达到和谐的时候，才预示着当下层次递进的完成，也才预示着下一个层次的开端，而要进入伦理的层次不仅同样如此，而且作用和意义更加重大。因为，伦理的层次是贯穿于每一个层次之中的，是一个自身不得不考量的要素，它关系着正确与否、可行与不可行的判断与认同。为此，要成为一个实现伦理层次的人，首先必须正确对待个体生命的自然存在与社会存在的关系，正确对待个人的利益和得失，确立自身正确的人生观和价值观，付诸正确人生态度，努力追求真善美的生活方式，而且还常常需要以牺牲自我的态度来实现更高的伦理价值。所以，文化人格的伦理层次是对自身的考验和挑战，是自我生命和生活认知真正理性的开端，是自我获得生命意义和人生升华的前提，事关生活层次、生命质量和人生价值的高下。

（六）认知层次的人 —— 世界的 "真"

其实，不管自身是否自觉认识到，认知的活动始终伴随着我每一个层次的社会生活，只是这种相位而生的认知有程度的差别。但当心理层次的生活求得心灵的平和与宁静的时候，在伦理层次规范并引领自己社会现实生活中的道德和伦理行为后，伴随生活某一层次而生的关联认知活动便不再是一种附属的相伴行为，逐渐成为一种人格层次的主动追求，我的思想变得更加丰富而活跃，理智与理性变得更加沉寂而深邃，内心变得更加闲而充实，人生也随之进入社会生活的文化认知层次，从而有了对自身所经历的自然、经济、情感、心理、伦理需求层次和即将开启的需求层次的反思，开始以人、社会和自然及其相互关系为思考的对象，试图从一些现象中把握规律性的认知，从中探究其真实的面目和发展的来龙去脉，使生活充满着一种更为自觉的认知思索和理性探究，逐渐酝酿着人文的理想和科学的精神，并将这些作为一种人生的需求。在这个层次上，我会努力以深沉的理性为生命存在的基石，以充沛的感性为生活追求的动力，以务实的求真为现实人生的目标，以较为严谨而科学的态度探究与人类生存、生活和繁衍密切相关的问题，探索人的问题、社会的问题、自然的问题，以及由此而生发的人与自身、人与人、人与社会、人与自然、自然与社会相互之间的关系问题，从而使自己生活得既现实又真实、既充实又明白。

但是，认知的过程是一个漫长而复杂的过程，是一个充满了未知的进取过程。因为，受人类科学认知水平的局限，更囿于个人的文化科学素养和人生阅历，即使是对人类自身的认识，或者是对整个现实社会、现实自然的认知，都不是能够一蹴而就的事情，更何况还要对人类、社会和自然之间相互关系的认识。所以，即使是在认知需求的层次中，我也只能在自己力所能及的范围内进行有限的探索和认知，而且这种探索和认知还不一定都会有完满的结局。在这种情况下，即便我能因认知追求而拥有一种充实快乐的过程与境界，但客观上还存在着一种对个体认知能力、认知水平的社会认可与评价。因而，我的文化人格便又会转入一个更高的需求层次中，以使我能够正确审视和看待自己在各种层次上所得到的自我收获、社会认同与所附加的社会意义。

（七）价值层次的人 —— 人生的"值"

进入社会生活状况的人，就其存在状态而言，便同时具有了自然的生命与社会的生命；就其追求而言，则有物化的需求与精神的需求；而价值层次的人，反映的是社会生命存在的价值意义与人生精神财富的拥有。当已经历了自然、经济、情感、心理、伦理、认知等层次的人生追求和发展后，特别是当社会的发展能够为自身提供相对充足的物质生活的时候，精神的感受时常并不能与物质生活的丰富成正比，甚至还会产生因社会物质文明发展所导致的精神幸福感及其认可度下降的情况，会强烈地感受到自然生命与社会生命、物化需求与精神需求、社会存在与意义价值似乎难以协律共进。因而对人生种种层次的考量，对人生追求目标的困惑，对人生幸福归依的迷茫，以至于对人生价值和意义的探究等，便会自然上升到自己的思考和追求之中，使我进入一种人生价值层次的生活状态，在这种层次状态中，价值既是自我权衡的砝码，也是被社会考核的尺码。因而我愈加感到，自己的生活不应该也不能只囿于一种短暂的甚至物化的生理感官和声色之乐，冥冥之中一定还包含着一种更为深刻、更为本质的社会性的人性潜在需求，为此还需要追寻一种更加富有意义和价值的、更为长久的精神之乐，以使自己在人生种种社会文化人格层次的认知、追求与发展中，求得一种自身潜能的开发，求得一种对他人、对社会、对自然的人生价值的体现与实现，从而感受到生命的延展、人生的意义，获得真正的心灵慰藉与幸福。

然而，有所追求，便会有所失落，人生总是受人与人、人与社会、人与自然、甚至人与自身等种种关系影响制约的社会性人生，而对种种关系的认识和取向，便涉及价值观的问题，价值观的形成与稳固，虽然在一定程度上能够使我按个人的意愿去实践并演化自己的人生历程，但人生意愿的现实效果、实现程度及其意义，又时常不是一厢情愿的事情，是由社会关系、而非由个人自身来衡量评估的，人生价值追求的过程也时常包含着种种的磨砺与艰辛，而非一帆风顺的。所以在价值层次的人格生活中，时常会感到种种局限和困惑，在自身潜能和自我价值均在一定程度上得以实现的情况下，当然会感到追求的幸福与快乐；但是当自身潜能或自我价值不能实现时，也会感觉沮丧和痛苦；而且即使在实现了自身的潜能或价值的时候，也常常会有一种实现后的茫然与失落，似乎人生价值追求的快乐，并不完全在追求的目的本身，而常常在追求的过程之中。因此，如何正确看待价值层次的生活，如何发展和提升自身的文化人格，又会成为伴随自身的新课题。

（八）信仰层次的人 —— 憧憬的"境"

尽管人生价值的实现，在一定程度上能够带给生命以意义和快乐，但人生价值的实现并不能完全由自我主宰，价值本身包含着自我认同与社会认可两个方面，价值实现的过程及其实现后的感受也只有自己才能掂量和体味。因为自己确立的价值观可能与现实有冲突，自己坚守的价值理念可能一时一地或者本身便不被他人乃至社会所认同，自己理解的人生意义可能在现实中无价值可言，也可能自己追求的人生价值囿于种种关系或自身素质而难以实现。因而当价值人格层次面临种种困难和困惑时，迫切需要有一种更为理性的态度、更为平和的心态和更为睿智的方式来正确对待。为此，当在价值层次确立了自己人生的目标和追求后，要不囿于并超越人生的困惑，获得长久的人生精神快乐，就需要一种思想、情感和行动的人生定力作支撑，而这种定力就来源于一种生命价值的信念与境界，就来源于一种比实现自身价值更高且植根于心灵的信仰，人生因之又会迈向更高的信仰层次，我也因之具有了信仰的文化人格，进而在现实生活开启了人生信仰的建立、对信仰的固守和对信仰矢志不渝追求的新篇章，并从中不断丰富、创造并真正拥有源于心灵的平和与幸福。

在信仰的人格层次上，尽管信仰是建立在现实人生基础上的，但信仰又是能够超越自身的；尽管信仰的现实目标或许存在一种具体性和阶段性，但信仰本身却是相对稳固并没有止境的。当我把一种追求的信念作为信仰后，便会拥有一种定力、拥有一种境界，将固守的信念化作一个又一个具体的目标，坚定地沿着信仰既定的方向不懈努力追求，使自己在信仰中生存、生活并创造人生的价值，感受生命的意义与精神的愉悦，这种信仰的价值是高于自我价值之上的价值，是一种将社会的发展与自我的人生融为一体的价值，某种意义上也是人文理想和科学精神的完美结合。因为具体的人生价值观可以调整、充实和完善，实现人生价值的方式和途径可以选择，但基本的价值情愫及其信仰的憧憬却是具有相对稳定性的。此前所经历的自然、经济、情感、心理、伦理、认知、价值等七种层次的生活追求及其拥有，在一定程度和某种意义上说还只是一种时间性的有限存在，而信仰的追求是一种时间性的延续和空间性的

拓展，这是一种更高境界的生活，所以值得为之付出并努力
追求。

（九）回归层次的人 —— 大爱的"美"

当信仰已经长存我心，感到信仰已经成为我生命的组成部
分，生活中的需求在某种意义上已经自然得无所追求的时候，
我会常常想到死亡的来临或者说是生命的永生，而为了使这种
期待的念头能转向更有意义的生活，则需要向更高的文化人格
层次努力。这种努力的目标，所能企望的便是我所生存的社会
生态环境、自然生态环境、人文生活环境能够融为一体，使自
身成为一个与自我、与他人、与自然、与社会和谐共生的人。
在这个层次上，我希望在探索自身生命意义的同时，也探索人
类本身与社会、自然的共同发展、和谐统一，思索在从自然
出发并经历了社会、文化的历练与洗礼后，如何在更高层次和
更富意义的层面，追求一种自然的回归，实现自然的文化升华
与文化的自然化，人与社会与自然都共同步入并拥有一种和谐
美好的能动状态。我希望，当实现了回归层次的文化人格的时
候，文化发展到极致，文化不再是生活中不可企望的奢侈品，
文化也不再成为烦扰生命的累赘，文化与我就如同社会和自然
与我一样，成为我生命和生活的一个组成部分。如此，我将像
自然的浪子一样带着文化回家，我的生存和生活便会变得比我
刚诞生时的世界更加清新自然、和谐美好，我和我的同伴更能

在阳光空气中、在蓝天白云下，在高山流水间，更好地感受、感恩大自然的赐予，与大自然一道无忧无虑地生活繁衍、协律并进，共同分享我们共同拥有的资源、财富和快乐。到那时，我不再会有对生存的恐惧，不再会有对社会的困惑，不再会有对生活的考量，不再会有对自然的迷茫，也不再会有生与死的顾盼……一切的一切都归于平常与自然，自适而自足，自得而自愉。

因此，回归层次上的文化人格是一种最单纯又最丰富的人格，只是这时的人类及其个体的生命，已经完成了一种从简单到复杂、再由复杂到简单的轮回，或者更准确地说，是在经历了艰难的自然人格、复杂的社会人格和探索的文化人格之后的一种自然人格的回归、升华与重生，是一种超越了固有文化概念和文化观念的崭新的文化。但人类初生时的简单，像尚待文化填充和完成的白纸，极简单又极贫乏，极期盼又极无力；而回归时的简单，是经文化描抹后的画卷定格，极丰富而又极简单，极斑斓而又极单纯；人类最终也能因此而拥有一种既合于目的性、合于规律性、也合于必然性的闲适恬静的人生。人生在这一崭新文化人格层次上的快乐，不泛滥于生理感官的满足但富有心灵的慰藉，不浓烈但清纯，不刺激但久远，是一种淡淡的可供品尝回味的无限美好且无比久远的幸福。

篇后小语

　　通过对"我为什么这样活着"的追寻，我稍稍厘清了自己作为自然生命体，由诞生、存在向生存、生活转变的发展过程，从中发现并认识已经出现和应该存在的发展轨迹：作为一个自然的生命体，首先是动物，然后成为人。在动物的状态，首先是生命的存在，然后是努力生存；而在人的状态，首先是生存，然后是创造生活。在完成由动物向人的进化之后，自身首先是"动物存在状态的人"，然后发展为"自然生存状态的人"，继而成长为"社会生活状况的人"；生命的"存在"一定程度上可以是个体的行为，"生存"却在一定程度上开始出现与同伴的关联，而"生活"则是与其他生命体（包括基本的自然）的关联和组织形态（高级形态是社会）相伴而生的。作为"社会生活状况的人"的标志是人格的产生，人格也经历着自然人格、社会人格、文化人格三个发展阶段，在人格状况中的人拥有更为复杂的关联，也拥有更为丰富的生活。在一定程度上，自然生命体的诞生和存在、生存和生活，体现出生命不同层级的存在状态及其发展脉络，诞生不一定能持续存在，存在不一定能长久生存，生存也不等同于生活；生命的诞生不一定预示着能拥有存在和生存，生存并不一定就拥有快适惬意和富有意义的生活，但生活肯定包含着生命的诞生、存在、生存和繁衍、发展。当进入文化人格的状况时，我才真正迈入有目标、有意义的生活，才开始创造并可能拥有自己有认知、有选择、有意义、有价值的人生。

而我在社会现实生活中的文化人格表象及其相应的追求，大致是按照自然、经济、情感、心理、伦理、认知、价值、信仰和回归的需求顺序而逐步展开并发展的，社会文化人格中每个层级又都有相对较为明显的需求特性，如果简要概括人生追求和发展的每一个层次，一定程度上说，自然层次追求的是本能的"欲"，物质层次追求的是现实的"物"，情感层次追求的是人间的"情"，心理层次追求的是内心的"和"，伦理层次追求的是社会的"善"，认知层次追求的是世界的"真"，价值层次追求的是人生的"值"，信仰层次追求的是憧憬的"境"，回归层次追求的是大爱的"美"，我在现实社会中的文化人格生存与生活，也总会或多或少地包含着以上的内容。但是，当处于社会文化人格的生活时，在复杂多变的社会现实生活中，我既时常感到越往高层级追求时层级间递进发展的困难，也常常感到种种需求的相互包容、相互混杂和相互关联，还感到时常出现的层级需求间的跳跃性追求，甚至在每一个层次的需求中，或者在各种层次的相互矛盾与相互混杂的追求中，都面临着令人矛盾困惑甚至相互冲突的极其艰难的抉择。自己常常感到面临着三种不同的选择：一是保持我动物的生存状态，一切都以自然生命体的存在为首选目标，而未顾及我的自然人格和社会人格，但这势必会膨胀我动物本能中恶的基因，导致与同伴与社会的冲突，或者有违文化意义上的道德伦理等。二是努力使自己保持自然人格的生存状态，与我的同伴在社会生活中和谐相处，共谋生存与发展，使我自身的文化人格追求与道德伦理的意义和规范相一致，这虽然是最为理想的追求结果，但在文明社会的发展过程中，我感到自己与同伴之间、与社会之间、与自然之间，甚至与自身的种种冲突却日益加剧，这种希望似乎又变得越来越困难。三是在有意义、有价值的文化人格生活中，不懈追求和发展完善并努力超越自身的存在，宁肯牺牲自身生命体的存在而追求道德伦理意义上的完善，求得真善美的和谐统一，但要做到这一点又是难上加难。

因而，尽管文化人格需求的九个层次有一定逻辑递进的关系，但每一个层次都包含着此前层次并相互调适着层次间的和谐，也蕴含着向更高一个层次的启程。越是往高层级的人格发展会面临更多的困难，越高层级人格上的人会越来越少，且各层级人格之间又是时常相互交织兼容的，只是在更高的追求层级上，相对会淡化低层级的需求，这一切便导致了我在现实中的具体社会生活状况及其社会生活表象的复杂性，使我本该具有的社会文化人格在现实社会生活中并不总是按其自然层次递进和发展，使我在现实的社会生活中不得不痛苦地扮演并转换着不同的生活角色。然而，我总希望并相信，通过自律且自觉的文化人格追求与完善，随着追求层次的不断提高，本能性、冲动性、偏执性的感性情感因素会越来越少，社会性、理智性、认知性、平和性的理性情感因素会越来越多，即使是一些心理和情感上的本能冲动与激情创造，都会是经过理性过滤与理智积淀选择的结果；尽管有时因现实社会状况或者具体人生际遇的变化，我也会出现一种文化人格实际状态的反向跌落，并因之感到一种无可奈何的痛楚，但这种情况毕竟是非正常发展路径的特殊现象。故此，文化人格在现实发展中，需求层次越高，社会的观念和文化的意识会逐渐增强，基于本能的自然需求会降低；基于社会性的需求增多，基于文化观念的行为会增加，基于自然本能的冲动行为会降低。在这种文化人格发展路径指引下的人类现实社会生活，特别是每一生命个体的现实生活状况，就变得更加复杂多样和丰富多彩。于是，我的思绪又将我带入了"我究竟是怎样活着的"的追寻。

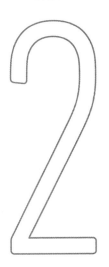

PART

我究竟是怎样活着的

人 —— 生活状况的认识

自我 —— 本我 —— 主我 —— 次我 —— 客我 —— 他我 —— 非我 —— 实我 —— 忘我

　　在现实生存与社会生活中，我充满着无数的想象、无数的企盼，但我又常常感到痛苦和迷茫。我感到自己常常被分裂成了各种各样的角色，使我本该具有的内在人格发展层次，常常迷失了天性而不能自然地递进和发展。我的生命似乎开始划分出自然意义的我与社会意义的我，进而呈现出生存的我与生活的我、物化的我与精神的我、内心真实的我与外在真实的我、心理的我与社会的我，主体意识的我与社会集体意识的我，使我因之不断且不得已地或重复或交叉或重叠地扮演着自我、本我、主我、次我、客我、他我、非我、忘我等种种角色，并在角色更替转换中构成社会现实中异化了的，然而却是真实的我，使我时常感到一种手足无措、举目茫然和撕裂心灵的痛苦。而每一种角色又从此开始包含着心理与社会的两种基本角色存在，心理的角色相对内在而较为固定，社会的角色则相对外在而较多变化。为了抚慰我心灵的苦

痛，扬起生命的风帆，我得探究这些角色的蕴含与表
象，了解我在现实社会中的生活状况，明白我究竟是
怎样活着的，使我能生活得清醒而明白。

在生活中，我常常希望有一个相对只属于自己的时间与
空间。在那里，没有时间的参照系，因而可以没有对岁月的焦
虑；在那里，没有空间的对照物，因而可以没有对生命的顾
盼。我希望能够在独立的时空中感受到一个完全自然而真实的
自我，继而升华为一个可以完全忘却一切的超越的自我，使我
沉浸于自然的天性之乐中，感受天、地、人的和谐统一。而现
实生活中，我却很难找到这样的时空。我感到：在夜晚，我能
够拥有一个活脱脱的自然的我，拥有自我的灵魂，可以像此刻
般开始我的心灵独语，而心灵的细语呢喃就像山涧的小溪、像
山谷的清风一样。在白日，我则只能离开我的心灵，痛苦地分
裂我的灵魂，成为种种社会角色的附庸，在各种社会角色之间
转换，而躁动苦痛的心灵却像死魂灵一般举目茫然地游走。所
以，我喜欢夜晚的来临，因为我可以沉浸于子夜的宁静与安
详，在夜晚的静谧之中，我能够享有对生命和精神的超越，可
以毫无顾忌、毫无干扰地敞开心灵，迎着清澈的夜风吹拂……
所以，我害怕白日的到来，因为我不愿置身于白日的喧嚣与躁
动，在白日的纷扰之中，我感到一种对生命和精神的凌辱，我

只能瞻前顾后、魂不附体地折磨我的心灵，躲避浑浊的尘埃侵袭……因此，我希望能在相对属于自己的时空中驰骋心灵，思考那些搅得我难以安宁的、我内心世界之外的社会角色，以明白我究竟是处于一种什么样的生活状态中，以探究"我是怎样活着的"这样一个问题。

在思考这个问题的时候，我不由自主地回忆起我所受过的教育、我所读过的书，回忆起自己人生的生活经历和心灵轨迹，审视着自己所面对的生活现实，拷问着自己心灵的选择，并试图理清这些纷繁而充满矛盾与困惑的思绪。

我想，当地球上的一切从纯自然状态过渡到社会状态并二者共存的时候，地球也就可以分为自然和社会两个暂时分割的组成部分了，存在的"我"也随之包含着"自然意义上的我"和"社会意义上的我"了。"自然意义上的我"只有一个，那便是充满着自然、天性与和谐的我；"社会意义上的我"原本也应该只有某种相对固定的社会与职业角色，但现实社会却使"社会意义上的我"加入了文化的意义而变得纷繁复杂，变成了"生存的我"与"生活的我"，包含着"物化的我"和"精神的我"，分化出"主体意识的我"和"集体意识的我"，进而使每一种本应相对固定的社会与职业角色都具有自我、本我、主我、次我、客我、他我、非我、实我、忘我等种种潜在的现实文化人格的现实社会角色。这些角色因处于一种潜在的隐性状态，或者处于一种潜意识与显意识之间，因而在现实社会生活中时常难以分别，更难以选择和自持，并且还时常与我的自然天性相交织，就像自然与社会难以分割一样！使我在"自然意义上的我"和"社会意义上的我"之间无从选择和前行。如果只选择"自然意义上的我"，我便常常会失去"社会意义上的我"，甚至危及"自然意义上的我"；如果只选择"社会意义上的我"，我又常常会失掉"自然意义上的我"。两种选择都是同样地痛苦！于是，为了在"自然意义上的我"和"社会意义上的我"之间寻求一种平衡、追求一种和谐，我不得不在"生存的我"与"生活的我""物化的我"与"精神的我""现实的我"与"理想的我"之间寻求调适，于是种种现实角色便不得已地进行着不断的更替和转换，进而似乎就顺理成章地成了作为社会人、作为一种文化人格，在现实社会中生存与生活中的一种妥协——一种无奈的选择，并且成为我在文化意义上存在的真实表象。

在我思考"我为什么这样活着"的时候，"自然的我"也难以逾越"社会的我"的束缚，更难以逾越自然和社会共生的我的困惑。但为了对自身的生存与生活、物化与精神、现实与理想有一个较为清晰的认识，使自己能够正视所生存和生活的现实，找到一条既合乎自然天性，也合乎现实状况的自足自适之路，我也不得不痛苦地对自身进行一次集体意识、社会属性和文化意义上的反思和解剖。我感到在现实社会之中，作为生存与生活的个体，总在不断地对社会作出种种反映，在坚守、妥协、顺从、调整、抗争或反动中顺应现实社会生活的共同体，而个体的每一顺应都涉及共同体的某种变化，因为共同体中最重要的人与人所构成的相互关系，只有在直接的体验中才具有现实指向和实际意义。因而我感到自身在社会现实中的大多数时候，总是被迫自主或非自主地需要多种社会角色的存在，以适应这种关系和体验。所以我不得不对自身文化人格中的自我、本我、主我、次我、客我、他我、非我、实我、忘我等社会现实角色及其相互之间关系进行一次梳理，以求能够解答"我究竟是怎样活着的"这样一个问题。

在对文化人格中的自我、本我、主我、次我、客我、他我、非我、实我、忘我等社会现实角色及其相互之间关系进行梳理的时候，我自然地又产生了另一种困惑，因为我在这里所要分析思考的社会角色，是一些心理学家们和社会学家们早已用旧了的词语，而且这些词语对一般的人而言又显得学术味太浓，也有些过于抽象，我也曾试图换用一些新的名词或概念，但又感到我的努力难以如愿。于是，我将仍沿用这样一些名词，并且遵从内心的感受与现实的表象，将每种角色划分出"心理的"与"社会的"不同状态，希望我所借用的这些词语，通过自我的反省和思考，能够包含我所想赋予的内涵，同时也厘清相关的概念、内涵、意义及其在现实社会生活的实际表象。

01

我生活在自然的世界

—— 尊崇"自然生理的天性原则"的"自我"

在现实社会生活里,"自我"是我的文化人格中最基本也最具有本质属性的一种社会角色。处于自我的角色中,我作为自然的一部分与大自然完全融为一体,我生命的存在与生活都是自然而然的,虽然在社会中,我却是依照天性和本能而存在并生活的,我在现实社会中没有任何装点虚装饰,也没有丝毫的顾盼和焦虑,我所尊崇的是"自然生理的天性原则",我所能感受到的就是自然世界与自然人性的谐和与快乐。而所谓的"自我",只是为了认知的方便,作为与现实社会相对的一个参照存在而已,其中几乎没有现实社会的羁绊和影响,在我身上也几乎没有现实社会的烙印,这自然是一种人们所共同企望的理想的生存与生活角色。

　　在现实社会生活中，我常常有这样一种感觉：无论我在做什么、在想什么的时候，也无论我在顾盼什么、在焦虑什么的时候，总有一种无形的力量在支撑着我，给我一种矜持与固执，希望在生活中保持自我的天性与尊严；同时，又给我一种惶恐与不安，害怕在生活中失掉心灵的拥有与希望；使我在这样一种时而彷徨、时而坚定的心态中，努力保持自我的天性人格。而导致这样一种状况的原因，似乎在一定程度上便是在现实社会生活中，对"自我"及其主体意识这种本真的社会角色的思考、困惑、眷顾与坚守。

　　我想，正如我所生存的这个地球一样，她最初只是一个纯粹的自然状态，那么存在于其中的我，在最为原始的自然属性意义上的那种生存状态，可以说是我的天性"自我"的存在，自我是我在现实社会生活中力求保持的一方净土。但当自我作为一种现实生活中的社会角色后，就很难再是一种纯粹独立的自然存在，便成了一种相对于现实社会的参照性存在。所以我既尊崇着自然生理的天性原则，努力保持自我的率性与本真，同时又感到自我相对于社会的渺小，感受到自我在现实社会中的羁绊，也感受到自我在现实社会中的茫然，当然也能理性地自知自我中天性的弱点。于是，为了顺应社会现实，为了维持自身的人格天性，我不得不正视现实，在自然天性与社会现实之间寻找到一种平衡，为彷徨的自我寻找一种现实的人生选择。为了追寻一条可供选择的道路，个体生命作为一种社会角色存在，便从"自我"开始，在现实中被迫分化成了生理的我、心理的我和社会的我，而生理的我又常常包含在心理的我之中，以至于此后丰富发展出来的各种社会角色也复如此，形成了我在社会生活中所显现的各种现实角色的常态。

一、心理的"自我"

虽然"自我"是一个参照而相对的认知概念，但自我的生理内涵却是与生俱来并植根于内心的，因而我们时常说一个人的强大来自心灵。"自我"首先是生命躯体的存在，其次是伴随生命的本能性存在，如生存的本能、生殖的本能、感官的本能、父母的本能、模仿的本能、情绪的本能等。因此，在心理的自我中，首先体现出来的是生理的自我，作为一种社会的现实角色，尊崇着"自然生理的天性原则"，是我的生命在社会现实中存在的最直接的反映，因而在现实的社会生活中表现得最为强烈、需求得最为迫切，也是人性中最根本的一种角色。因为她关系到我作为一个生命实体的存在，关系到我作为一个生命的延续，关系到我作为一个生命的最基本的需求，关系到我作为一个社会人的自然层次的实现与满足。这一切，均反映了自我作为现实社会角色的自然、生理的天性需求。

生理自我这种现实角色的需求，自然相应地反映出天性自我的社会表现。作为一种尊崇天性原则的现实角色，生理自我在现实社会生活中，处处坚守着主体的意识，维持着自我的需求，维护着自我的尊严，保持着自我的天性。一切从生命的本源出发，没有任何的修饰与伪装，她只有一个存在、生存及其满足自然本能需求的目的。但是，由于"自我"毕竟是一种社会现实角色的存在，因而自我也有她在现实中的参照性，作为一种参照性的客体存在，自我必须具有和自然、与社会、偕同伴共同生存发展的客观环境和条件，使生理的自我在现实社会中更多地存在于心理自我的状态中，这也体现了社会自我存在的一种现实状况。

　　作为包含着生理自我的心理的自我，是天性的自我来到世间后的第一次思索，体现了生理自我的社会控制与现实延伸，是自我主动面对社会现实生活后的一种内心复归与自我观照，开启了我对自然天性的一种社会观照和文化修饰，是我实现从自然的自我到社会文化的自我所迈出的第一步。因为带着自然天性的自我来到现实生活中时，我第一次发现当我作为社会生活中的一个个体，只有在与他人相对应时，"我"这个概念才能成立，主体意识只有在集体意识中才能存在，而且只有采取了与他人同样的认知态度和思维方式时，我才能够使自己成为一个同一逻辑起点、共同语境和相同情境之中的自我，而只有这种自我才能使我融入我所生活的现实社会，也才能使我感受得到自我的尊严、生活的乐趣、人生的意义、社会的美好、文化的深邃。因而强大的内心世界中的自我角色，有了第一次现实的碰撞与理性的反观；继而发现，从一定意义上讲，现实社会生活中的"我"这个概念，已经不是纯粹自然的我了，"我"已经成为我的社会化的文化性符号，而原本的自然的自我则仅存在于我的内心之中，成为一种相对于自己社会客体而言的心理的"自我"。

因此，在现实的社会生活中，自然的自我开始转入了内心的思考，我的文化意识逐步产生并且日益增强，并在文化意识的发展过程中，开始逐步认识到自我产生的过程。我想，自我之所以作为一种参照的存在，是自然的我作为一个个体，在一个有特定文化前景下的有组织的社会关系背景中，通过采取他人的态度来反观和对待我自己的一个过程，并使之成为我自己的一个思考和认识的对象而产生的。如果个体不是这样成为我自己的一个对象，我就根本不会成为有自我意识的人，更不会有一个现实生活中的社会文化的自我，而这正是心理的自我在"自我"作为一种社会角色后所担负的责任和所起到的作用。于是，"自我"作为一种社会现实角色，开始深入现实生活之中，开始了自我对现实社会的思考，开始了自我在生活观照中的内心独白，自然的自我也从此开始真正具有了其社会文化的意味，并以此作为一种社会表象出现在社会现实生活之中，只是这时心理自我，仍然在内心相对地保持着自我的强大与执着，依然尊崇着自然生理的天性原则，并藉此调和并平衡着天性自然的我与现实社会中的我之间所发生的关联。

　　我现在思考，如果要想认识我究竟是怎样活着的，并以此了解我生活的状况及相关问题，就必须认识清楚"自我"存在的方式及心理自我引导下的社会现实表象。因为这似乎是我生活于这个世界并感受这个世界、感受生活、感受自我并认识自我的源泉和出发点。

二、社会的"自我"

　　自然天性的自我是我与生俱来的原初状态，也是我在现实中希冀并努力保持的状态，但现实生活却令人爱也令人恨、令人眷念又令人烦扰，在既充满执着又弥漫困扰的人生追求之中，我始终能够感受得到有一种无时不在的无形力量，她总在支撑和鞭策着我，总在指引和主导着我，使我产生种种的希望与梦想，使我产生种种的思想与行为，也使我产生种种的痛苦与迷茫。我不能长久摆脱她的控制，我始终无法远离她的影响，她似乎与我形影相随。我感到，我生命的一切追求和目的似乎都是为了她，我生活中的一切愉悦与痛苦也都是因为她，而这种相伴我左右的无形的力量便是"自我"！因为"自我"尊崇的是"自然生理的天性原则"，而我却生活在有种种社会规则的现实社会之中。

　　当我作为一种社会的自我而存在并生活于现实世界中时，我虽然首先是为实现自然天性主宰下的某种目的、某种意义的自我而生存，但我又常常为自我因对他人和他物的依赖感到无比的痛苦，因为这时的自我已经不是原始自然生理意义上的自我，也不是完全基于天性而独立存在的自我，而是与我所存在的世界、我所生存的社会、我所生活的现实及其同伴们相互依存的群体社会的自我。我得在这种复杂的关系之中，在自身复杂的社会文化人格层次之中，求得自我的生存、自我的发展、自我的完善、自我的实现。于是，自我的现实角色，自然而然地便转入了一种心理自我角色的考量之中，以期对我有一种解释、反省和认知，并从中求得一种内心的平衡和情感的慰藉，继而再以一种恰当的社会角色状态与表象存在于现实社会之中。我深深地感受到："自我"希望只受自然生理的天性原则支配，但我却混杂着自然的、生理的、心理的、社会的烙印。

生理的自我是我自然属性的反映，她赤裸裸地来到这个世界，表明了我天性执着的一面；社会的自我是我社会文化的观照，她在自我赤裸的天性上罩上文化的面纱，忽隐忽现地透视并洞悉着我或幼稚或阴暗的一面；心理的自我则伴随着社会的自我，不断进行着自我的观照和调整，她是自我在现实中跋涉的身影，表现了我固守自然天性而自强不息的一面。同时，我也深深地感到：当一个"自我"出现在现实中时，她是作为一个认识的参照而存在的，她总是包括另一个人的经验，这时的自我已经是一种认识的、经验的、观照的和感觉性的存在，不可能有一个完独立的自我的经验存在，也就是说当"自我"作为一种现实存在的社会角色时，自我是因为他人的存在而存在，是因为有了我的参照物而存在。如果自我不能在他人或者他物与我的关系中并承认他人或者他物，我就不可能认知和实现我自己，这在某种意义上说明了自我主体意识中具有集体意识的烙印，自我的存在确实是一种社会性的存在，而这种社会性的存在就是社会的"自我"。因而，社会的自我虽然固守并尊崇自然生理的天性原则，但在现实中实际已是天性执着、幼稚脆弱、不断调整、自强不息的混合体，她使我植根于现实社会生活，并且负载着我自然天性的思想情感，调整着我社会化的文化性存在状态。

但"自我"在现实的社会生活中，根本的本质特性和现实生活追求的动因都是自然与天性。因而社会角色的自我，首先表现为我是一切有意识的自主行为的主体，是认清了的并对我的行为负责的一些具体行为的主体，现实的自我在生理自我、心理自我、社会自我的交互作用下，构成了我在现实生活中的存在状态和一些具体的社会行为，并在这样一些行为之中，形成了一种带着自然天性的基本倾向和内在品质的、不断发展变化的自我社会角色形象。正因如此，自我作为一种现实社会角色，总是追求自然天性的完美并努力保持这种完美，但其社会文化表象却是不完备的。所以，在自我以及后来的种种社会角色常态中，我有时会在自然生理天性的主宰下，表现出某些冲动反常的率真可爱，有时还会出现冲动反常的率性、粗鲁和莽撞。因而，当自我作为一种社会角色和文化意味而存在于现实生活中时，有时也表现出脆弱与幼稚，自私与狭隘，这决定了自我的成长完善需要一个漫长的发展过程。而自我人格社会化的逐步发展，也将是自我的社会文化意识的丰富与强化过程，自我及其自我意识必须在与社会环境的交互作用中求得逐步形成和发展完善，以不断满足实现自我的追求和需要，不断实现自我一个又一个的人生目标直至我的理想和信仰。由于这时的自我还处于一种为自然天性而生存的境界，所以在一定程度上仍然生活在自然天性世界之中。

当我以"自我"这种社会角色来到世上并努力保持自然生理的天性原则时，生活在现实社会中，却感到自然天性的自我很难一成不变地率性率真而为，需要不断地加以调整，以应付不断发展变化的社会生活现实，以决定我对人对事的态度和方式，使自我在现实社会中求得生存、生活和发展，并在经过社会文化的多重人格和多种社会角色的洗礼之后，完成自然自我的漫漫蜕变直至文化飞跃，最终再次实现一种文化自我和生态自我的自然回归。这种对"自我"社会角色的反动，便决定了我此后将面对一个又一个现实社会角色的产生和塑造，而首先紧随"自我"这种现实社会角色的便是"本我"。

02

我生活在快乐的世界

—— 恪守"保护自我的快乐原则"的"本我"

　　"自我"作为一种源自天性的社会角色，具有主观的理想化色彩，一旦自我进入现实社会生活中，必然会折射出社会的烙印，在现实社会生活中投射出相对的影子——"本我"。因而，本我是自我在现实社会生活中的直接体现，是自我融入现实社会的第一种具体表象，虽然有着社会文化的特性，但仍然力图保持自我的本质属性，恪守"保护自我的快乐原则"，总是努力将自身与社会文化的氛围和谐融合，并希望社会化生活能为自我的天性服务，本我所表现的社会角色特点便是努力按照本性实现自我，使自我的世界充满快乐。

　　在思考现实社会生活中的自我时，我有一种强烈的感受，那就是当我处在生活的十字路口必须做出自己果断的抉择时，自己常常会在维持天性自然的自我还是变通地成为一种适时的社会角色的选择中难以自已。因为如果固执地选择天性自然的自我，可能会因天性的过于率真而不容于时世，也可能会因自然的莽撞冲动等弱点而失去理性，更可能因过于天真而事与愿违。这时，似乎在冥冥之中，在自己身上存在着一种中间性的、选择者似的过渡角色，这种角色所担负的重任便是在矛盾和困惑之中做出选择，并决定自己相应的行为，以使自己的行为既能符合自己的自然天性，又能符合现实社会的种种规则，实现自我心灵与现实的和谐，从而达到自己所希望能够实现的目标。我试图能为这种角色找到一个适当的名称，但是，我又难以创造出一个既新颖又贴切的名词，我不得不借用一个早已有之的概念来表达，于是我把这种处于自然天性的自我与现实中各种社会表象化的自我之间的这种角色称为"本我"。

正因为如此，我想，"本我"是自我无法或也不能在现实社会生活中完全尊崇"自然生理的天性原则"的一种现实妥协，是"自我"步入现实社会生活前的准备，也是"自我"步入现实社会生活后的第一次折中性调整，是自我从自然天性到社会文化性之间起着十分重要作用的一种必不可少的社会角色，反映出本我以恪守"保护自我的快乐原则"为手段，力图保持自我的自然天性所付出的努力。

一、心理的"本我"

"本我"是力图维持自我在社会现实中的天性人格的一种社会角色，是自我在现实社会生活中的直接体现，是自我融入现实社会的第一种具体表象，是自然天性的自我与社会性的自我之间的一座桥梁。她所担负的职责是：恪守"保护自我的快乐原则"，努力使自我既能在现实社会中生活得自足而自适，同时又坚定地维护自我的自然本性，使心灵的自我现实化，使现实的自我心灵化，在自我的心灵与现实的社会之间努力求得一种平衡与和谐，从而实现自我在文化意义上的发展，实现自我由天性向社会性的一种文化意义上的转向和现实的延伸，使自我在这种转向延伸中仍能享有并感受到生活的快乐。

因此，当自我进入现实生活并作为一种"本我"的现实社会角色而存在的时候，便弱化了我自然生理的特性，使我在现实生活中不只是为了满足自身本能的需要而生存，希望能在满足自身基本生存需要的同时，也能满足我在现实生活中的社会文化需求，使自我获得一种超越纯粹自然而又符合自然本性的文化意义的再生。因而，在现实的社会生活之中，本我具有更强的心理性的特征，心理的本我充分反映了自我步入现实生活后的心灵情感和内心思索，是作为现实社会角色的自我对所处环境的感知与思索，是自我在现实社会行为前的观照、认知、分析、比较、判断和思考，是对自然天性的自我每一次社会深化的约束和抉择。

心理的本我不仅随时随地拷问着心灵的自我、安排着自我，而且还随时随地引导着自我、抚慰着自我，自我在现实社会生活中一切社会行为选择和表现都是心理本我努力的结果。因此，心理的本我像一位练达持重的老人，像一位洒脱飘逸的智者，装点了自我的生理本能，变通了自我的自然天性原则，把天性脆弱的自我带入现实的社会生活之中，赋予自我社会文化的思考，面对生活作出种种社会文化的选择。

因此，心理的本我不仅思索着天性自我的社会现实生活行为选择，决定着社会本我的现实行为和表象，而且决定着社会本我的社会文化生存的价值取向，检验着其现实行为的结果，同时也不断及时地审视并调整着现实角色的充当，使社会本我的每一次选择都得到内心世界的认同，并在内心的平衡与情感的慰藉之中，进入现实的社会生活，充分发挥本我的社会角色作用，为自我的社会文化生存与生活殚精竭虑。

二、社会的"本我"

在社会生活之中，当自我作为一个认识的参照而存在于现实中时，自我是作为社会和他人的客体而存在的，是以承认他人或者他物与我的相互依存的关系为前提的。为了认识社会和选择生活的需要，为了认知自身和实现自身的需要，自我需要一种社会化的生存与文化意义的生活，需要一种更为社会化的角色作指引。因此，在具体的现实生活之中，沟通自我与社会现实的关系尤为迫切，在心理"本我"的指引下，社会的"本我"便具体担负起了这样的职责。

自我尊崇自然生理的天性原则，不受理智和逻辑的法则约束，也不具有伦理和道德的因素，自身并无多少社会文化的意味，也不与他人他物发生更多的相互关系，自我只受一种愿望的支配，即维护自然的天性，只是愿望和行动，并将行动的方式与责任交给"本我"，本我则维护自我的自然天性，崇尚和追求自然天性的快乐，尊崇"快乐的原则"。本我是自我与外界接触和交往的现实中自我的化身，是自我的行为控制中心，为了自我的利益而与外部世界进行交流与往来，满足自我不断增加和发展的需要。

作为社会的本我，充分体现了自我步入现实生活后的社会性的一面。本我作为一种社会角色，在充满矛盾与诱惑的现实生活中处处维护着自我的本性，表现为自我的化身的角色，为了自我的利益而存在。因而，社会的本我具有自我的秉性，表现出立足于自然天性的思考和选择的特征，是自我深入社会现实生活的先锋，赋有为自我做出合情合理的社会选择的职责。

当我作为一种社会的本我而存在并生活于现实世界中时，我已经不再纯粹是生理意义上的自我，也不是纯粹自然意义上的自我，但也不是纯粹社会化的自我，而是常言所说的一个合情合理的自我。我的内心中充满了自然天性、社会性和文化意义的思考，我的现实角色混杂着自然天性、社会性和文化性的特征，我得在维持自我本性和对他人他物的依存中做出选择，以与我所存在的世界、与我所生存的社会、与我所生活的现实及其同伴们融洽地生活，使自我能既合于自己目的也合于社会规范地生活。于是，我必须在自身复杂的内心世界和多样的社会文化人格层次之中，约束并变通自我的自然天性，不断地调整自己的选择，求得自我的生存、自我的发展、自我的完善、自我的实现。于是，社会本我的角色，自然而然地又反转一种心理本我的社会角色之中，以期有一种解释、反省、认知和检验，并从中为自我求得一种内心的平衡和情感的慰藉，也就是说心理本我与社会本我之间虽有区别，但又相互作用、相辅相成。

本我在所扮演的社会角色中恪守着一种保护自我快乐原则，快乐是因为维护和保持了我的自然天性，而不是放弃或者失去自然天性，她是根据自我天性的需要，按照现实的社会行为准则，结合自我的种种生活选择及其社会行为的需要，在社会文化的意义中控制并引导自我，去计划或实现与社会中各种人和物的交流与和谐，使自我克服天性中的弱点，恰到好处地在各种社会角色中得到选择、调节、控制、变通和合理的搭配，使自我的内部精神世界与外部社会现实彼此协调，使内心世界与客观现实世界相吻合，由一种保护自我的"保护原则"

而达到实现自我的"快乐原则"。这一过程需要理性的认识，需要在自我的刺激下，对自我现实行为目的取向与相应的具体行为等，通过知觉、记忆、思维、认识、判断等复杂过程，对自我进行一种现实的思想和检测，从而从思考问题到解决问题，最终满足和实现自我的需要。

因此，本我的社会角色形象就是一种朋友的形象、智者的形象、家长的形象，她为了实现社会的自我而控制生理冲动的自我，她为了实现文化的自我而变通调理本能粗犷的自我，她为了实现自我的超越而提升自然天性的自我，她为了最大限度地实现自我而最热忱地关爱着自我。所以，我在现实生活中才因之具有理性和理智，也因之而具有智慧和热情，也才因之而具有追求和梦想，也才因之而可能实现我人生中一个又一个的目标！

但是，在奋进的一个又一个目标中，我能够一帆风顺地享有我自然的天性吗？如果前途并非坦途，本我又准备好迎接下一个角色的挑战了吗？

03

我生活在自主的世界

—— 追求"主宰自我的自主原则"的"主我"

虽然自我和本我力图保持我的自然天性求得快乐，但在社会现实生活中却常常难以遂愿。于是，自我在现实社会的氛围中拼命挣扎，努力通过本我对角色进行调整，以保护自我天性的快乐；而本我在现实生活中第一次调整后的社会角色表象便是"主我"。处于主我这样一种社会角色之中，虽然我仍然努力保持天性的自我，追求着"主宰自我的自主原则"，使我尽量地生活在一种能够把控的自主世界之中，但仍能体会到现实的严酷，感觉到世俗的诱惑，体味到文化的浸染，触摸到情感的复杂，感受到社会的约束，激荡着理想的召唤。因而，主我是一种既痛苦又顽强地力求自主自为的社会角色。

　　当我作为一个社会文化的人而生活在这个既色彩斑斓又纷纭繁杂的现实世界中时，我最大的痛苦便是灵与肉的内心搏斗，我最大的困惑就是在天性与社会之间、在理想与现实之间交织中的理智与情感的矛盾。生命的生存使我常常受到来自物质世界和感官世界的诱惑，自然生理的天性常常促使我时有获取本能快感的冲动；心灵的生活又使我常常感受到精神世界中内心理想的理性召唤，使我在本能追求感性的快感之后常引发理智的后悔，也使我常常在理性的反思中因长久的期盼而感到现实的困惑。于是，我急切地需要一种精神的支撑，热切地盼望有一种理性的力量，使我在现实的社会生活之中能够自重而且自持。

　　在现实的社会生活之中，虽然我常常感受到被压抑的自然天性的呻吟，感受到社会对自我的种种约束，感受到现实中种种有违常理常情的诸多异端；但是，我同时又感到自身人性中自然天性的非理性力量太强，理性在我实际的现实社会生活之中常常难有占上风的机会，天性直觉、生理本能、自然冲动、心理定式常常是率先成为我行动前的第一反应，似乎我在很大的程度上还是过着一种感性而冲动的生活。虽然我相信少数睿智且刚强的人能过一种理智而理性的生活，但我仍然相信大多数人在一定程度上会受天性与感性的支配，特别是在困苦与迷茫之时。因而我随时随地都强烈地感到需要一种能够理性而理智地支配自己的现实角色，以在压抑天性与舒张天性间做出

现实理性且明智务实的抉择，"主我"则正好充当了这样一个
角色。

一、心理的"主我"

在现实社会生活中，我强烈地感受到，我的生活中除了
生性的本能冲动之外，还有一种难以自我控制的心理冲动，我
希望能够靠自然赋予我的意志、靠生活给予我的智慧、靠认知
带给我的理性主宰自己，使我在现实社会生活中既不失之于我
所中爱的自然天性，又不失措于我所面对的现实生活，能够顽
强地获得生存的条件，能够理智地抵御世俗的诱惑，能够从容
地面对生活的磨难，能够睿智地应对社会的挑战。于是，在自
我的天性驱使之下，在本我的引导之下，我内心便产生了一种
强烈的自主意识，在这种主宰自我的意识的驱动下，我会立足
于自我的自然天性，扎根于本我所处的社会现实，调整自己当
下的内心情感，在理性和理智的指引下，运用我的智慧为自己
的行为做出一定的选择，从而起到一种驾驭自身、支配自我的
作用。

因而，心理主我的这种社会角色，具有天然的优越感，具
有天生的倔犟性，具有追求的执着性，具有审视一切的气度，
充满着理性的光芒，闪耀着睿智的火花。处于心理主我这样
一种角色之中，我能够以自我的自然天性为中心，以我的生活

追求目标为出发点，对我所面临的一切，通过本我的认知、思考、辨别、推理和判断等，做出尽量符合自身自然天性的选择，以寻求自然天性与行为目的在社会道德规则和世故常情中的最佳契合点。

因此，心理主我具有一种十分强烈的自恋和自尊的情结，以自我的自然天性为中心，以我的生活追求目标为出发点，以自我目标的实现为着眼点，一切的一切都离不开自我这个中心环节。但是，心理主我这种自恋情结又不纯粹是一种狭隘的、抑或本能的自私自利的行为，因为心理的主我本身因其对自然天性自我的无限忠诚而无可厚非，只是在其可能的现实社会行为选择中，有一种变通实用的社会角色组合而已，因而心理的主我也不一定是一种违反社会道德行为规范的行为，而且从终极意义上看，心理主我的选择应当是一种合目的性与必然性、合自律性与他律性、合道德性与信念性的一种主宰自我的主导行为。

故此，我深深地感到，在现实的社会生活中，心理的主我不仅是每一个正常的人都具有的一种现实角色状态，而且是每一个正常的人所应该具有的一种社会角色。只有心理主我存在于自身时，我才能感受到我是一个能够主宰自己的真正的人，我才能在复杂的社会现实之中，才能在令人困扰的情感矛盾之中，才能在各种生活的考验与磨难之中，为自己的理想和信念赢得自主权，坚定不移地走自己的路，争取到尽可能好的结果。

二、社会的"主我"

在现实的社会生活之中，"自我"努力保持天性的自我，在复杂的现实氛围和情感困惑中拼命挣扎，努力通过本我以自己的方式而生存并生活着，使自己能够尽可能地自足、自适且自得地活着。而在一般的正常情况下，作为一个正常状态下的人，自我会将自身自然地托付给本我，以决定自身的社会行为选择，而主我便是本我毫不犹豫地为自我所首先选择的一种社会角色表象形式。

在心理主我的支配之下，自我的社会表现形式便是社会的主我。处于主我这样一种社会角色之中，主我比自我和本我更能够体会到现实的严酷，感觉到世俗的诱惑，体味到文化的浸染，触摸到情感的复杂，感受到社会的约束，激荡着理想的召唤。因而主我努力追求着"主宰自我的自主原则"，力图使自我尽量地生活在一种能够自主、自持、自为的世界之中。因此，作为一种社会角色的主我是自我社会化的直接化身和体现，自我通过本我进行体认，本我通过主我展示现实表现，总体上既体现本我又受自我控制，既表现出主我的现实行为又受自我所支配，使主我为我的生活目的及其社会行为做出相应的现实选择。

如果说在主我之前，自我在"自然生理的天性原则"下，本我在"保护自我快乐原则"下，都还是更多地以维护我的自

然天性而存在，并始终以自我的真实面目而出现。那么，在
"主宰自我的自主原则"之下，主我虽然还是对自我负责，虽然
还是基于自我和本我的需要，为自我的奋斗目标和理想而努力，
但主我所做出的现实社会行为选择则不一定是不折不扣地符合
我的自然天性了，而是根据自身面临的具体情况，从自身的现
实利益和长远利益出发，从自身的近期目标和长远目标着眼，
所做出的一种具有现世意味的实用性和现实性的选择。所以，
主我不仅是一个健康的自我所必须面对并充当的一种社会角色，
而且是我人生中一个十分重要的、具有转折点意义的社会角色。

因为，主我除忠实于自我的各个生活目标及其始终不变的
理想信念外，更会在不同的社会现实中、不同的生存环境中、
不同的生活际遇中，以及与之相对应的种种生活状态中，为自
然天性的自我做出各种各样的社会角色选择和安排配置。主我
所必须考虑的问题首先是存在，其次是生存，再次是生活。因
而，社会的主我具有自我目标的恒定性与现实选择的灵活性。
也正因为有了主我的这种轻灵应变的主宰自我的角色，也才使
得自我的现实社会角色多种多样，也才使得自我的思想情感充
满了激情与困扰，也才使得自我的现实社会生活复杂多样而且
丰富多彩。

那么，主我还将面临怎样丰富多彩的生活呢？这种丰富多
彩的现实生活又会让我充当一些什么样的社会角色呢？我还得
沿着自己的心迹，继续地追寻。

04

我生活在理性的世界

—— 遵循"压抑天性的理性原则"的"次我"

　　"次我"是与主我相对应的一种理性化的社会角色。在这种社会角色中生存和生活，表明我已经不能再固执不变地坚持主宰自我的原则，不得不在社会集体意识的观念下，以压抑天性自我的方式存在。由于文化的浸染和道德的指引，也由于现实的严酷和社会的约束，还由于理想的召唤和与情感的困惑，本我在具体的现实社会生存中不得不将天性自我加以隐忍和约束，主我只能转而遵循"压抑天性的理性原则"，使自我的天性被规范在社会文化意义的理性之下，以理智而积极的态度面对社会现实生活。处于这样的社会角色中的便是次我，次我是自主化的主我的一种理性的弱化，是自我向社会现实的一次真正的变通性退让。

　　在现实生活中，主宰自我的意愿常常不能在现实中得以遂愿，不论自我、本我也好，还是主我也罢，维护自然天性的努力常常不得不屈从社会现实的规范和约束，人的意识世界中开始有了个人的主体意识与社会的集体意识之别。因为人性中自然天性的恶的基因，无疑与社会的道德规范相抵触；即使是人性中自然天性中美的纯真，也常常因其率直而难以容于世事；更不用说由于社会现实中一些恶劣环境的肆意破坏和冲击，所造成的自我本身的扭曲和蜕化。因此，生存并生活于现实社会的秩序、规则和集体意识观念之中，自我常常不得不隐忍自然天性中的纯真与直率，不得不弱化自然天性中的情感与意志，不得不抑制自然天性中的鲁莽与冲动，以使自我的行为能够符合社会的道德规范和人际关系准则，从而能够容于所面对的社会现实而变得理性和理智。而这种变化或许也是个人步入文明社会的代价，也是文化带来的苦恼，在一定意义上也反映了文化和文明发展进步中对人的自然天性的压抑、压制、甚至是扭曲。

　　如此，在现实社会之中，似乎生活中的一切时常与自我的主观愿望相去甚远，我常常有一种不能主宰自我的困惑，有时甚至还有一种难以掌握自我命运的痛苦。因而，自我的社会角色形象就不能再以本我或者主我的方式存在于现实生活中，在社会现实的打压之下，自我、本我、主我等社会角色只有转为一种隐性的存在而埋藏在内心深处，而将自我的社会角色表象拱手让给"次我"这种角色。所以，"次我"是自主化的主我为了在现实社会中的生存生活，不得不进行的一种理性化的自我，是自我在一定程度和一定意义上弱化的结果，是自主化的自我向社会现实的又一次变通性妥协。但是，次我之所以为次我，是仅仅次于主我这种主宰自我的社会角色而言，并未丧失自我天性中的善良与美好，并未丧失自我的信念和理想，只是为了现实生存、生活的迫切需要所进行的一种自我的社会角色变通与调整。

一、心理的"次我"

当我从自然的人到社会的人再到文化的人，开始作为社会的文化人而生存和生活的时候，我就感到我所存在的人类社会的产生，实际上是基于我与同伴们间相互依存的伙伴关系的，而且这种关系还使我们彼此生活在一种共同形成并认可的集体意识观念之中，这种共同的关系和意识决定了个人是不可能脱离自己的群体而生存的。但我同时也强烈地感受到，不仅每一个社会主体之间不一定随时随地都能和谐相处，而且每一个主体的基本抱负在一定程度上还常常都同强制性的社会处境相冲突。因为每一个主体从进入现实社会生活开始，都认为自我是主要者，都有一种希望主宰自我的主体意志；但实际上每一个主体同时又是他者和群体中的客体，因之便导致自我生存的自主性分离于社会现实性的倾向，因而现实处境中的自我既是个体的主体，同时又是他者的客体，使自我常常在各种社会环境和社会关系中成为次要者。

其实，就我所经历的自我、本我、主我这三种现实角色而言，虽总体上尚能一以贯之地维持我的自然天性，但从尊崇"自然生理的天性原则"到恪守"保护自我的快乐原则"，直至追求"主宰自我的自主原则"，在其内在逻辑与现实路径上，其实已经逐渐表现出了自我在社会现实中的顽强坚守与逐步退守，而当发展到"次我"的现实角色时，更是一次真正艰难而痛苦的选择。在这种自我天性不断隐忍弱化、退守退让的发展过程中，心理所承受的压力无疑是巨大的，我在现实社会生活中，时常感到自身不可能任意处置自我的情感、意志、冲动和自发性，难以获得主宰自我的那种特权，更不可能像处置惰性动物那样，可以任意通过对立或者暴力去实现，只能在现实中靠理性和智慧去获得。于是，我不得选择遵循一种"压抑天性的理性原则"，继而，心理的次我便开始扮演其社会角色了。

因而，心理的次我在自我的社会角色之中便扮演了一种自我弱化、自我说服、自我调适、自我变通、自我选择的作用，起到了一种认识生存环境和社会处境的思辨作用，使自我的主体意志在理性和现实的指引下，为了现实社会生存生活的需要而暂时地居于一种次要的地位，使自我不因主体意志的弱化而在内心深处受到伤害，并使得自我主体意志的这种调适与弱化，能够在自己的内心世界中得到认同，同时又不至于使自我因之丧失自己的主体意识和理想信念，这既体现出从自我到本我、从本我到主我、再由主我向次我的角色转换的心路历程，也反映出这些转换中内心的无奈与坚强。

所以，心理的次我在自我的社会角色表象中，是一座沟通心灵自我向社会现实自我过渡的桥梁，是自我主体意识与社会集体意识相互作用的真正开端，是自我主体意志由感性向理性发展的一个必然的现实状态。我不可能永远生存在一个纯粹自然的环境，也不可能永远生活在一种纯粹的自然天性里，也不可能永远生活在自我的理想愿景中，我必须在遥望天国的同时，低下自己的头，脚踩眼前的大地，看好自己即将迈出的每一步。因此，在走向理想的征途上，我必须扎根于我所赖以生存的社会现实，这是心理的次我对我提出的忠告和选择。

二、社会的"次我"

生活中，我常常听到"退而求其次"的忠告，我也常常用这样的话来劝慰自己，这正好表述了作为一个社会文化的人在现实中的一种无奈，也正好反映了一个社会人在现实中对天性自我的隐忍与打压。社会的次我相对于本我和主我而言，在现实社会生活中便起到了这种"退而求其次"的作用，因为社会的次我在现实社会生活中所遵循的便是"压抑天性的理性原则"，社会的次我本身就是天性自我的一种理性退让，是社会主我在无法主宰自我的情况下所进行的一种理智而现实的选择，是社会的自我在进入现实世界前的一种充分准备和彻底投入。

由于社会的次我以压抑天性的理性原则引导着我进入现实社会生活，因而这是一个较为复杂且痛苦的过程。因为，虽然社会的次我受社会集体意识的影响，遵循着"压抑天性的理性原则"，但是这种理性的压抑在现实中却有着两种不同的情况：一种是主我的主动行为，另一种是主我的被动行为。

首先，我思考的是主我的主动行为。主动地降低主我的主宰意识，使自我的自然天性在理性的引导下，按照社会集体意识约定俗成的观念，根据现实和自身目的的需要进行调整，将自我的长远理想目标放在第一位，结合现实的各种社会规则、行为准则和具体的生存、生活环境进行思考，这是一种理性而主动的现实行为选择。因为这种选择虽然在表现方式上违背了自我的天性和愿望，但自我的天性是被理性地放在次要的次我地位的。因而这种选择不仅是主动的，而且是理智的，是主我的一种主动的自我实现过程。

其次，我思考的是主我的被动行为。被动地降低主我的主宰意识而服从集体意识，使自我的自然天性在现实的逼迫下，根据自身目的和现实的需要进行调整，将自身的个人现实利益放在第一位，结合自身的各种利己目的进行思考，这是一种明智而痛苦的现实行为选择。因为这种选择虽然在总体上并不违背自我的天性和愿望，但自我的天性是被压抑地放在了次要的次我地位。因而这种选择虽然明智，却很痛苦，是主我的一种曲折的自我实现过程。

因此，次我对天性自我的理性压抑，不论是主动的行为选择，还是被动的行为选择，从总体上看都是自主的自我在现实面前的一种妥协，从主观上讲是一个不得已的痛苦选择，从客观上看也防止了过度自我的强势、莽撞、冲动等现实行为，是自主的自我在主观上的一种无奈而理智的退让。但是，这种妥协毕竟还不是一种完全违背自我天性的背叛，也不是一种牺牲自我理想原则的献身，而只是一种理性或理智地在现实社会中进行生存和生活的需要。为了这种需要，主我会让位于次我，采取一种在进取前的暂时退让策略，以使自我能在现实的社会生存、生活之中求得一种心灵的平衡与安慰。

但是，现实社会的生存与生活，似乎就像一个吞食我自然天性的无底洞，有了次我对主我的这种压抑与退让，也并不能让我得到一劳永逸的释怀与宽慰，我的前面还将面临更多的挑战，使我不得不在现实中扮演更多的社会角色，在种种现实的社会角色中进行历练，直至凤凰涅槃。而在经历了次我角色的考验后，紧接着又将面临"客我"角色的淬炼。

05

我生活在困惑的世界

—— 表现"调适自我的观照原则"的"客我"

　　"客我"是自我在现实社会生活中的第一次隐退，在一定程度上是自我在现实社会中的一种具体化、常态化的社会角色，表现为"调适自我的观照原则"。这种客我的社会角色以主动的客我和被动的客我两种形式而存在。当我以客我的形式出现在现实社会之中时，我一定程度上已经不再是原有的自我，而是成了为顺应现实社会生存、生活需要而扮演的一种客体的角色。这种社会角色体现着人在人类文化中的自我观照，或者反映了人在现实中被压制后的主体与客体间的社会角色转换。所以，当我在现实社会中扮演客我的角色时，主宰自我的主我由次我进一步退化为客体的地位，次我中的自我主观性也变为了客观性存在与认知求同，因而我在一定程度上是生活在一种困惑的世界之中。

在现实社会生活中，我感到曾经充满勇气和自信的天性自我是如此的渺小，如此的无奈！以致自我总是在现实中不停地退让，似乎当我开始群体生存至步入社会生活时，便决定了天性自我作为客体地位的"彬彬有礼"！而且在自身不断彬彬有礼地克制着自我以适应所面对的现实时，对客我的感知或许就并不陌生地隐藏在自己的潜意识中了。因为我无时不感到自身的渺小，无处不感觉到自身的被动！相对于我所置身的世界而言，我永远是世界的客体；相对于我所生活的社会而言，我无疑也处于客体的地位；即使相对于我的同伴而言，我仍然是同伴们所看待的客体。我在这个世界的存在是受时空限制的，受社会约束的，受同伴们制约的，我只有一个躯体，只有一次有限的生命，在自然空间和历史时间之中，我只不过是一个孤独的个体，是这个世界的一个匆匆的过客，有着一种无法改变的生命本质和社会属性所决定了的客体地位。所以，为了自身的生存和生活，必须把自身的生存从自我的内在性中猛拖出来，必须把自身的生活从主我的主宰性中痛苦地挤压出来，使我能够正视并实现自身现实存在的客观真实性，在社会现实的客体地位中实现社会文化自我的转型，从而在现实中不断进取，努力以客我的角色应对所面临的社会生存和现实生活，继而通过一个又一个的人生目标，实现自我提升后的丰富和超越，从而实现一个主客体统一的崭新自我。

但这种客我的转型并不完全属于自我自由意志的选择，而是在主我与客我之间，经过次我游移与过渡后的一种深思熟虑的选择，是自我从主体主观性向主体客体性的转型。因为在力求保障自然天性所赋予我的自由时，我深感客我与自然天性自我的分离与冲突，更感一种渐渐浓厚的困惑和不幸意识，我开始成为一个有分离意识的人，生活在一个令人困惑的世界，于是我更加渴望在分离中保持自我生命的主体。而要从自我的绝对主体向相对主体乃至绝对客体转变并实现和谐统一，便必须首先将自我的主客体分离开来，将自身置于一种相对"无我"的客体地位进行认知性的换位观照，为这种分离后的主体寻找实现超越的突破口，以探索在社会现实中实现自我理想的道路。

一、心理的"客我"

其实在现实的社会生活中，我的真实存在似乎就是一种主体的我与客体的我的互动统一形式，所以在内心深处，我得正视天性自我的这种现实分裂，在不同的生存环境和不同的生活际遇中，在自我观照中不断调适自我的社会角色与现实行为，使自身暂时生活在一种无我的世界中，把自我置于一种客体地位，从客体的视角反观于己，随时明白自己的现实生存环境和真实生活状态，以决定自己现实角色和社会行为的不断调整和选择。于是，自我通过次我的理性压抑，再一次地降低了自我主体的主观性，再一次在社会现实生活中做出理智而理性的退让。但客我与次我在主观上的主我主体退让不同，客我是把自我主动放在一种客体地位和集体意识中进行思索观照和行为选择的社会角色形象，在一定程度上是一种脱离主体的现实退却。稍许安慰的是，这种客我的退让，还不是自我自然天性泯灭的质的变化，客我总体上还在自己理性的支配与掌控之中，是按照"调适自我的观照原则"所进行的现实而理性的让渡与互动。

因为我深深地懂得，作为一个社会文化的人来说，我必须在现实的生活中才能实现社会中真实的自我；如果没有现实社会生活的行为，除了我自身生命体的存在之外，我什么也不是。但是，在现实中要判明自己是什么人并怎样做人做事，常常会感到十分困难，因为要在现实生活中压抑自我主体而又不丧失自我，必须在相对被动的客体地位中参照集体意识的观念不断主动地调整自我的社会角色，而这又并不是一件十分容易的事情。这种困难并不是因为天性的自我难以辨明，而是隐藏在客体中的现实自我在努力实现主客体的互动统一时，常难以真正客观地观照、辨析、判断和准确把握。在现实的主客体角色分离中，我既难以摆脱主宰自我的主体意识的存在，又时常会感到似乎现实中根本就没有真实性的自我存在，于是即使处于客我的地位，我也无法看清楚自己，甚至找不到自己，我有时感到在现实中除了我所扮演的社会角色外，似乎什么都不是。

　　于是，我明白在现实生活之中，自我的本质不会先于存在，自我所设想的可能不会超出现实，一种纯粹自然独立而天性率真的自我的观念主体，在社会现实的观念文化中似乎什么也不是，我应当根据具体的现实环境与状况对自己进行评估，并且在天性自我的想象、安排与社会自我的真实、选择之间进行鉴别与互动，因此心理的客我便开始发挥心理调适的机制和作用。只有这样，我才能在社会生存和生活中实现自我主客体的统一，才可能真正实现社会集体意识与文化意义中真实的自我。其实，当我不能以主宰自我的方式存在于现实社会生活，而以次我的社会角色而生活时，我便开始具有了客我的倾向，因为这种社会角色的产生，便是自我容于现实社会，采取社会的视角，对自身进行反思观照的结果。而客我在某种意义上也是与主我相对的，体现着代表共同体中其他人的那一组态度，作为心理的客我必须首先将自身融化在相对于主我的客观世界之中。

　　所以心理的客我在某种意义上是一种潜意识的压抑与选择，因为我存在的主体只能在与客体的对立中才能确立，我把自己树为主要者的同时，也开始处于同他者、次要者、客体相对应的位置了。因而，我作为现实的生存者只有通过主体的疏远、通过自我的客体化，才能顺利地发现生活中真实的自我，并借助客观世界去发现某种形式存在的自我，这个自我既要有别于天性的自我，又要属于我自己，这种矛盾、困惑与互动，在现实社会生活中每时每刻都与心理的自我相伴随，这既是心理客我所随时感受到压力，也是心理客我所肩负的责任。因此，当我内心顽强地树立我的主体地位时，会有一种强烈的权力意志支撑着我；而当我不得不处于客体的地位时，我又会被一种强烈的自卑情结所笼罩，心理的客我使我在权力意志和自卑情结之间成为心力交瘁的人。为了面对现实的检验，心理的自我必须尽可能地拉开自己与社会的距离，使自我通过对客我的客体观照，进一步认清现实中真实的自我；而当面临现实的角色行为时，心理的自我又必须尽可能地接近社会现实，尽可能地贴近自己，以求得现实中自我主客体的统一。

我作为生存者的这种心理客我的感受与表象，具体表现了我的现实生存处境，只有全方位地从生存的现实环境和生活的具体状况去认识，将自身置于一种客体的地位和集体意识中去认识，对我才是具体的存在。作为现实社会的生存者，不仅现实存在只能在现实世界中确立，主体意识在一定意义上也存在于社会的集体意识之中，现实生活只能在现实社会中展开；而且用以追求主客统一和自我超越的角色设计及其角色扮演，也只能在现实社会中完成，人生价值也只能在价值世界中确定，我的一切都有赖于现实世界的真实存在和真实生活。因而我既生存在对现实的顺应与调适中，也生活在对现实的逃避与抗争中，更努力行动在主客体角色的统一和自我实现中，这便是心理客我的现实作用与真实写照。

二、社会的"客我"

　　早有哲人说"人的身上同时具有善的本源和恶的本源，人必须将自身置于客体的地位才能认识明了"，这不仅反映了自身生存与生活所必需的客观自我观照，而且也反映了自身在现实中超越自我和实现自我的途径，而在现实社会生活中，扮演这种角色的便是社会的客我。虽然心理的客我还包含着自我理性的思索与选择，但社会的客我作为一种现实客体的角色表象，却在一定程度上表现出"无我"的表征。在现实社会中，我常常感到在实现自身每一个目标之前很难完全理解自己，似乎某种意义上早已生活在一种无我的世界之中。有时候，甚至其他人还可以告诉我某些发生在我本人身上而自身并未感知的事，而自己却常常无从把握，以至于我的现实行为表象使自己吃惊的程度常常不亚于使他人吃惊的程度，这似乎也昭示了自身主客体存在的一种二律背反，揭示了自身社会角色中被动客我的真实存在，即当我不得不处于客体的地位时，常常是一种不自觉的无我状态。但是，尽管客我在现实中处于客体的地位，却仍然回望着自我，表现出"调适自我的观照原则"，使社会的客我有着两种不同的情况：即主动的客我与被动的客我。

　　在现实生活中，有一种客我的角色是主动的行为，是次我根据现实的需要所进行的一种主动的选择，这种选择有着两种责任不同的情况：一种是在次我引导下的理性行为，理性地将自己置于一种客体的客我地位，这时的次我还在维护着主我的存在，主我也尚能在一定程度上发挥自身的作用，引导着社会客我的行为选择与实现目标，努力求得主客体的互动统一；另一种是迫于现实压力或者是受到现实诱惑，使次我非理性地、甚至无意识地将自身置于一种客体的客我地位，这时的次我再也不能完全保持主我的存在，主我也在一定程度上失去了自身的作用，引导着社会客我行为选择的是客观现实中迫切生存或某种个人利益的需要。但不论是那种情况下的行为，都是次我在现实中被迫地接受现实要求的打压，不得已地将自身置于一种客体的客我地位与集体意识的观念之中。因此，当我以客我的社会角色形式出现在现实社会之中时，我已经不再是原有的自我，而是成了为顺应现实社会生存、生活需要而扮演的一种客体的角色，有时甚至感到自己社会客体角色的成熟，似乎也意味着自然天性自我的丧失。

　　而社会客我的角色又分为两种形式而存在，一种是理性主我力求保持主客体的统一，主动为顺应现实社会中生存和生活需要，将自我放在一种客体地位的互动，使自我转化为一种客我的角色；另一种是自我被动地且有时是不自觉也无意识地，使自我处于一种客我的社会角色之中，自身只能在事后进行调适。但不论是主动或者被动地扮演客我的社会角色，对天性自我都是一种弱化甚至放弃，都处于一种相对的或者是暂时的无我状态之中，表现出一种现实的调适自我的观照原则。但是，在实际的现实社会生活中，自我是常常难以分辨客我的社会角色是主动性的还是被动性的，因为没有一个主体会自觉自愿地在现实中变成次要者和客体，我常常在坚持主体意识时融入了集体意识，在拒绝变成客体之时导致了自己变成客体，或许拒绝的过程正是作为客体进行思考的过程，这一作用机制似乎对所有被消极魔念困扰的人都是活用的，而这也正是一种心理客我无意识的客体性行为所导致的一种社会现实自我的客体化，并又反过来反映了我自身的客体性的一面。

于是，在反思社会客我这种现实角色时，我感到靠自然的天性和自然的力量不可能支配一种道德的选择。为了在现实中顽强地合目的而合规律地生存和生活，就必须以文化的社会视角、集体社会的观念正视自己现实中的客体地位，只有通过客我的社会角色观照和互动，才能努力实现主客体的和谐统一，才能做出正确的符合生存、生活需要的现实选择，这正是社会的客我在正常的情况下所承担的职责和所扮演的角色形象。否则，我可能在自己客我的社会角色定位中逐渐蜕化为另一个"他我"甚至"非我"。

06

我生活在无我的世界

—— 体现"弱化自我的现实原则"的"他我"

如果说客我在一定程度上还有自我的影子，那么"他我"则纯粹是一种完全被客体化了的社会角色。处于他我的角色中，自我已经远离，现实的我不仅使自身处于客体的地位，而且自身还要处于他者的位置，采取"弱化自我的现实原则"，站在自己的对立面来思考自身及其所面临的问题；因而在一定意义上说，天性的自我已经蜕化为一种纯粹社会性的自我和文化性的自我，是一种几乎无天性自我的社会角色。"他我"又常常分化为主动的他我和被动的他我两种具体的角色表象，处于这样的社会角色中，他我是客我的一种现实化的自我弱化，是客我向社会现实的再一次变通性退让或者屈从，时常使自身处于一种无我的现实世界中。

在现实的社会生活中，当我思考自己所面临的现实问题，特别是自己的角色和行为时，总会站在他人的位置上、把自我置于一种客体的位置，从社会、文化的角度来分析考察，判断自我的情况、自我的行为和行为的结果等。比如：这件事如果这样做，与此相关的方面会有什么样的反映？别人会如何看待？社会的相关行为准则是否允许？行为的结果会怎样？等等。即使我偶尔在某种冲动的情绪下，使自己的行为先于这种思考，但事后我也会将这种思考弥补上。这种现实行为与社会思考紧密相随、难以割舍的现象，正好说明了这样的事实，即我虽然是在为自身的行为思考，但这种思考本身又使我自己处于了一种客体的位置，我成了思考自己的他者，而与自己行为相关的客体与集体意识却成了我思考中的主体，似乎在一种主客体的换位中成就了他者的视角，成了一种"我"与"他"之间的一种换位。但这种自身生活的现实行为，正好说明了这样一个道理，即不是他者在将本身界定为他者的过程中确立了此者，而是此者在把本身界定为此者的过程中树立了他者，这也正是自我在进行客体观照时所产生的一种辩证统一关系。也就是说，在我的日常现实社会生活中，虽然我是以自身主体的形象存在并生存、生活在世上，但我的现实生活形象实际上是一种客观的社会角色表象，在这种真实存在的社会角色形象中所反映出来的，既不是完整的天性自我，也不是一个能够完全主宰自己的自我；是自我在本我、主我、次我、客我等社会角色引导下的逐步淡化与蜕化，而社会、他人等认识客体逐步强化的一种自我生存、生活轨迹，并使自己逐渐变成了一个无我的"他我"。

当我作为一个社会文化的人开始思考的时候，我真实存在的社会角色便包含了自身主体与客体在某种意义和一定程度上的辩证统一，即我不仅要把自身置于他人所在的客体位置，而且还要以集体意识的观念、从他人的视角来反观诸己的主客体关系；我既是社会现实生活的主体，也是社会现实生活的客体，还是社会现实生活的他者；我既是社会现实生活中的自我，也是社会现实生活中的他我，现实的我也是自我和他我的统一。因此，"他我"是客我在现实社会的打压下，在现实面前退缩的结果；是自我深入现实生活后，在客我的进一步弱化下，在社会现实生活中做出的一次理智而理性的换位，直至在某种意义上忘却自我的结果。这与客我脱离主体的现实退却不同，如果说客我还只是一种自我退却的思考和观照，那么他我则是一种自我弱化的暂时忘却。作为社会角色形象的他我，是把自我放在一种客体的地位并站在他者的位置上进行观照、思索和行为的社会角色，是在一定程度上忘却自我的一种社会生存实践者的形象。

一、心理的"他我"

在现实的社会生活中，我既渴望着存在又渴望着生存，既渴望着生活又渴望着安宁，似乎精神的烦恼是自身生活和发展的代价；然而我又在梦想不安宁中的安宁，梦想令人费解的但又仍被赋予意识的充实。我常常感到随着自身阅历的不断积累和知识的不断丰富，自身的文化与文明的内涵愈加增强，自然的天性却愈加弱化。当我处于心理他我的角色之中时，这种弱化天性自我的倾向日强，社会他我的角色成分日重。他我既使自我的理性变得愈加强大，也使自我的天性进一步地弱化和扭曲，我内心为之惶恐不安，也为之痛苦难言。但我内心深处又非常明白，他我虽然是我的对立面，却是存在于自身中并为自身而存在的，她既分离于自我意识，又总是努力靠近自我意识的认同。只要自我主体想要坚持自己的权利，我就只有通过我所不是的、有别于我自身的那个现实，才能认识我自己并且实现我自己。在这种时候，心理他我的角色形象便应运而生且日渐加强了。

其实，当我在生活中随时从心理暗示和社会行为中表明自己是主体和自由者的同时，也就出现了他我这个概念，从那时起，自我的主体性同他我的关系就是富有戏剧性的：他我既是自我极力排斥的一种威胁、一种危险，又是自我在社会中生存的需要。但这种戏剧性又并非纯粹是一种威胁与危险，在更大的意义上是一种社会文化意味的游戏，以及由此产生的一些所谓社会的、文化的、心理的规则。于是，作为心理的他我，随时都在根据自我主体所面临的情况，在内心深处为自我寻找一种现实思考和社会行为的参照，寻找在此时、此地、此境中的一个他者，并站在这个他者的位置上反观可能产生的效果和影响，以决定自我主体的行为。因为作为心理的他我十分明白，任何一组概念若不同时树立相对照的他者，就根本不可能成为此者（自己）。同时，处于心理他我的角色中，我也明白：没有一个因素可以介入心理生活而不具有人的意义，没有一个因素可以介入社会生活而不具有他人的意义。并不是本性在规定着我的文化思想和社会行为，而是在基于主体利益同本性打交道时规定了自己。

因此，心理他我之中，本性毕竟是一定程度上的内因，情感是一种对外界的反映，心理他我使天性自我与现实他我在内心互动，以求得本性与外界的和谐，并因此而规定了现实社会中的自己，这也正是心理他我所起到的现实作用，而通过这种心理他我的现实审视和调整，自我达到了认识的整体作用，但他我同时又使自我与整体相分离。在心理他我的角色之中，我总是试图抵御他我的入侵，表现为交流、沟通与说服等，总想在内心占有、控制和驾驭他我，而要达到这个目的，我就必须始终是我自己。但是，由于不可能的占有所导致的挫折，我只能转而希望能在一定程度和某种意义上成为我无法与之结合的那个他者；于是作为一个社会人的存在，我不得已地体现出

"弱化自我的现实原则"，包容着一个"他者—他我"的形象，似乎生活在一个无我的世界。也就是说，在客我时，我还只是追求着主我与客我的对立统一；在他我时，我还得在他我的观照中，实现主我、客我和他我三者的统一。

在现代文明中，每一个人其实只有在心理上对自己才是主体，但每一个人可以内在地认识的只有天性自然的自我，要认识社会中的自我，只有通过客我与他我的换位、互动、调整，以及集体意识的观照才行。而且，不同的个体在不否定自己的情况下，总在努力寻求着与社会和他人的互相交融，虽然这种希望常常遭受到挫折，但这正是心理他我所扮演的角色形象和角色遭遇。也正是在这种心理他我角色的引导和调适之下，心理他我决定着他我的现实社会角色形象及其文化社会的真实表象。

二、社会的"他我"

作为与心理他我相对应的社会他我，按照弱化自我的现实原则，我似乎生活在一种困惑无我的他者世界中，只要自我主体想要坚持自己的权利，就只有通过我所不是的、有别于我自身的那个现实，才能实现我自己，而这个他者又似乎是存在于自身并为自身存在的，尤其是在受到别人注视时，我感到自己只是一种存在物，我把自己的存在投入一个映像，努力以此补偿这种厄运，而这个映像的真实性与价值，似乎又是由别人来确定的。因此，处于社会他我的角色地位，便在现实的生存意识中感受到一种真正的相异性：他我既分离于自我意识，又努力认同自我意识，从而使他我成为一种个人参与社会、社会参与个人的角色形象。

社会的他我在现实中仍有两种不同的情况：主动与被动。主动的他我，是为了由单纯的自然存在向真实的社会文化存在迈进而进行的一种换位审视和选择，在一定意义上是一种合于社会秩序、合于道德规范、合于人文准则和社会集体意识的理性行为。被动的他我，则是一种为因狭隘的个人利益而苟合于某种利益集团或者势力群体的行为，在一定意义上时常会是一种违背社会秩序、违背道德规范、违背人文准则的非理性社会文化行为。

主动他我行为是客我在现实中根据现实的需要所进行的主动的选择，有着两种不同指向。一种是在客我引导下的理性的行为，即理性地将自己置于一种他者地位的他我角色，这是为了更好地认识自身，做出符合社会规范和人际交往准则的选择；另一种是迫于现实压力或者是受到现实诱惑，使客我非理性地将自身置于一种他者的他我地位，这是一种受趋利准则影响的狭隘的自我选择。

被动的他我行为是客我在现实中被迫地接受现实要求的打压，不得已地甚至是出于本能需要地将自身置于一种他者的他我角色中，这是一种极为痛苦的不得已的接受，其中没有选择的条件和余地。这种进一步的被迫弱化退让，即使充当了一种有违自我的、降低了心理标准的角色，但主观上还不是一种自觉自愿苟合于现实的行为。

正因为社会的他我有着主动与被动的现实存在，所以在生活的体验中，我感到在社会文化氛围中的理性压抑，是一种自由中的不自由，抑或成为不自由中的自由，具有强加于人并使人变成"有目的、有教养"的他我的角色特征，是一种对自我的控制，扼杀了人自然的本性，压抑了人充沛的活力，其结果是紧张、困惑和厌倦。因而任何人都不情愿在现实生活中扮演他我的角色，因为那样的话，手段会立刻成为目的，并且作为目的桥梁的手段的中介价值就会变成绝对价值，于是实用性或者工具性就会超乎真善美和理想、自由之上，而这是任何一个具有较高文化意味的人所不愿意看到的结果。当然，只有极少数的人才能够正视自然中的非人化的自由，并试图去破译它的外来含义，将之与社会文化的人化自由相结合，以求最大限度地实现理想与现实的统一，从而也在客观的观照中，实现主客体与他者的统一。

所以，当我作为他者的社会角色存在，明白社会中的自我是如何包含着主我与客我、本我与他我的统一的时候，就应该认识并避免两种极端的行为倾向：一是忘记了我也是他者中的一员而一味地谴责他人，在对待他人他物的态度中谴责多于谅解，因为谴责一个人比原谅一个人要容易；如果自身总是处在一种谴责的位置或者处于一种谴责的心态，那么便会产生并生活在不满或者异化的倾向之中。二是因为处于他我的社会角色中而无原则地认同他人，以所谓现实的压力作为借口，实质上迁就并原谅自己；这种所谓的现实压力其实是生存者通过认同他人来逃避自我的倾向，在每个人身上似乎或多或少地都有这种倾向，而且大多数人还屈服于这一倾向，但这种倾向发展的结果便会使自身成为对自己自然天性、生活信念和社会规范的背叛者，而这时的自我就会成为一种将在其后涉及的、变质蜕化的"非我"的社会角色形象了。

正因为社会他我这种社会角色形象的存在和作用，我在现实社会生活中时常感觉到一种难以调和的矛盾和困惑：我既渴望着现实生活的激情，又渴望着内心生活的安宁，但似乎生活的动态性和安宁的静态性本身就是一对相伴的矛盾；我渴望着现实生活又渴望着自然存在，但似乎生活的追求和存在的自足本身就是一对天生的矛盾。由此，我明白了精神的烦恼似乎就是自身生活和发展的代价，而我又永远地梦想着不安宁中的安宁，梦想令人费解的但又仍被赋予意识的生存充实和生活意义，因为作为一个社会的生命体从来不会只满足于自身的存在，生命本身是动态发展和追求动态的，心灵本身又是静态存在和希求静态的，生命与心灵二者间的动与静的矛盾就注定了生活的矛盾和困惑。但是，生活本身的矛盾和困惑似乎还并不可怕，可怕的是人在生活的矛盾和困惑中的"非我"的异化。

07

我生活在痛苦的世界

—— 显现"失去自我的异化原则"的"非我"

在现实社会中，当自我、本我、主我、次我、客我、他我等社会角色都不能使自我的生存或生活得到满足时，"非我"这种社会角色便可能随之出现了。非我，是对天性自我的否定，是一种为了在现实中生存或者生活得更好的，在文化意义上完全抛弃自我的异化了的社会角色。在非我的社会角色之中，天性自然的自我常常或主动或被动地被扭曲和异化，使自我在扮演非我的社会角色中常常已经变得面目全非，自我唯一的存在便是肉体的存在和感官的满足。因此，在一定意义上说，非我既是一种理性者在社会文化意义和道德精神上极其痛苦的或者蜕变堕落的社会现实角色，也时常是非理性者自我放纵的一种社会现实角色。

在对他我这种社会角色进行思考的时候，我想到了被动的他我行为，这种行为是客我在现实中被迫接受现实的打压，不得已将自身置于一种他者的他我地位中，这是一种极为痛苦的接受或者选择，因为其中几乎没有选择的条件和余地。但与这种被动的他我相类似而又有着本质区别的一种社会角色，则是在现实的打压或者诱惑下，自觉自愿、自发自为地成为蜕化变质的他我，从而完全抛弃自我而成为非我的角色，以求苟合或者渔利于社会而获得某种自私狭隘的现实满足。处于非我的社会角色中，常常会以所谓现实的压力作为借口，无原则地认同世俗、趋附市侩、迎合他人。这种所谓的现实压力，其实是生存者通过认同他人甚至是苟合于他人来逃避、放弃自我，本质上是一种背叛自我的心理倾向和行为选择，在每个人身上似乎都容易或多或少地产生这种行为倾向，而且一些人还屈服或沉溺于这一倾向，这种倾向发展的结果，会使自身成为对自我自然天性、生活观念、价值信念和社会规范等一切社会文化意义上的真善美的背叛者，而这样的现实行为取向及其表象，就是社会非我的角色形象。因此，非我是人在社会现实中失去自我并异化了的一种社会角色形象。

当我设身处地思考非我这种社会角色的时候，我感到一种对天性自我的良心拷问。因为在"失去自我的异化原则"下生存生活，真实而现实的我已经变得面目全非，即使获得某种感性感官之乐，也是短暂而痛苦的，甚至是充满悔恨的；在非我的角色之中，其实就是在苦痛之中，充满着一种难以言表的心路历程。因而，对人的非我角色的思考，是一种对社会自我的痛苦反思，也是一种对人的社会化历程和文化化进程的反思和追问……

一、心理的"非我"

我常常感到自己不能满足于当下的生存和生活现状，感到应该不断地探索、追求和充实自己的人生。但我常常感到现实难遂人愿，追求使人困惑，未来让人惶恐。在我的感知当中，人是在自然中生成并存在，又通过社会获得生存的可能、生活的状况和社会的价值的，并以此作为自身向现实和未来超越的起点。但在社会中，人的生存方式和生活习俗不可能根据生物学去推断，因为人的一生似乎充满戏剧性，构成社会的个人决能任随本性的摆布，每一个人都有自我主体控制的权力意志，但在一定程度上又是服从于社会习俗和集体意识的客体，现实自我和客体他我的自卑情结相伴，由此引起的冲突便使个人在迎合或者逃避现实的过程中有时多谋善变。于是主体的自我，总是希望并努力地从自我所忧患的社会客我、他我中挣脱出来，因之常常破坏自我、客我、他我的平衡统一关系，在一定程度上患上社会态度失调的心理疾病或者社会性神经病，被现实社会扭曲和异化。被异化的心理非我角色形象，正是这种社会病态的反映。

在心理非我这种角色中，常常有着两种不同的心态及反映。第一种是自我因为对现实的深深困惑和恐惧，先在心理的激烈斗争后，自觉、自主将自己扭曲成为现实的奴隶，降低自我的社会人格并放弃自我的价值追求，造成自我的无能并抛弃自我，从而使自我变得低下和丑恶。第二种是在第一种的基础之上，生存本能的心理过程不断膨胀和发展，在现实的种种生存压力与物欲诱惑下，常常不自觉地，甚至是本能地将自己异化成了现实的奴隶，造成并真正地成了自我的无能，甚至将这种无能视之为有能，而使自我变得愈加卑鄙和狰狞。这两种心理行为之间有着必然的联系，也就是说只有当具备了第一种心理非我之时，才有可能发展成为第二种心理非我，但又并非有了第一种心理非我便会必然导致第二种心理非我。而且，在第一种心理非我之中，自我更多的是一种扭曲的异化，自我在达到现实目的后，常常还会感到的一种后悔、后怕、自责、反思等；而在第二种心理非我之中，自我已经彻底蜕变异化成为一种社会现实的非我，自我似乎只能感知到一种麻木、短暂且病态的愉悦和心理满足。

虽然心理非我这种对现实的尊崇、妥协和投降，有时是出于现实生活的诱惑与利诱，但更多的是出于对现实生活不满足的失落、困惑、不满与恐惧，因为人性中所充满的真善美常常是出于对生存、生活的需要，以及精神上的情感和追求等满足，而并非出于对现实的爱。因而处于心理非我这种角色中，我更感到自身的生命之中所具有的双重特征：它既是意识、意志和超越，即是精神；它也是物质、本能和被动性，即肉体。这表明了人自身社会存在所包含的精神与肉体的两面性，也集中反映了人自身文化存在中的感性与理性、理智与情感、理想与现实这三大困惑人的冲突和矛盾。在这种充满两面性的矛盾与困惑当中，心理的非我无疑是屈从并迎合于了本能与冲动的欲求，让生理本能与现实欲望极度膨胀，遗弃了自我社会文化意义追求中的理性、理智与理想，选择了肉体的声色、物欲、快感而抛弃了人格、精神、价值的追求，选择了工具理性的运用而否定了价值理性的坚守，使自我精神层面的价值让位于自然生理本能的欲求。

我想，或许人正是在所拥有的欲望与追求中才不断发展进步和充实完善的，但如果追求发展到非我这种异化自我、蜕化变质的境地，又是事与愿违的结果。可是人的感受本能又似乎时常超过思维理性，当非我角色的人生体验业已发生时，理性理智的思维才来得及进行总结、反思和调理。现实似乎就是这样残酷，我所恐惧与所渴望的事物，又好像永远是我自己生存的化身；人生感性的体验和经验，时常会取代理性的思维和辨识；社会集体意识中的一些潜规则，时常会动摇主体意识的坚守；现实行为中人性的丑陋，时常会排挤思想中天性的纯真；除非经历非我，我真不会料想自身可能经历和发生的任何扭曲和异化的现象。但是，人所经历的一切异化又似乎常常是人自身存在的化身，只是在现实社会中具体异化的程度与表象不同而已，因为除了主动的异化外，又确乎存在着被迫的异化。

在一定意义上讲，作为精神主体，我创造了自己的生存环境和生活世界，感受到生活的情境和心境，因而我似乎能处在这个被自己塑造的世界之外，成为它的统治者。但若把自己看成一个自然躯体，我就不再是一个有独立意识和完全自由的人，我陷入这个世界之中，只不过是一个有限存在的，甚至是易腐烂的客体，这是人的一种生存状态或生活的状况，即精神与躯体的二重性体现，也是生命与精神的较量，心理非我这种角色形象正是在这种较量中自我蜕化的淋漓尽致的反映。但不管怎样，不论是自我、本我、主我，还是次我、客我甚至他我，都不愿意看到自身角色发展到非我这种生存、生活状态，因为非我这种角色真切地反映出我的一种心理的异化过程，其结果必然导致自身会在现实社会中尊崇"失去自我的异化原则"，进而促成社会非我角色的产生与扮演。

二、社会的"非我"

我感到在现实的社会生活之中，与两种心理的非我相对应地，人的社会非我也具有两种具体表象的可能性，一种是在本能欲望"理性"指引下的、非理智地被迫扭曲的非我，一种是基于趋利行为的、非理性冲动的主动异化的非我。这里所讲的冲动，是类属在个体里，同自己个别现实性状态不符合的相反紧张关系；每一种冲动都产生动机，而每一种动机都只能根据冲动来认识。

与社会非我的两种可能性相对应，社会非我在现实中的具体现实角色扮演，也可以分为两种类型：一种是为了顺应、迎合生存和生活的需要，被迫尊崇"失去自我的异化原则"，在社会中被动地扭曲了的自我；另一种则是纯粹出于利己主义的需要，主动尊崇"失去自我的异化原则"，完全背离和彻底异化了自我，成为游刃于社会、混迹于现实的主动异化了的自我。在第一种非我之中，自我是一种扭曲的异化，常常会在达到现实目的后，在内心感到的一种后悔、后怕、自责、反思等；而在第二种非我之中，自我已经成为一种异化的扭曲，所能感知到的似乎只有一种达到现实目的后的短暂、麻木、病态的愉悦和短暂快感。因此，不论是哪一种非我的现实角色，就自然天性的自我而言，都是生活在一个痛苦的世界里，因为自我异化后的非我，已经使我彻底地变得不再是我了。

我感到，在社会非我的角色中，要么经历着从非我中的超越，要么经历着在非我中的沉沦，在经历被解放或者被遗弃时，本质上都是极其痛苦的，不能对非我的角色存在误解与歧义。但我发现存在一种需要反省的认识，误认为社会的非我即是现实中真正的或真实的自我，或者认为自我只能在社会的非我中实现：由于一个人永远不会顺利忘却或者取消自身所分化出来的自我，更不会彻底地泯灭自我中所包含着的天然的人性之善；所以当在现实社会生活中扮演非我的社会角色，并误认为此时扭曲或异化的自我就是社会自我和本我的客体化时，在非我的角色获得满足的情况下，常常希望将非我这种自我扭曲或异化的角色固定下来，使自己变成一个固定不变的物，以求得自我，或者说在一定程度上求得一种心灵的自赎，进而实现和释放人性中的善，在善中求得生活的宁静与温馨，这或许便是常言所谓的"富生善"，以及恶人时而存在的善心。其实即便此时，由于对这种扭曲或异化自我的误解，人自身还可能使这种异化的自我变得愈加狰狞和丑陋，自我的内心也难以获得一种真正的宁静与和谐；因此非我在一定程度上真还是一种有意味的自我反映与社会化表征。但是，我随时提醒自己应该明白，这种扭曲或异化的自我并不是真正的脱胎于自然天性的自我；而且还应该懂得，主动的、极端的、异化的非我不仅是可怕的、不值得提倡的，而且也是需要警惕和防范的。因为自由自主的真善美的人生，不可能在扭曲和异化的假恶丑的人生中得以实现，正如正义绝不可能在非正义中实现一样；因而即使是通过社会非我的角色实现了人的某种现实良好欲望，人心底的希冀却是无法得到满足的，因为异化后非我的满足只能一时一地，而本真自我的愉悦才会一生一世，这或许正是人常常会在实现某种现实欲望后反感到失落和痛苦的原因所在。

　　通过对社会非我的反思，生活的困惑使我常常感到，在现实的不断打压和不断丰富的利诱中，社会中的自我只有不断的心理调适和多变的现实欲求，生活中的我似乎很难恒定拥有真正的理智、理性和意志，这或许正是在心理非我的作用下所导致的社会的非我产生的重要原因之一。但一个人如果沦落于自然生理的本能欲求，沉浸于社会的物欲与生活的感官之乐，不再和社会发展的人格要义和价值内涵真正结为一体，追求人与自身、人与人、人与社会的和谐，那么道德这一抽象的观念也便根本不会成为人的思想和行为的任何障碍，人生便难以获得自我所希冀的长久而宁静的幸福。

　　当我思考非我这种社会角色之时，冥冥之中，我又善良地期盼或者是模糊地看到：即使是恶本身或许仍包含着不可能丧失殆尽的天性中的善，人之所以变得扭曲和异化，似乎是在一种特定的社会状况或事物境况中存在的假恶丑，对意志薄弱者的自然天性中恶的部分的诱发；也似乎常常是社会文化进程中的一种暂时的痛苦的过程，抑或是一种短暂的现象。因为如果在一个处处充满着真善美的社会文化环境之中，是不可能有扭曲异化与丑恶狰狞萌芽生长的土壤的！此所谓中国古人所言的"橘生淮南而为橘，橘生淮北而为枳"。当然，除环境的因素外，人自身的定力更是极其重要且必要的，如果拥有坚强的定力，对社会非我这种异化蜕变的角色，自我不仅会加以防范和排斥，而且还会自觉加以抑制和打压。

在这里，我感到还有另外两种特定的、看似"非我"角色的、失去自我的现象，值得注意和思考：

一种是不可控的失去自我，即人在特定的社会或事物环境下，常常会在整体的中心失去自我，这种自我的失去，常常是一种在本能引导下的冲动似的自我忘却，是一种被周围感染后的不由自主，这里虽然也"失去自我"，但不是在尊崇"失去自我的异化原则"，而是一种暂时的非完全扭曲或异化地失去的自我。典型的事例便是我们处于一种特定的令人大喜大悲的极度的喜怒哀乐的氛围或者状态之中时，常常会有一种所谓的"失态现象"，因此才会出现一个理智之人在特定情境中的狂喜或大悲，也才会出现一个平常假恶之人的"由衷"的善举等看似反常的非我情况。

另一种是可控的失去自我，即在特定的社会或事物环境中的"失去自我"，这是一种人们常说的装疯卖傻似的"失去自我"，如在某种强权或专制的社会状况下，在某种威逼或绝望的生活情形下，人们都会理智、理性而又自主地扮演这种假装的"非我"角色。一个人之所以会扮演这种"失去自我"的角色形象，是因为在这种特定的社会或事物环境中，与其让别的有意识的自我弄得发呆、弄得痛苦而得不偿失，还不如自主而主动地"失去自我"来得更彻底且更合目的性。

这里所反思的两种特定"非我"角色形象，虽然在行为表象上似乎与非我相同，但又明显地与非我的角色形象所遵循的"失去自我的异化原则"有着本质的不同。在这里，似乎无法控制而失去的，或者努力营造并刻意为之却又难以真正实现的，其实才真正是一种人们一直都在努力寻求实现的一种社会角色形象，即"忘我"的社会角色形象。而在通往忘我的道路上，我感觉我一生之中扮演最多的角色，可能就是不同程度地混合着前述自我、本我、主我、次我、客我、他我、非我等种种社会角色形象的"实我"角色形象，这是现实的社会生存、生活中，我大多数时间里所充任的角色，这种角色既是我生活中不稳定的角色中相对稳定的"常态"，也是我现实生活中幸福与灾难、欢愉与痛苦、荣誉与失落、执着与彷徨等一切人文感知的渊源和渊薮……

08

我生活在闪烁的世界

—— 陷入"现实角色的转换原则"的"实我"

　　"实我"是人在现实生活中实际扮演并呈现的社会角色形象。虽然人的一生中包含着自我、本我、主我、次我、客我、他我、非我等角色，但这些角色都只是现实中种种可能的个体角色选择和个体角色表现，现实生活中的角色扮演常常不是单一的。人的自然本性、社会环境、人文氛围、类属生活都不可能允许任何人只以一种固定不变的角色存在于现实的社会生活之中，总是逼迫着个体不断地改变着自身，以使个体能融入社会的现实生存和自己的类属生活之中。因而，社会中的个体总是不断地变换着自己的角色，不断地寻求着既比较适合自身的，又不至于与所生存生活的环境过于冲突的、相对稳固的角色定位和角色组合，并为此陷入一种"现实角色的转换原则"之中，生活在一种闪烁不定的"实我"角色世界之中。

　　我深切地感受到，在现实的社会生存和生活之中，尽管已经包含并经历了自我、本我、主我、次我、客我、他我、非我等种种角色，但没有一种角色可以成为我生活中的常态，而且每一种角色似乎还或多或少地影响着我在现实生活中的角色扮演，我无法在现实的社会生活中保持一种恒定不变的角色，我所能感觉到的是社会、自然、群体等现实，都总在不停地逼迫或诱惑着我为生存、为生活，不停地转换着自己的现实角色。为了在强加的角色与自己所希望成为的自我角色之间寻找到一种妥协、一种平衡，自己不得不尽可能地在种种角色中进行不停的定位、选择、转换和组合，甚至种种角色有时也在心理上引导着自我的角色调整，我常常感到自己在现实生活中的社会角色难以自持，心理也时常无法准确、全面、真正地选准和固定自己的一种社会生活角色，难以把握住自己在现实社会生活中的命运和走向，尽管智者常说"命运就在自己的手中"。

　　于是在社会现实的生活中，自己自觉或者不自觉地陷入"现实角色转换的原则"中，似乎生活在一种闪烁而变幻不定的真实的"实我"世界之中，并在其中品茗着生活所带给我的一切酸甜苦辣，而这种实我角色却又是我在现实社会生存、生活中的最常具有的一种状态……

一、心理的"实我"

在现实的社会生活之中，我感到唯一可以相对保持不变的似乎就是自己心理的角色，或许这就是常言所说的"江山易改，本性难移"中的"本性"，这也似乎正是自我心理角色的反映。但是现实生活中的心理角色仍然令自己困惑而苦恼，因为即使看似唯一可以保持恒定不变的心理角色，在生活的实际情况中仍然是充满着矛盾与困惑，仍然面临种种角色的思考与选择，在固守心灵的宁静平和中同样充满着闪烁不定的困扰，甚至时常充满着心灵的拷问与煎熬……所以我的现实人生中，才会出现自我、本我、主我、次我、客我、他我、非我等种种经历过的社会角色，而种种角色的出现，不又正体现出我不变的心理角色在现实中的一次又一次调整和退让吗？更使我惶恐的是，这种心理坚守与退让的矛盾困惑，不仅没有终结，而且还会经历更多的角色，还会在种种角色之间进行选择、转换和组合，而这似乎还是我社会生存和现实生活的一种角色扮演的常态！

我深深地懂得，自己要在世上生活得相对独立和自适，首先必须坚守自我的社会人格和文化人格，保有相对闲和宁静的心灵净土，因而我总是努力在现实生活中追寻一种恒定的或者相对固定的心理角色，使自己在良莠不齐的集体意识、纷繁复杂的现实氛围和变化多端情感困惑中，能有一种相对独立平和的心态和心境，使自身不至于在现实的诱惑和干扰中迷失生活的方向和心灵的坐标，在现实生活中不随波逐流。但是，这种固守和追寻却常常不能圆满，自己感觉更深的常常是一种迷茫、浮躁与困惑，于是现实中自我的心理角色似乎总在不断地对自身的生存状态、生活状况和人生际遇做出判断，不停地对自身的现实角色进行选择、变换和组合，活脱脱地呈现出一个陷入"现实角色的转换原则"的心理实我，使心理的自我生活在一个闪烁的世界中难以自持。

因而，为了现实生存或者社会生活的需要，心理的实我角色最为显著的特点便是为了追求心理角色与现实角色之间的平衡而变换不定、调整不止、追求不息，心理的实我总是不断地在心理的自我、本我、主我、次我、客我、他我、非我等心理角色中进行着现实的选择、转换和组合，忽而为了保全生存的某种状态，忽而为了满足于现实的某种需求，忽而为了追求心理的某种慰藉，忽而为了平衡社会的某种关系，等等。凡此种种，似乎都有一个明显的原因归宿，即不论是出于何种的动机，不论是为了实现什么目的，也不论选择的是什么样的现实心理表现角色，心理的最终取向终究都是屈从于来自社会外界的某种压力或诱惑，将心理的自我置于或者暂时置于一种次要的客体地位，使自身能在现实的抉择中满足现时当下的某种迫切需要，使心理的自我能够在一种暂时的平衡与平稳中求得一种慰藉与平和。所以，心理实我这种角色时常是处于一种矛盾彷徨的状态之中，为了平和心理角色的需要，总企望用一种现世的暂时妥协或者明智的选择，努力追寻一种相对固定的心理角色。然而，现实的真实状况却是变化无穷的，人的心理也随之闪烁不定，似乎不断的妥协便永远遵循着一种被迫的角色转换与角色组合原则，甚至有时不得不退缩为次我、客我、他我乃至非我等角色。

如果说心理实我角色在现实社会中进行现实转换是为了固守某种心理的需要，或者说是为了某种现世的变通等，尚可理解。但是，有一种心理的实我角色却随时提醒着我保持警惕，时常促使着我进行思考，即那种随波逐流的心理的实我。这种随波逐流的心理实我看似同样遵循着现实转换的原则，但却把这种现实的转换看作一种与世界和社会的周旋，看作一种狭隘自我利益的获取，并将此看作一种现实生存与生活之必须，在与世界和社会的周旋中寻求着某种满足、体会着某种乐趣、感受着各种享乐，享受着种种感官。这种心理实我的出发点和归宿都相同，即都是以实现狭隘利益和本能享乐为目的，不断满足自身不断膨胀的自身肉体的感官之乐，而不会为了某种更为高尚或者某种更为崇高的目的而努力。

因而，心理实我对心灵的努力固守与现实的矛盾冲突，或者造成一种内心的矜持和固执，就像大海中的磐石一样在狂风与巨浪中孤寂自傲；或者形成一种现实中的飘忽与闪烁，就像天空中云团一样看似悠闲自得，但却经不起风吹和炎热一样，时而悠游，时而消散，时而哭泣，甚至堕落成为一种纯粹的动物性生存，就像原始的生存状态中的猛兽，只有觅"食"的动机和行为……所以，当我处在心理实我这种角色状态中时，我需要在心理的调整中，将自身程度不同地置于一种心理的次我、客我和他我的现实角色地位与心理状态之中，在现实社会角色的不断转换、选择与扮演之中，努力使自己多保持几分清醒与坚守，努力使自己不至于迷失生活追求的方向。

二、社会的"实我"

我感到在我摆脱动物的存在状态、以人的自然状态和社会状态在现实社会中生活后，特别是在我的社会文化生存与生活之中，社会的种种规则特别是道德的规范是对我生活的一种参照性评价与引导。我首先不能回避自身利益机制中的担心、忧虑、畏惧、渴望、价值、真善美等心理动因，继而我也不能回避社会认同机制中的人际关系、集体意识、社会规范等因素，进而我还不能回避抽象观念机制中的遵守社会契约、恪守社会公理等因素。这些因素随我生存质量的提高、生活内容的丰富和文化选择的增多，愈加成为现实人生中不能回避并影响我内心生活、社会感受和现实行为的因素；因而在心理自我的调控机制作用下，在主体意识与集体意识、心理角色与社会角色的发展探索及其互动的过程中，便产生了求同作用、升华作用、移置作用、融合作用、妥协作用、摈弃作用、补偿作用等种种角色驱动，以及自我防御、自我调节、自我变通等现实行为导引，使社会生活中现实而真实存在的实我，在现实中不断地进行着种种角色的定位、选择、转换和组合。因而从某种程度上说，人唯一可以相对保持恒定不变的是自我的心理角色，人的种种社会角色的选择、变换和组合，在一定意义上都是为了在心理角色与现实生活之间寻求一种平衡。但由于现实社会生活的纷纭复杂和变化多端，现实社会角色在努力实现与心理角色的平衡时又是难以固定不变的，人的内心也是难以永久宁静的，与心理实我相对应的社会实我，便形成常言所说的"人在现实中具有百变的面孔"。

因此处在实我的社会角色之中，对生活角色的选择便包含着这样一种意味：一个人只对他准备为之行动与冒险的东西有支配权。但对世人来说，可能对人世上的任何事情又全无必胜的把握和信心，即使有了热情、精力和胆量，也不能随意发挥，也就是说，一切行为都不能超越一定的规范和限制，社会的实我总需要在现实社会生活中根据不同的情况，不断地进行现实角色的审视与调整。在一切应该具备的前提条件都相对成立的情况下，还要根据自身心理角色的定位和需要，根据自身所确立的最现实最迫切的一个生活目标，十分明确地通过开拓或设计去定位、选择、转换、组合、扮演自己的角色，这正好是社会实我所扮演的角色、所担负的职责。社会实我只有从心理角色的需求去不断地追求更高的目的，才能实现与现实的融合并超越现实的自我，获得更好的现实生存和社会生活，因而我们每一个人没有理由为目前的生存角色和生活状态进行抱怨和辩护。

为此，我随时提醒自己防止另一种随波逐流的社会实我角色。如果说社会实我角色进行现实转换，是为了在追求某种实现中固守某种心理自我的需要，或者说是屈从于某种现世的压力与逼迫等，尚可理解。但是，就如同心理角色一样，那种随波逐流的社会实我，那种遵循本能和冲动的社会实我，在表现上看似同样遵循着现实转换的原则，却并不真正遵从心理角色所企望的价值追求，也永远不可能有一种萧然淡泊的心灵超越与平和闲适；实质上是把这种现实的转换看作一种与世界和社会的周旋，看作一种现实生存与生活之必需，也看作自身所谓能力的体现，从中寻求着种种满足、体会着种种乐趣、感受着种种享乐，享受着种种感官。这种社会实我的出发点和归宿都是以尽量满足现实存在的一切利诱为目的，不断满足自身日益膨胀的心理的和肉体的感官之乐，不会为了某种更为高尚或者某种更为崇高的目的而努力。所以，对社会实我角色转换的思考仍然如同对心理实我的思考的一样，需要我警觉的是：社会实我的价值认知中的感性体验和现实行为，必须具备一种理性、理智的社会价值前提，必须具备与之相适应的自身素养与外部环境，并以此为先决条件，如自由、正义、秩序和挑战、刺激、期望等，否则一切角色的选择行为都将是盲从的，也将是与人性和社会的恶的因素为虎作伥的令人唾弃的行为。

可见，人要想具有一种富有积极意义而长久幸福的进取的生活，希望自己所生存的社会环境和生活的现实世界充满真善美的集体意识和环境氛围，并使之转化为指导自身生存、生活的潜意识，就必须在理智上是积极的、在情感上是积极的、在行动上是积极的、在现实社会生活角色的选择中也是积极的，而不是谨小慎微、狭隘自我的选择。我常常感到，生活本身不是要被解决的问题，而是要被经历的现实；接触的是经历，但感知才是生活；长久的幸福不是自己所经历的事，而是自己所记得的事；每个人都是自己经验的囚徒，人们很难消除偏见，只能认识并克服它们。为此，我感到在现实的社会生存与生活中，要避免和防止永远生活在角色转换原则的闪烁世界中，要达到人类充分发挥人性中真善美的生活境界，就需要生活中的每一个人都努力在这种实我的生存、生活状态中涵养定力、实现超越，努力向一种不受影响、正视约束、没有羁绊的生活角色和生活状态迈进，而这种角色和状态，似乎就是冥冥之中在召唤着我的"忘我"的生活角色和生活状态。

09

我生活在理想的世界

—— 实现"文化超越的理想原则"的"忘我"

　　"忘我"是在现实社会生存、生活中的一种充分发展和完善到极致的自我，是人在经历了自我、本我、主我、次我、客我、他我、非我、实我等种种现实社会角色后，一种现实自我的超越和天性自我的回归，既具有自我的一切自然属性，也具有自我的一切社会属性和文化属性。在忘我的现实角色中，自我实现了心理角色与社会角色、理想和现实之间的和谐统一；也是人与自身、人与他人、人与社会、人与自然的和谐统一；是一个自然人历经种种社会角色的锤炼后，努力返璞归真的自然的、社会的、人性的自我；是一种经过社会文化洗礼、丰富和提升后，超越社会和文化的自我；是人能够在一种理想的自然和社会中，理想地生存和理想地生活的自我。

在现实社会生活中，我常常发现人们或多或少都有一种不自觉的表现和自发的追求，抑或劝慰他人的方式，即忘却现实的烦恼，忘记一切不愉快的事情！这说明，"忘却"在一定程度上可以成为一种摆脱生存痛苦和生活烦恼的方式方法，也可以成为一种生活追求的途径，甚至可以成为一种努力实现的特定生活境界。"忘却"在人们生活的既定模式中、在人们生活的潜在意识中，似乎已经成了一种或逃避或自主或希冀的"境界"或"理想"状态。

在实我的角色的反思中，其实我也感到：我所经历的人生，似乎都在根据自身的需要和现实的可能，不停地在包含着自我、本我、主我、次我、客我、他我、非我、实我等种种角色中，进行着自己的社会角色定位，不断地进行着现实角色的选择、转换、组合、充当和扮演，以此在心理与现实之间寻找一种相对谐和稳定的社会角色，求得一种相对平和的心态与闲静的心境，获得一种长久的幸福。而我所希望的人生，便是在经历种种现实角色的选择和充当后，能够在某种意义上达到"文化超越的理想原则"境界，挣脱社会和文化的客体角色束缚，生活在一种理想的"忘我"角色状态中。尽管这种忘我的角色希冀常态难以被常人所觉察，离现实的社会生活也还比较遥远，但我认为她毕竟是现实社会生活中每一个有文化有理想的人的不懈追求，也应是全社会的奋斗目标。因为这种忘我是一种忘记了社会生存手段的我，是一种没有社会生活尘俗之囿的我，是一种无须刻意寻求现实社会角色充当和扮演的最自然、最人性的无角色之"角色"，是人在理想社会中的理想社会角色，也是人在理想社会中的理想生活状态。所以在经历了种种的现实角色后，我希望最终能进入忘我的境界。

一、心理的"忘我"

当我在生活中不断经历着自我、本我、主我、次我、客我、他我、非我、实我等社会角色的磨炼时，我在内心深处便企望着能有一天能挣脱这些角色强加给我的种种迷惑、羁绊、磨难和痛苦，使我能够无拘无束地在这颗星球上、在人类社会的大家庭中，自由、自主、自足、自适地生活。但我又深知，种种角色的扮演与充当，既是我自己的选择，也是我所在的社会和同类彼此相互影响、相互作用的结果，更是文化概念产生和丰富发展后的产物。所以我想，个人的存在也罢、个人的生活也罢，人的群体也罢，人的群体生活也罢，社会及其构成也罢，都应该让理智理性战胜生命本能，让社会文化善的属性战胜自然天性恶的属性，让精神向上的意志战胜事物堕性的既定本性，更让人类造就的文化服务于人类自身，而不是成为人生存和生活的藩篱。于是，我总盼望有那么一天，通过自己的不断努力，我能够进入"文化超越的理想原则"的心理忘我的角色状态中。

其实我在内心深处一直强烈地感受到：我虽然摆脱了自然动物的状态而成为人，但却难以完全脱离与生俱来的自然属性和动物属性。因为有自然与动物属性的存在，我才成为这世界的一员，才是一种生命体；也因为生命融入了社会属性和文化属性，在一定程度上能够理性地挣脱或克制自然的束缚与生理的本能，我才进化为社会文化意义上的文明人。但在从自然动物状态的生存进入社会文化状况的生活时，我又时常感觉到一些美好自然天性的逐步淡化蜕化和变质异化；我似乎在不断追求自身生命的进化、发展、丰富的同时，又在眷恋着自己美好的自然天性。我还强烈地感受到，我大多数的愿望和理想都只是一种有局限的个人的观念意志，或者个人的各种阶段性目标，都源于对生存、生活和周围世界的态度，受到与社会、环境、同类等的相互作用和影响，我总是不断地努力，希望有一天能不受这一切的影响和左右，但在现实社会生活中的努力却常常使我感到个人力量的单薄，感到自身本性的孱弱，感到这是一个令人难以一蹴而就的愿望。

但是，我总在朦朦胧胧中感觉到有一种理想在不停地召唤着我，让我不懈努力地去实现这样一个目标和理想：带着社会文化的丰富内涵和自身的发展完善，努力走向一种能够超越受拘泥或被限制的思想和观念，不再充当和扮演种种令自己身心割裂、主体与客体分离、心理角色与社会角色矛盾的角色，拥有一种内在的真实与外在的真实相一致的忘我的心境或境界，实现对社会文化现实角色的超越，实现自然天性的复归，实现自然的人化与人的自然化的统一，达到一种天地与我为一的生存、生活境界，使文化既融入血脉又不带来烦扰，从而进入"文化超越的理想原则"的"忘我"状态，生活在一种只有率真、率性而没有客体"角色"感的"忘我"理想世界。

所以，当我处在忘我的理想心理角色时，我内心深处的幸福既是箫然淡泊的，又是宁静致远的；我内心的行为冲动既是感性的，也是理性的，是自由、自主、自发、自为、自在的；我的内心世界既不受物诱，也不受情累，更不受思惑；我没有社会的羁绊之感，没有生活的迷茫之困，没有角色的切肤之痛，能真正感受到一种心灵的超脱与自由。因为这是自身既融于社会的文化生活，也充满文化蕴含，又融入社会现实的生活，实现了"文化超越的理想原则"的结果。这时，社会生活所带来的文化概念和文化观念都不再是一种外在的约束，而成了我自然属性的一个组成部分，营造出与我个体内心的协调一致、融为一体的和谐境界，自身的自然属性因文化的融入而得以提升，文化也因我自然属性的张扬而得以丰满。在忘我的心理层次上，我似乎进入了一种物我相忘的境界，我的自然属性和社会文化属性紧紧地结合在了一起，彼此相辅相成，相得益彰，成了一个高度统一、高度和谐的整体。一个实现了心理忘我的个体，再也不会因自然属性与社会属性、心理角色与社会角色的分离而处心积虑。这时的自我，内心既享受着自然的天性之乐，也享受着社会的和谐之善，更享受着文化的生活之美；自我既实现了人的自然属性的社会化，也实现了人的本质属性的人性化，人的一切本质也都得到了最大限度的实现和提升。自我能够以自主、自为而且自由、自在的状态生存和生活，自我的一切行为都充满了自主的精神、自由的选择、自为的目的、自适的满足，既合于自我、合于目的，也合于规律、合于必然。

但我深知，心理的忘我又是一个很难在短期内达到的境界，因而在现实生活中，实我常常在迷惑与彷徨之中寻找相对稳定的心所，常常在角色的转换之中寻求一种相对固定的角色定位，人为地造就一些非自然而然的相对宁静的"忘我"心境，比如有时也在心理上以"阿Q精神"以自慰，作为真正实现心理忘我的阶梯，但这种"精神胜利法"却只能使我获得一时的、短暂的甚至只是片刻的慰藉，难以获得真正永恒的心理忘我的欢愉，而且还要时常提醒自己不能在"精神胜利法"中走向非我异化的极端，失去内心的理想，变得不再是原本的我。所以，尽管实我在不断地努力追寻一种长久快乐幸福的感受与闲和平静的心境，心理忘我的实现仍然需经历一个艰难漫长而又似遥遥无期的过程，但心理的忘我是社会忘我的基础，只有实现了心理的忘我，才可能进而实现社会的忘我。为了实现自我的一个又一个的目标，为了实现自我自主、自由而又全面发展的理想，为了与自己所生存、生活的世界真正融为一体，我总在不断地努力和探索。

二、社会的"忘我"

在努力进入心理忘我的角色的同时，我也在寻求社会忘我角色的实现，社会角色也自然进入了一种追求社会忘我的状况。我想，社会忘我应该是心理忘我的自然外化，是心理忘我在社会现实生活中的自然表露，是心理忘我的社会性表现，这种自然的外化、表露和表现，是与社会生活协调一致、不露痕迹的。所以，社会忘我与心理忘我应该不再冲突分离且与心理忘我相统一，是能够在理想的社会中理想地生存和生活的统一的自我，同样享受着自然的天性之乐、社会的和谐之善、文化的生活之美；既实现了人的自然属性的社会化，也实现了人的本质属性的人性化，人的一切本质也都得到了最大限度的实现和提升。自我能够以自立、自主、自为而且自由的态度生存和生活，再也不会担心社会角色与心理角色的矛盾和分离，我的一切行为都与心理忘我一致地充满了自主的精神、自由的选择、自为的目的、自适的满足。同时，社会忘我的状态既是自我个体的自适满足，也是个体与群体的彼此完美和谐，还是自然、社会和人类的水乳交融。

但我也感到，通往忘我社会角色的道路却是艰辛而漫长的，要实现社会的忘我至少需要两个前提条件。一是人自身的高度文明，是人的发展已经与人的自然属性、社会属性、文化属性、美好人性等具体地取得一致的结果；二是人的类的高度文明，是人类集体意识的发展已经与自然、社会、人的个体性、人的类属性、以至整个世界具体地取得一致的结果。因此，通往社会忘我的过程仍然是复杂、艰巨而漫长的，在其实现过程中，我感到至少可能存在三种不同的表象和结果，一种是真正的忘我，一种是假象的忘我，一种是逃避的忘我。

真正的忘我，是一种社会文化角色超越的忘我。这是一种在"文化超越的理想原则"指引下，自己历经种种社会角色的扮演磨难之后的反省与觉醒，是在自我的不断摸索和否定之否定之后，将社会文化的自我丰富发展到了极致的结果，是一种超越了社会文化生存、生活的现实和观念后，再也不需要斟酌和充当任何社会角色的无角色状态。处于社会忘我中自我，自身的存在中再也没有主体与客体的对照，再没有心理角色与社会角色的矛盾，再没有尊贵与低下的区分，再没有高雅与粗俗的褒贬，再没有富贵与贫穷的困扰，也再没有生存与生活的差别。这是一种真正意义上的忘我，是社会文明发展所努力希望达到的一种理想的社会状态，以及在这种理想状态下的理想的人类生活图画。

假象的忘我，是一种自我安慰或麻痹的扭曲的忘我。由于心理忘我的难以实现，心理忘我又是社会忘我的基础，所以自我在现实社会生活中总是力图实现或者造就一种心理的忘我，哪怕是一种假象、一种心理暗示的忘我，以求获得暂时的解脱和安慰，带给我一时的忘我之乐。在这种心理忘我的引导下，现实生活中的我不仅心理，而且连行为都常常表现出一种阿Q的"精神胜利法"，以期求得一种假象的忘我之乐，而这正是在心理忘我和社会忘我相互矛盾作用下的一种扭曲和麻痹的忘我。在这种假象忘我的精神指引下，我常常压抑心理自我的希望而屈从于现实，社会行为常常与内心的希望相左，外在的真实也不同于内心的真实，似乎在社会环境、人际交往等不容许的情况下，暂时的退让有时也成为一种保全之策，而且还时常成为是一种实现心理忘我，继而实现社会忘我的阶梯。

逃避的忘我，是一种自我文化异化堕落的忘我。其表象是忘我，实质是无我，甚至是非我，是一种将社会非我发展到极致的、令人痛心的、自我异化的结果。我反省其原因是：在现实社会生活中，自身的困惑和焦虑在一定程度上反映了对世界的困惑或不信任，自我并不愿意顺从于听天由命的态度，也十分清楚所屈从的一切都违背了自己的意愿，忍受着心理角色与社会角色矛盾分离的痛苦，但又时常不敢、也不能贸然反对自己所处的世界，也不愿放弃现实中的个人利益，因而表现出怨天尤人的文化逃避与随波逐流，甚至与世俗沆瀣一气。这虽然可以在某种程度上"忘我"，但内心世界却充满痛苦，就像人在没有希望的生活中寻找终极的关怀，在没有希望的世界造就神话或者宗教一样，而所谓的忘我便成为一种极端非我角色下的变质异化，其实质就是自我变得因为失去自我、不再是自我而"忘我"。

因此我清醒地认识到，自己应该杜绝逃避的忘我，力戒假象的忘我，努力追求并实现真正的忘我。因为只有在真正忘我的角色中，社会自然的环境条件和生存生活的手段方式，才不足以成为妨碍天性自我发展的羁绊，我才不会再纠结于心理与社会矛盾的困惑，也不再痛苦于自身主客体的分离，也不会再有自身生存与生活的区别，也不会再有自我主体意识与社会集体意识的困惑，也不会再斟酌苦恼于社会角色的扮演，我只以本性的自我加上社会文化的自我而存在而生活，而个体的我与我所属的类、与我所生存的自然、与我所生活的社会也已取得了高度的统一与和谐，一切都变成了我快乐生活的一个组成部分，我自然而然地存在、生存、生活在我所拥有的世界，并且拥有无限的时空。因此，忘我角色是我渴望社会和自然取得一致、现实与未来取得一致、天性与人性取得一致、生命与整个世界的时空具体地取得一致的理想，也是人、社会和自然发展的最高的阶段，因而值得用心灵、用一切可能的方式去认识它、去实践它、去实现它。

篇后小语

　　在厘清自己的思绪并对种种应然的社会角色进行理性的思考后，我感到：自己所反省追问的种种现实社会角色，虽然纳入了应然性的思考范畴，但毋庸讳言，其实应然性与实然性是难以真正分割的。因为任何规律性的认识都源自当下实践的感知、已有的经验和不懈的思考，就像在理性的思考中其实就包含着感性的经验，现实中没有离开感性的理性，也很难有离开理性的感性；也就像自我的主体意识中时常包含着社会的集体意识，集体意识不仅外在作用于主体成为显意识，也内在地影响着主体成为潜意识；同样地，应然性和实然性也是难以割裂的，似乎难以存在纯粹的应然性，也难以存在纯粹的实然性，在应然的逻辑中同样蕴含着实然的实践，应然性在某种意义上也包孕在实然性之中，实然的状况中也包含着应然的机理。正因为如此，在对种种应然的社会角色进行反省和梳理时，我感到：只要还没有达到忘我的理想生活状态，只要还有现实生存、生活的社会角色存在，便始终存在着心与身的分离、主体与客体的冲突、自我意识与集体意识的矛盾、内心真实与外在真实的分裂、心理角色和社会角色的矛盾；而且，在人生不同的年龄阶段、不同的社会状况与生存条件、不同的人生际遇与生活环境，对现实社会角色的选择、具体角色的充当、各种角色的组合也是存在差别的。

从年龄阶段而言，因不同时期的人生阅历、知识水平、文化浸润、认知能力、心智成熟等方面的差异，人生在不同时段的现实社会角色充当和扮演也是不同的。一般正常情况下，**在儿童时期，**因为还不谙世事，现实行为的主要动因是靠自然天性中的本能需要驱动，所以在角色充当中，一般是天性自然的率性自我扮演为多，但随着家人的喜好奖惩和他人的褒奖评价等外界文化因素的强势介入，本我、主我、次我开始逐渐处在朦胧状态中，但这时的心理角色与社会角色基本没有出现深沉的冲突。**在青年时期，**由于受到社会文化的培养熏陶并富于理想追求，所以在角色的充当中，一般以富有激情的较为强烈的本我、主我为行为主导，同时尚能客观地以次我、客我、他我为观照，积极行动而又能规范自己的行为，心理角色与社会角色能保持较好的一致；只是当面对现实的利诱，或者面对现实的挫折和人生的失意时，也会因急躁、烦躁、焦躁甚至暴躁，出现一些角色充当的反常现象，如表现出非我的心理倾向和行为取向等。**在壮年时期，**伴随着社会生活认知的增多和心智的相对成熟，一般能在较为平稳、平和的心态中保持自己的追求，自我、本我、主我一般能够发挥较强的心理控制和调适作用，恰当地充当次我、客我、他我等角色，心理角色与社会角基本能保持一致；但由于尚存在现实利益、物质享受、本能快感等诱惑，有时也会变得世故和利己，在一定程度上表现出他我、非我的倾向。**在老年时期，**因为对生活的洞悉和人生的感悟，自我、本我、主我的心理定力增强，次我、客我、他我的作用也加大，情绪和心态较为稳定，角色也相对成熟；但这时也容易表现出一种游刃社会现实的彻底客我化和他我化倾向，甚至是非我化的实我，此时心理角色与社会角色的外在统一，有时并不是真正内在真实的反映。

从社会状况而言，因落后、发展中、发达等社会发展的阶段不同，或者战争、饥荒、天灾、人祸等社会突发状态，导致人具体的生存条件不同，因而具体的现实社会角色选择和扮演也是不同的。一般而言，**在一种正常稳定的社会状态下，**特别是在一个不断健全完善和发展上升的社会中，人的心态较为积极且平和，自然天性与社会文化较为统一，心理角色与社会角色不会有太大的矛盾冲突，角色充当基本能按实际需要而有序递进，一般会以天性和文化结合的自我、本我、主我为主，恰当地扮演现实中的次我、客我、他我，甚至还会因理想的激情澎湃而出现向更高、更本真角色层次的跳跃跨越，如追求理想的自我、实我和忘我等。**但在一个落后贫穷或者发展转型的社会，**因为社会发展不充分、供需不平衡的缺陷，加之制度体系的不完善等弊端，需求及追求的预期与不如意的现实之间时会出现反差，心理角色的期待与社会角色的现实之间随之也会出现一定的落差，内在的真实与外在的真实之间也会出现差异，人容易因心态失衡而躁动而焦虑，因而时常表现为自我、本我、主我的弱化，出现次我、客我、他我的强化，甚至表现出生存困扰、发展困惑和现实利益驱动中蜕化的非我、实我的扮演。**至于在一个因战争、饥荒、天灾、人祸等所致的非正常社会状态中，**在生存焦虑、生活危机的强烈冲击下，心理角色与社会角色之间、自然天性与社会文化性之间常会出现巨大的矛盾冲突，自我、本我、主我等角色充当难以从容自持，自身极易处于一种极端次我、客我、他我的角色冲动中，自然天性中人性丑恶的一面时常暴露无遗，甚至呈现出变质的非我、异化的实我等角色状态，表现出原始野蛮、残暴狰狞的一面，也正因为如此，在不正常社会状态中的人性之美，更感弥足珍贵，才为人们所讴歌、赞美和传诵。

从人生际遇而言，因顺境或逆境、迷茫或清醒、困惑或坚定、如意或失落、快乐或痛苦、幸福或不幸等不同的人生际遇，甚至由于不同年龄阶段角色充当的特征和差别，不同年龄阶段面对同样的人生际遇，或者同样的年龄阶段面临不同样的人生际遇，人的感受、反应和表现也时常是不同的，都会导致不同的现实社会角色选择和扮演。一般而言，**在儿童时期，**以自然天性的生理本能直觉支配为主，自我会发自内心地按需索求，在一个成长顺利、发展有序的生活环境中，会更多地表现出现实主义的自我主宰特征；但当遭遇外界的强制干涉或令人不如意的现实时，也会本能地按照外界的规范或实际状况而收缩自我，退回到本我、主我、次我的角色状态中，并且从中开始逐步萌发出客我、他我等现实角色感知。**在青年时期，**洋溢着青春的激情与人生的抱负，在个体发展顺利、蓬勃盎然的生活环境中，会更多地表现出理想主义的特征，角色的充当会在自我的主导下，在本我、主我、次我之间进行正常的角色发展转换，并且按照成长的需要与现实的匹配，恰当地扮演着客我、他我的角色，甚至在理想抱负的引导下，还时有跨越式的实我、忘我角色追求；但当遭遇不满意的现实或发展的不顺时，却时常容易产生沉沦、逆反、甚至叛逆的倾向，出现心理角色与社会角色的失衡，从而失去自我、本我、主我的驾驭，在次我、客我、他我的角色状态中表现出非我化的角色特征，这是值得警醒的。**在壮年时期，**经过青春的磨砺和人生的反思，外向的天性自我会逐渐淡化，内心的自我会变得相对牢固，对现实社会和人生的观照，会表现出更多理性而冷峻的审视思考与怀疑主义倾向，一般能够在本我、主我角色的理性指引下，较好地扮演次我、客我、他我的角色，即使遭遇生活的不幸或社会的不平也是如此；只有在个人心理机制出现问题，或者内心与现实之间突然出现巨大反差的情况下，才会有那种极端异化的非我和实我的角色表现。**在老年时期，**历经岁月的沧桑和静观世道的变迁，现实人生更加从容淡定，天性自我与社会本我、主我、次我等更加交融统一，甚至在洞悉世事中还时常会产生某种宿命感，表现出一定程度的神秘主义特征，以至心理的自我、本我、与社会的客我、他我等均能保持较好的一致，即使在现实中变通地扮演非我、实我，似乎也在社会主我、次我的掌控之中，极少出现那种极端的自我异化的非我和实我。

因此我感到，伴随着自身社会生活的日益丰富与发展，自我、本我、主我、次我、客我、他我、非我、实我、忘我等种种现实角色，似乎更是一种由简单到复杂，再由复杂到简单的过程。自我是最为单纯的天性自然的角色，本我和主我是自我坚守中个体角色社会化的准备和起步阶段；次我则为个体社会角色由简单向复杂的调适与过渡，客我和他我是个体角色社会复杂化的表现；实我是个体角色社会化的具体化，在复杂化中蕴含着单纯化的发展取向，要么彻底复杂化，要么在复杂中回归单纯；忘我则是历经种种现实角色磨砺后，单纯自我充实丰富后的升华性复归。种种社会角色虽然反映出生命个体的种种现实表象与应然的内在发展逻辑，但现实中个体角色的实际外化、选择、充当和扮演又包含着实然的机理；种种社会角色及其相互之间，虽然存在着角色发展的先后顺序、年龄阶段的特征、生存和生活际遇的影响，自然和社会环境的作用等，但现实中的角色充当和扮演，似乎也并非绝对的逻辑层次递进和应然发展，在个体的心理角色与社会角色之间，在现实的种种社会角色之间，有时可能出现心理角色与社会角色不相一致的错位或反差，有时还可能出现社会角色的跳跃递进，也可能出现多种现实角色并存发挥作用的情况，甚至还存在种种正常或不正常的角色状况，就像有早熟与晚熟的童年，有激越与懵懂的青春，有不惑与混沌的壮年，有练达与痴呆的老年一样，因而时常也难以决然划分出个体在现实中究竟是扮演的哪种单纯的角色，甚至存在个人常态性角色的瞬间冲动性突变的异常现象。但总体而言，在一般正常的情况下，每种角色的特点、现实角色的层次大体是存在的，即使跳跃到后面复杂角色，也会在实际充当的现实角色中包含着前面单纯角色的特点，只是在前面单纯的角色包容后面复杂的角色的情况会少些，而后面复杂的角色包含前面单纯的角色会多些，或许这才是社会角色在现实生活中的真实状况与实际表现。比如，根据现实的际遇与自身的目的和目标，在强烈自我的角色意识主导下，在本我的应对中，在主我的主导调配下，个体可能在现实社会生活中选择主我、次我或者其他角色充当为主，但也可能在主我的主导下，同时混杂着次我、客我、他我等多种角色，以应对自己现实生活的环境与际遇；而即使是处于混杂着客我、他我、甚至是非我等现实社会角色状态中，可能心中的自我也未泯灭，本我、主我、次我等仍然顽强地在心理角色中坚守。因此，我觉得在现实的社会生活中，最关键的是自己应当尽可能地清楚自身的条件基础、理想追求和当下的实际生活状况，理性地根据应然的种种角色特点，理智地选择自己的角色充当，并且随时明白自己所处的角色状态，及时地进行角色转换和角色调配。

正因为如此，人们常说简单是福！而且人们总是在纷繁复杂的现实社会生活中希冀并追求着简单！但是，在我的实际生活及其种种现实角色之间，甚至在种种现实角色之中，主体意识与集体意识、心理角色与社会角色、心理内在真实与社会外在真实之间，总是充满着不断互动的求同作用、升华作用、移置作用、融合作用、妥协作用、摈弃作用、补偿作用，以及自我防御、自我调节、自我变通等，究竟是什么原因使我的生存和生活角色变得如此繁杂呢？我对种种现实社会角色的定位、选择、转换、组合，以及充当、扮演，是源于一种本能的无意识？或者源于某种心理的潜意识？或者是主观能动外化的显意识？或者是种种意识的综合性选择？而种种选择又是基于什么样的目的、愿望和期盼呢？于是，顺着自己的心迹与思绪，我又开始了对人生实然性的思考和追寻。

下部

关于人的
实然性的现实探索

在现实生活中，我常常感到因现实中的束缚太多，自我的实际状况总是与人生的应然性出现差异，常常发生一些令自己都惊愕的变化，因而常常对自身的社会现实存在方式和生活状况感到痛苦和迷茫，常常会自我追问"我究竟应该怎样活着？""我应该为什么而活着？"这样一些令自己困惑的问题。

为此，我希望以现实的视角，尝试着反思人诞生后，自我在现实社会生活中的社会和心理的演变过程，认清自身的现实社会生存状态、现实生活需求状况及其社会角色充当的机理；探索在现实生活中自身可以选择的生存态度和生活取向，以期为现实社会生活中的自我寻找一个较为恰当的生存和追求定位，指引自我的人生小舟在现实生活的汪洋中自适而行。

——这便是关于人的实然性的现实探索。

PART

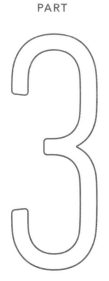

我究竟应该怎样活着

人 —— 生活需要的认识

自然 —— 经济 —— 情感 —— 心理 —— 伦理 —— 认识 ——

价值 —— 信仰 —— 回归 —— 超越

　　我感到人生的需要之中，生存的需求是基础，生活的需求是发展，二者左右着自身的生存与生活定位，昭示着自身在现实社会生存与生活中的心灵、情感和行为，决定着自身社会人格的心理角色定格和社会角色表象。而人一生中包含着自然、经济、情感、心理、伦理、认识、价值、信仰、回归、超越等种种需要及其属性，各种需求又具化出人的种种现实追求取向及其社会文化人格，使每个人在不同的生存状况下、在不同的生活阶段，总是在自我、本我、主我、次我、客我、他我、非我、实我、忘我等不同的角色间进行选择或组合，具化为现实的人格及其心理角色和社会角色存在，追求着更高一级的需求和人格。在一定意义上说，人在一定时期或者某一阶段的社会文化人格定位，以及与之相随的种种角色充当，是在追求每一个具体需求的阶段性目标中，一种相对理想而和谐的实现形式。

　　我相信，人之所以存在和生活在这个世界上，总是有其理由和缘故的，更是有一定希冀和追求的，但在现实社会生活中又总会面临许许多多的压力。适度的压力可以使自身更加振作、更加进取，但超出常人承受能力的压力，精神和身体就会出现问题，其中蕴含着一种从感官化到情感化、由情感化到思想化，再由思想化到心理化，进而由心理化到躯体化的过程，这些过程及其表象，都是伴随着自身生存、生活的许许多多的需要而产生并发展变化的。就像在上部中对人的应然性的理性思考所及，在经过自然的人到社会的人、再到文化的人后，我生命的物化存在已经附着了文化的观念和意义，逐渐包涵了自然、社会、政治、经济、文化、生态等多重文化、文明所附加的人生需求、身份符号、生活意义和人生价值，我的生活也因之细化出了自然、经济、情感、心理、伦理、认知、价值、信仰、回归等多重的生存发展需求与社会化属性。每一种人生需求，似乎都表明了自身某一人生阶段的生存、生活状况，反映了相应阶段的人生定位、人生愿望、人生态度和人格追求，折射出在实现人生愿景过程中具体的人生角色选择及其人格表象。虽然种种人生需求都会以一种具体的人格为存在状态，使我感受到不同层次上的快乐与自适，甚至有时还感觉或许停留在某一个层次上更为单纯和幸福，但人生似乎又很难只有单一的取向，也很难裹脚不前，种种需求与人格取向，有时又相互交织地包含在每个阶段的现实人生之中，既有需要的多少与轻

重之别，又有需要的远近与缓急之异，也有层次上的发展与递
进关系，还有具体实现过程中的矛盾与迷茫，体现一种不断发
展丰富和完善提高的过程，甚至有时自己觉得，我生存与生活
的全部内容，似乎便是这种不断发展丰富、完善提高的社会文
化人格的具化，以及在某种层次、某种意义上的不断追求和实
现。为了使这些过程多一些满足、少一些失落，多一些快乐、
少一些痛苦，多一些平和、少一些困惑，我总告诫自己：在现
实生活各个不同时期和不同阶段，必须清楚自己当下的状况，
找准最切合自身的迫切需要，理清符合自己实际的发展方向，
以此来选择自身的现实定位和目标愿景。

　　我同时也感到，影响自己在现实社会中生存和生活及其需
要的诸多因素，似乎形成相互作用、相互影响的两个系统：一
个系统是由与自身密切关联的自然、社会、文化环境所构成
的"社会处境"，现实社会中的角色选择及其文化人格，正是
自身自然人、社会人、文化人三者结合互动后的综合反映，决
定着自己的在不同发展阶段的现实需求，影响着自身的心理角
色定位、社会角色选择和现实行为趋向。另一个系统则是由自
己人生的定位、人生的需求、角色的充当与人格的表现所形成
的"个人境况"，其中的各个组成部分环环相扣，相互依赖，
相互影响，如果其中某一部分有所变动，则其他部分也将随之
变化。"社会处境"像母系统，"个人境况"像子系统；母系统
深厚，子系统灵动；母系统普适而相对稳定，子系统易变且相

对富有个性；母子系统在相互影响、相互作用中相辅相成、相得益彰，共同构成了我生存和生活的整体，呈现出相互关联的系统性、个体差异的独特性和具体行为的能动性等特点；而自我、本我、主我、次我、客我、他我、非我、实我、忘我等种种社会现实角色，正是两个系统相互作用下，自身生存需求、生活追求的社会行为表象，体现出自身的文化人格追求，反映出自身具体的现实人格取向，其现实人格表象像母子系统间的桥梁和纽带一样，既反映着取向和追求，也体现出过程和结果，起着系统中枢的重要作用。因此，社会处境关联着个人的境况，个人境况左右着人生的需要，人生的需要影响生活的态度，生活的态度决定现实的表象，现实的表象反映人格的取向，正是自己人格意义的认知和人生追求的存在，才表明了自觉能动生活的开始，也是有社会意义和有文化意味的生活的开端。

其实，来自拉丁文"面具"（Persona）的"人格"一词，在被引入心理学后包含着丰富的内涵，似乎在一定意义上便表明了人格所具有的外在现实文化符号特征，反映出我的社会角色是一种最为现实、最为直接、也最为复杂的现实社会面具。所以人格不仅带有自然、社会、现实、文化的复杂痕迹，而且具体到生命个体中，还包含着我的本性、需要、兴趣、态度、气质、性向、外形和生理等方面的内容，反映出我的价值观、信仰、情操、态度、兴趣、习惯和情愫等，决定着我在对人、对己、对事物，乃至适应整个环境时所显示出来的独特个性，影响并引导着我的社会现实行为，在一定程度上说是自己种种现实需求及角色充当所导致的社会文化表象。同时，我也深深地体会到，现实社会生活中的人格又并非纯粹个体化的，还具有公众道德的标准，是以集体生活价值为基础的，具有符号性和趋同性的特征，在一定意义上说，人格本身及其面具其实也是社会生活和公共生活的基础，人格面具的产生不仅仅是为了顺应社会，更是为了寻求社会认同，推动自身和社会的不断发展完善。但我又似乎总感觉到，现代社会生活中物质生产和精神生产的发展，对自身既存的生活需求及人格模式总产生着深刻的影响和猛烈的冲击，人格总面临着不断的再社会化、再心灵化的过程，人格面具与文化符号及其现实角色行为，在人格中的作用既可能是有利的，也可能是有害的，而这又与人现实的具体状况以及由此状况决定的行为取向密切关联。

因此，我感觉自己随时都面临的问题是：我最重要、最迫切的人生需求有哪些？我的人格定位在哪里？怎样选择与之关联的现实角色？新奇事物会产生在哪儿？人生追求的目标是什么？有意义的幸福生活在什么地方？要回答这些问题并做出选择，必须思考清楚"我究竟应该怎样生活"的问题。而这既需要有明确且坚定的人生态度、价值取向，也需要明白自身在每个当下、每个时期的生存与生活状况及其发展需要，以便找准自身的生存状态和生活层次定位，思考自己现实的人格取向，厘清在现实社会生活中不断完善提高的发展路径和演进过程，从而找出在现实社会生活中可以进行的选择，找准自主生活的努力方向，正确地引导自己的生活，使自己能生活得更加清醒而自足、自得而自适。

01

自然生存的需要与经济

—— 个人自然的人格生活

人在现实社会生活中，生存是作为生命体最自然、最本能、最迫切、最基本的需要，是生命由个体的存在到生存、再到生活的前提条件。人只有首先满足了自然生存的需要，才可能投入到丰富多彩的现实社会生活之中，也才可能获得社会文化意义的人格形象，进入有意义的社会文化生活状态。当一个人满足了自然生存的需要、开始群体生存和社会生活的时候，人的需要中除自然的因素外，又开始注入社会的内容，产生在社会中生存所需要的种种最基本的条件及种种相互关联的关系。从此，人在现实社会中的自然生存与社会生存密不可分，人因之也开始具有了文化符号与社会人格内涵的生活，并首先反映出个人的自然人格表象。

　　我常常不由自主地遐想自己在遥远蛮荒时代的生存历程，早期生活的艰难似乎历历在目！我和同伴在恶劣的自然环境中从事采集、狩猎和捕鱼，即使付出很大的努力，有时还冒着巨大的危险，却只能从大地上得到很少的回报，特别是对于不断出生的孩子、不断扩大的家庭及不断扩大和生存群体而言，赖以生存的资源实在太过贫乏。借助于超动物个体本性的行动，我们彼此发现了群体生存的重要，拼命地维持群体的生计，并且在最基本的生存中创造并丰富了自己的生活。虽然天还是那个瞬息万变的天，地还是那块贫瘠苍茫的地，生活却因共同的生存利益而富有协作与依存，充满和谐与温馨。这似乎昭示着我，在某种意义上讲，在早初求得生存的过程之中，我似乎已在无奈中接受并适应了自然带给自身的艰难困苦，所以生活中的精神痛苦与生存的自然环境的关系不大，反倒是与个人生活的群居环境和社会处境有着密不可分的关系。因此，在不断发展的社会现实生活中，随着需求中社会内涵的增加和文化意味的增强，虽然自然生存仍是生命实体存在的前提条件，但我已不再只满足于群体社会环境中生命实体的物化存在，我开始日渐注意与同伴相处中产生的友情、与家庭成员间日渐加深的亲情以及共同生活群体的认同与褒贬等，使自身的社会文化需求，特别是精神的需求开始增多，生命实体的精神存在开始萌生。我在这个阶段的社会化生存之中，尽管以生命存在为主要需求的纯粹自然的人格还起着重要的作用，但基于相互关系产生的社会化角色日益显现，基于社会角色的文化意义及其人格也在逐渐萌生，自然的人、社会的人和文化的人，已经逐渐发展丰富并胶着地存在于我的生命之中，似乎开始变得难以分割。

于是我感到，随着社会文化需求特别是精神需求的增多，我在现实中似乎顾望两端：一边是满足自然生命存在的需要，一边是满足社会生命生存发展的需要，同时还举目向往着社会文化层面的生活，而且随着物质条件和精神生活的日益丰富和发展，自己的社会文化和精神需求内涵也不断增加，保证自身自然存在和社会生存的条件也变得越来越高，也变得愈加迫切和重要。因此，要在现实社会中更好地生存和生活，我必须明白自身的自然生理生存和社会生存的需要有哪些，了解满足社会生存需要所必须具备的前提条件是什么，明白生存需要和生活欲望的界线，认识自身在社会中生存的自然人格表象。只有这样，我才能够为实现自身的社会生存需要，创造必要的生存条件，不断找出合适的努力途径，做出符合社会生存所需的正确的现实选择，扮演好自身的人生角色和社会角色。

一、自然生理生存的需要

我似乎总能感觉到，处在自然生理生存的阶段，我需求的历程似乎首先是从大自然着眼，首先力求获得个体生命的存在，进而在生存之中顾及亲人的生存。当脱离原始人纯粹的自然生存状况而进入早期的自然群居社会状态时，生存中开始增加了衣食住行等方面的复合需求，也开始感受和体味到亲友间彼此的关联与情感。自己着眼和依赖的对象，除自己的身体素质、生存能力、自然环境和自然条件外，还增添并丰富了与亲人、朋友和他人更多的关联甚至是依赖，我更加受制于自己所属的特定群体社会及其有组织的活动形式与规则；我的生命，从此不再只限于自身生命实体的物化存在，无论是生存的环境与条件，还是自身存在及其需求的形式与内容，都具有了和以往不一样的蕴含。因而，在群体社会化的生活中，即使是维持自身的物化存在，单纯依靠自然和满足自然天性的想法已失去了现实基础与心理支撑，如果不是迫不得已的情况，我可能也不会再选择脱离现实的、且可能仍然难以摆脱种种现实羁绊的生存方式。

尽管我对田园牧歌似的生活仍然心存向往，但我的生存已经很难再单纯地只依靠自身的力量和自然的赐予了，为了生存，我不得不将维持生存的努力转向我所依存的同伴和群体社会，希望在群体组织的关系链中、在社会化的生存链中求得一种生存的机会和手段，也希望在这种生存中既满足自身物质的需要，也实现群体的认同，从而产生一种精神层面的收获。如此，我便由一种单纯的自然性生理存在转向了一种复杂的社会性生存；从此，现实社会在我与自然、我与他人、我与有组织的社会之间，设置起了重重的行为性规范与制度性约束，使我社会性的生存难以挣脱这种障碍所构织起的无形的网，甚至连单纯而狭隘的"我"的概念都已经难以独立存在了，在我之外开始获得一种群体社会的认知符号，尊崇自然生理天性原则的自我角色已经开始启航驶向远方。

因此我感到，自然的生理生存不再具有往昔纯粹的个体性、单纯的物质性、孤立的因果性、时有的偶然性，也不可能再重复往昔自身存在形式的简单性、内容的空乏性，甚至在一定程度上，现实社会中也不再有纯粹的自然生存的事实及其概念，我的社会化存在已经具有了文化的意味与符号，也就是说生存不再是孤立的，生存变得更为具体和丰富，自身只有通过现实社会环境中具体的、与社会和他人共存的关系，我生命实体存在的事实才可以得到证明，自身的现实社会生活才有基石，才可能向更高的生存和生活目标迈进，也才可能实现自身不断发展的人生需求。因而，在现实群体社会中要保证和实现自然生理生存、社会生活的需要，就不同于在原始而纯粹的自然状态下生存，自身已经存在于种种约定俗成或者强制规范的社会关联网络之中，而且随着社会的不断发展，除自然生存原本所需要的条件和包含的内容外，社会组织所产生的一些新的观念、途径与手段，如群体的组织关联形态、生存的物质丰富条件、生存的物质交换形式、社会的谋生角色充当、群体的社会认同符号、个体的社会存在价值等等，已经开始日渐成为不可或缺的条件。

处于这种社会性的自然生理的生存阶段，是自身生命存在、生存方式和生存内容的重大转折点，是社会性生命存在的开端。在感性的本能直觉上，我首先得满足自身存在所必须具备的基本条件，但我不可能再简单地依靠大自然的赐予、不能再单纯地通过与自然的关联而存在，也不能再完全通过以物易物的方式满足生存的种种需要，我的生存中出现了与他人关联并为他人和组织服务的新型生存方式，我必须努力寻找和创造能够保障生命存在的实现途径，比如在群体中一份可以保证生存的劳作或工作以获得生存的物质，或取得一种物质交换的凭证以换取维持自身生存所需的食物、蔽体自尊的衣物以及一个可以安身的居所等。在理性的思考层面，我必须通过自身的努力，在群体的生存链和社会的关系链中，求得自己立足的链点和生存的手段，夯实向更高的生活需求迈进的基石，例如寻求一种自己能够胜任并被群体接纳和认可的角色，寻找和营造能够促进自身更好地生存发展的相互关系、社会环境和人文环境，逐渐建立起自己在社会性生存中的认同性符号等。当我具备了这些条件后，我才可以说是基本具有了自身社会性存在所需要的"社会处境"条件，自身的社会性生存才可能得以实现和发展。

正因在自身的社会性存在与生存中有了这样一些崭新的形式、多样的需求和丰富的内容，以及更多、更复杂的前提条件，也就决定了我在追求实现这些需求的过程中所必然具有的种种个体化的社会化行为，连同这些行为对我内心所产生的种种影响，以及这种影响又反作用于我的行为，使我因之产生了诸如需要、兴趣、态度、气质、性向等社会自然人格表象。这些人格表象既与自身所处的生活层次和所居的社会环境密切相关，也与自身的人生定位和行为取向密切相连。

二、个人自然的人格表象

为满足群体社会中自然生理生存所需要的条件，我必须努力营造并适应生存的"社会处境"，不断捕捉、感知和发展自身的"个人境况"。因而，我必须首先进入群体的生存链和社会的关系链，并在其中找到自身存在的链点，在链点上努力创造实现自身生存所需要具备的条件，夯实自身生存和生活的基石。于是我开始寻找、参与并逐渐拥有了自己的群体关联圈及其社会处境，具有了社会性生存中的社会角色形象及其自然生存的人格表象。由于自然人格表象归根结底是由人最基本的自然生理生存需求所决定的，因而自然人格表象是我在群体社会生存中所具有的最基本的一种人格特征，而且似乎是任何人在现实社会的生存中都明显存在或者至少是隐性潜在的基本人格特征，但这种基本人格特征的具体表象在每一个生命实体身上又是具体的，是各具特点、各不相同的。

我感到，在我生存生活的社会处境之中，生存需求所引起的个体社会行为，总会因为群体社会的审视而反作用于自我的内心世界，内心世界又再作用于社会行为，以此在自然人、社会人、文化人三者结合互动中，实现自然生存的需要、社会生活的互助、文化意义的认同，形成生存需求、社会行为、内心世界三者之间相互不断的反复作用，促成个人生活境况的存在与感知，使我在生理、需要、兴趣、态度、气质、性向、外形等方面都具有自身独特的人格特质，这些方面的特征虽然是人人所具有的最基本的特征，但我所具有的这些人格特征却使我区别于社会生活中的其他人，正如现实社会生活中每个生命都具其独有的社会性表征一样，这种社会性人格表征是由内而外的、具体且可知可感的、不断发展变化的。我同时感到，这种独特个性，是在社会处境的作用下，由自身所扮演的社会角色所导致的一种社会文化表征，这种表征就像面具一样时时伴随着我，既赋予了我社会性的自然人格，也使尊崇"自然生理的天性原则"的自我感到一种心灵的社会性分裂，分裂成为纯粹的自然人格与社会性的自然人格，并为未来还将出现的其他社会文化人格奠定了基础，做好了心理上的准备。

当我处在纯粹的自然人格阶段，满足生存的生理需要是首位的，目标也相对是单一的，我的兴趣、态度等也是围绕生存需要而产生的，我的气质、性向、外形等也受这种需要所产生的社会行为及其反馈因素所影响。而作为社会性的自然人格特征，生理、需要、兴趣、态度、气质、性向、外形等各个元素或部分聚集于身心各个方面，成为一种有组织的统合体，具有系统性、独特性和动力性三个主要特点，并且是一种能够决定个体独特行为与思想的身心系统的动机性组织。在这个统合体中，各个元素或部分相互依赖，相互影响，如果其中某一部分有所变动，则其他部分也将随之变动。因此，社会化的自然人格能够决定与引导个体自身的活动和行为，个体自身的活动和行为又反过来作用并影响社会化的自然人格的发展变化。

因而，在满足自然生存需要为首先目标的阶段，我最突出的社会性自然人格特征似乎是：执着、果敢和坚强，并尽量保持自身与相互关联的人们、与社会的关系和谐，以求一种生存的条件和环境，因而充满着天性的友善、互助协作的精神，这是一种带有一些明显社会化人性倾向的特征。但是，当我的社会性自然生存条件得不到满足的时候，为了维持自身生命体的存在，自己也会不顾一切地在现实社会中奋斗和挣扎，甚至会为了保证自身生命的存在而淋漓尽致地暴发出自身动物性的原始本能，将自私、残酷、暴力等恶的基因迸发出来，这时的我可能不太会顾忌与社会和他人的冲突，因为求生的欲望会压倒一切。这是一种原始古朴的带有一些野性的生存本能的特征。当然，自身有时也可能会介于一种社会化人性倾向特征与野性生存本能特征之间的自然人格状态之中，使人忽而突然迸发出原始的野性本能，忽而又回复到社会文化的人性，甚至忽而处于二者皆有的矛盾状态中。这是因为社会的规范、道德的约束、良心的拷问等一切社会文化因素在发挥着作用，使自身处于一种矛盾的社会性自然人格状态之中。而这种人格状态的出现，又常常是自身在已经实现了自然生存的需要，并且在向更高层次的需要迈进中，再次重新面临自然生存危机的时候发生。故此，处于社会的自然生存阶段，在个人的自然人格表象及其所扮演的角色中，"自我"似乎自始至终发挥着主导作用，而"实我"也开始扮演着重要的角色，即自身已经开始陷入了一种生存与生活的角色转换之中。但是，当自身陷入一种自然生存危机的境地时，"非我"的角色有时便会代替"自我"发挥主导的作用。

值得注意的是：伴随着物质的丰富和社会文明的进步，自身纯粹自给自足的生存方式中开始出现生活资料交换的需要，群体社会生活中以物易物的交换，逐步上升为中介物乃至货币为媒介的交换，而货币的产生则预示着我的生存关联中开始具有了经济的概念，社会生活中经济的地位也便随之凸现出来，我自然生命属性中也孕育着社会经济属性的产生，于是在自然人、社会人的属性之后，自身又开始具有一种经济人的身份属性。为了生活更加丰富多彩，为了努力实现自己生活所向往的目标，我无法回避经济在现实社会生活中的重要作用，我必须适应并实现从自然人向社会人、再向经济人的转变，同时也是要实现从自然属性及其人格到经济属性及其人格的转换。于是我得尽量站稳自己的脚跟，向着自身生存和生活需要的经济层次迈进，正视并打造自己的经济人格。

02

经济消费的需求与情感

—— 个人经济的人格生活

在人满足了最基本的社会性自然生存之后，在市场经济社会存在的一个漫长历史时期里，经济作为一种现实生存和生活的手段或者工具，在一个人的现实生存和生活中所起的作用越来越大。因为自然生存的满足不仅不会使人裹脚不前，反而会促使人在现实社会生活中产生更多的需求，对经济的需求会随着自身生活环境、生活前景的不断广阔而不断发展变化并与日俱增。基于此，人对经济消费的需求以及相应的社会文化情感产生，既决定了个体社会生存的文化表象，也左右着个体社会生活的文化感受，更影响着个人在社会生活中的现实行为和发展取向，使人从自然人格生活的层次又进入一种经济人格生活的层次。

当社会进步到一定程度，群体的劳作发展到物质生产和再生产的阶段，货币伴随着商品交换而产生，我自身也处于一种生产与再生产的过程中，处于一种对物质需求的满足与再满足的追求之中，进而进入一种经济层次的生活中。一方面，我既在现实社会这个巨大的社会机器生产中充当着某种零件的角色，为整个社会大生产尽力；同时我又时时因社会大生产的需要而改变或改进着自己的角色，不断适应社会日益扩大的生产发展需要，也满足着自身生活和发展的需要。另一方面，在这种社会化大生产的零件角色之中，又产生并发展着自己的物质需求和情感渴求；同时随着社会生产的发展和自身角色的变化，我又在不断地产生和修正着新的物质欲求和情感追求。

因而，社会大生产使我产生了对物质的更多需要，给予了我一种现实物化的存在；而伴随物质满足所产生的情感满足，又丰富发展并强化了我一种心灵的存在。我既处于一种基于物质的、来自外界作用所产生的物化情感之中，又处于一种基于自身的、源自内心所产生的心灵情感之中，两种情感与需求渴望相互交织并时时作用于我，使我强烈地感受到自身常常处于一种似乎难以摆脱的矛盾状态之中。即：随着现实经济生活内容的丰富与社会经济交往的频繁，我一方面鄙视人对物质及金钱的追逐和依附，另一方面我又无法挣脱自身生存与生活对物质、经济及金钱的需要。因为在现实社会中，自身的自然生理生存似乎越来越离不开金钱这个工具，而自身的感性情感也与物质及金钱产生越来越密切的关联。于是，对经济工具性的需要与对经济异化性的厌恶，使我的心灵陷入孤傲寡欲与现实需求这一矛盾冲突之中，使自身在这一对相互交织的矛盾冲突中感受到种种现实的诱惑与迷茫，产生出种种个人的经济人格生活。

一、社会生存经济的需要

生活中的人们或许和我有同样的感受，我们本身或许并不希望有太多的金钱，也不曾希冀家财万贯、纸醉金迷，但为了在飞速发展的社会里能赶上物质发展的步伐，尽可能分享科技和经济发展的成果，同时也为了使家庭的生活、子女的成长、自我的发展有一个相对良好的条件和环境，我们确实又希望能有一定的经济基础。因为，在社会性的存在和发展中，人在生存条件、生活内容、环境状态和生活取向等方面，都不同于早期纯粹的自然生理生存。随着社会的不断发展和物质的日益富足，商品交换和流通更加频繁，人在现实社会生活中有了更为丰富的物质内容和更多可能的生活需求，而作为社会商品交换产物的货币与经济，也日渐成了人们生存和生活中一个不可或缺的介质。为了保证自身在现实社会中的生存和生活，为了不断夯实社会生存的条件，为了不断满足日新月异的生活需求，为了追逐日益丰富的生活诱惑，为了实现自身日臻成熟的人生追求，人会因之产生出对经济的需求与依赖，以维持并将不断发展自身的生存与生活条件，并以此为基础，不断地突破现在，开创未来。

因而，在自然人格层次的生活之后，人因生存中经济的需要而打上了经济的印迹，带有经济的属性，又开启了一种经济层次的生存和生活。于是，经济便时常成为困扰我们心灵选择的问题。为此，当思考自身在经济层次的生存生活时，我得找寻出经济与我现实生存生活之间所发生的关联，思索现实社会中作为工具性手段的经济在我的生存生活中所充当的角色。而在我的生活经历和思考所及中，我感到自身对经济的需要有可能是来自这样四个方面：

一是满足维持个人在现实社会中自然生理生存的需要，这是一种最基本也最首要的需要。这种需要的东西虽然不多，但决定着生命个体是否能在现实社会中存在，因而是人存在于现实社会中与经济所发生的最基本最普遍的关联，正是这种关联决定了自我与经济难以割断的关系，也正是基于这种最基本最迫切的需要关系，在一定程度上决定了我对经济及其经济关系的依赖，使得经济消费的需要成了我继满足自然生理生存后的第二个层次的迫切需要。

二是满足自身在现实社会中更好地生存和生活的需要，即满足各种各样的社会所能提供的物质条件的需要。在实现个人自然生理的经济需求后，随着社会现实的发展，自身会不断产生出维持家庭生存、生活以及使家人过得更好的经济需求，产生出使自身过得更为舒适和舒心的经济需求，以及能够促使自身不断发展提高的经济需求等等。这种需要使我可以在现实社会中尽可能地在物质上充分享受生活、在精神上充分感受生活所包含的种种快乐，我可以从中体验到现实社会生活所提供的种种生活便宜，感受到现实人际社会交往中的种种心理和情感的满足。因而在经济上对这个方面的需求，是人们最普遍也最为之忙碌的一种需求，大多数人在生活中与经济的关联都停留在这种需要上，而且似乎很多人的一生之中有很大部分精力都被耗在了其中，因为社会所能提供的种种物质条件是日新月异且没有止境的，如果人在这方面的欲望不加以理性而理智的控制，这种生活的追逐将是没有终点的。

三是满足自身人生价值和社会地位缺失的需要，即满足一种社会虚荣感的需要。或因人生起步艰难，或因经历命运多舛，或因目标价值错置，或因境界目光短浅，人囿于对生活的感受能力和认知能力，特别是对生活意义和人生价值的迷茫和困惑，自己常常缺失了个体的主体性，因而总是在世俗的眼光、他人的态度中来安排自己的行为和选择，希望求得一种集体的认同感和社会的价值感。而在世俗的认知中，物质财富的拥有是最直接、也最容易感知到的东西，所以就错误地把物质和财富作为了身份、地位乃至价值的化身。其实，这纯粹是一种得不偿失、沦为笑柄的行为。

四是满足自身在现实社会中文化意义生活的需要，即满足追求生活意义和存在价值等的需要。虽然不是所有具有意义和价值的生活都得靠经济作为支撑，但经济却常常可以作为一种可供利用的工具或有效的手段，甚至常常是一种不可或缺的条件，使诸如帮助他人、救助贫困、实业报国等某些方面的意义或价值得以实现，还可为更高的人生理想追求奠定所需的经济基础，以不再为物所累等。因而，这种需要的满足可以使人不断地超越自我，使自我生活得富有意义而崇高。

这四个方面的需要使人与经济之间产生了千丝万缕的关联，使人的现实社会生活增添了经济生活的内容。这种经济生活的现实化，不仅改变和丰富了人自身的生活，而且还在一定程度上影响和左右着人对生活态度、生活模式和人生追求的选择，从而使人在现实的社会中具有了自我的经济人格，决定了自我经济人格中种种不断发展变化的社会角色及表象。

二、个人经济的人格表象

在现实社会生活中与经济的种种关联，既丰富着我的现实生活，也使我因之产生了种种惶恐与焦虑 …… 我感觉自身的生活因为产生了经济的需要、因为注入了经济的内容，自身也因之具有了经济的属性，这既使我的生活可能变得更为丰富多彩，也使我常常为现实中种种经济属性倾向及其社会表象而困惑和惶恐。因为，经济的属性其实也是社会属性中的一个部分，人的社会性人格之中随之也增添了经济的人格，因而我在现实社会生活中具体的经济人格表象，大体上常常表现出四种可供选择的类型，种种不同的生活类型左右着相应的生活态度、生活模式和人生追求，决定了种种不同的人生态度，塑造着自我种种不同的经济人格表象，从而对自我的社会角色形象和心理角色形象产生不同的影响和作用，带给我不同的人生感受。

　　一是淡泊知乐型。这是一种只求满足基本的自然生理生存或者社会生活的人生态度。这种人生态度执着而孤寂、高尚而清贫，寡少人际交往而专注于内心，少于社会的应酬而固守自我的清高，满足生活的闲淡而不过多关注物质的富足，不仅尽量淡化与经济的关系，而且努力割断与经济的关联。采取这种生活态度的人，虽然在物质与经济面前，多少有一些不得已的"次我"和"客我"角色的成分存在，但时时处处尽量以主宰自我的"主我"的角色形象和行为出现，希望求得保护自然天性快乐的"自我""本我"角色的生存与生活。因而这类人多半有自己执着的追求和坚定不移的信念，在现实社会中常常能够最大限度地调适自我的心理，笑待自我的命运，甚至还多多少少地带有几分中国传统文化中寒士的隐忍特征，有如山中的道士、桃花源里的陶渊明，不将人生的欢愉建立在现实社会的利诱与物欲上，而是将幸福寄望于大自然和心灵，常常使人可望而不可即。

二是感受知足型。这是一种充分利用自身能够把控和创造的经济条件，充分感受和享受社会生活的人生态度，也是大多数人的一种现实的或者说是明智的人生态度。这种人生态度的最大特点是努力追求一种经济的自足与独立，既不过分地依赖于经济，也不拒绝可能的正当经济利益，在可能的经济条件下和可能的经济环境中尽可能地甚至是创造性地感受生活，从中汲取幸福与快乐。这种生活态度看似豁达、随意、平和，而且多显现出置身于物质与经济的、被迫压抑天性的"次我"，甚至是调适自我的"客我"、弱化自我的"他我"等角色形象，却包含着极强的主宰自我的"主我"角色色彩。因为当人的自然生理生存与社会生活需要得到满足后，人就会在享乐与知足之间做出抉择，如果没有"主我"的强力控制，人是很难在经济利益面前知足的。因而从某种意义上说，对生活的知足和感受既像是自我调适，更似自我的逃避和超脱，或者更多的是介于二者之间。

三是生活享乐型。这是一种紧抓经济而追逐时尚、及时行乐、甚至玩世不恭的人生态度。这种类型的生活态度的主要特征是爱好消费，在追逐前卫和新潮中尽量尽情地享受经济生活的赐予，崇尚个性品位，生活中离不开概念、时尚、格调、品牌、个性和享乐。这类人常常受过较为良好的教育，崇尚金钱、重视价值、追求时尚、摆脱各种压抑、强调个性化、忠实于内心的感受，多以狭隘的自我为中心，少有集体主义的思想，以此寄望得到自尊、自足、自满的心情。但他们也摆脱不了心理的躁动，解构一切、怀疑一切、重组一切是他们真实心理的反映。这种人生态度多是在"主我"的"主宰自我的自主原则"下，追求一种现世的"本我"角色，力图按照"保护自我的快乐原则"来生活，但在现实社会生活中却也常有弱化自我的"他我"、甚至是失去自我的"非我"的角色倾向。

四是追逐资财型。这是一种以追逐经济利益和财富为乐趣的人生态度。这类人在追逐并得到经济资财满足的同时，也常常成为"坐上财富王位的奴隶"，其经济人格一般都充满了自私、狭隘、偏执甚至疯狂和残暴。这也说明在人的生存与生活现实中有一种一般的事实，即经济资财一旦超出了现世人生的有限范围，使人在一定程度上成为不朽灵魂与现世物质的结合，所有者便把自身的生存转化、异化为他的财产，因而他关心财产常常胜过关心他的生命，资财不再是一种可以支配驾驭的工具和手段，而成了占有者的主人，他也因之成了经济财富的奴隶，这是人生异化的一种现实经济人格表征。这种人生态度在现实社会中看似力图扮演"主我"的角色，其实却多半是一种失去自我、异化自我和扭曲自我的"非我"角色形象，而且实质上更多的是一种主动弱化自我的"他我"角色。这种资财追逐型的人在与现实社会的具体经济关联中，虽然都有一个"在他们的财产中找到了自我并成为经济的奴隶"的共同特征，但又常常有各自不同的形成原因和具体化的表现。

一种人反映了人生中缺失性的一面。因为他们以前的种种原因曾在资财中失去过自我，这种失去，首先曾经是因为经济来源的枯竭，使之几乎失去了自然生理生存的自我；其次是因为经济的拮据，使之不能实现自身希望能够享有的生活，以及希望付诸现实社会的追求和理想等，甚至错误地认为资财是其价值和地位的象征，因而他们对经济产生了一种强烈的甚至是偏执的依赖和执着，成为经济资财的追逐者与吝啬鬼。

一种人反映了人性中恶的一面。在社会的发展过程中，人常常有惰性的一面，有贪图享乐的一面。只要社会上还没有完全实现经济平等，只要社会习俗还在批准人们从一些特权人物和不合理的经济关系那里获益，那么不劳而获的梦想就会存在下去，不合理的经济手段和经济行为便会不断滋生蔓延，追逐经济资财的欲望就不会停止，因而这种现实的存在就会阻碍这种人进入更高社会意义和文化意义的生活，取得更高社会意义和文化意义的价值与成就。

因而，当我思考和反思自身的现实经济人格的时候，我强烈地感受到，由于经济本身的既有资财所具有的独立性，资财就会具有一种不安的重要地位，即经济相对于人而言，既是客体又是主体，经济既可成为被人利用的一种工具、一种手段、一种途径，也可能成为役使人的主人。因而，当我不可回避地处在现实社会的经济人格表象中时，尽管与经济的关系成为我首要的问题，但我感到在与经济的种种社会关系之中，最重要的还是取得个人独立的自足自适的经济地位和经济人格，并树立一种正确的经济价值观和人生态度。在对待自己的社会经济生活、正视自己的社会经济人格的时候，应该客观地看待经济的作用，充分认识自身人性的属性和特点，扬长避短地发掘自身的潜能，建立起正确的经济人生观，不断调整自己与经济的关系，弱化经济在现实生活中对自身的左右，在无法割断与经济的联系时，充分发挥经济在不同情况下和不同层次上的作用，使自身不为经济所诱、不为经济所累，使经济真正成为服务自我人生的工具。

从人生的客观发展规律而言，经济的需要与经济人格的表现，虽然从理论的划分上处于自然生理生存后的第二个迫切需要的层次，但也正如自然生理生存的需要一样，只要人还在目前这种经济关系存在的现实社会生存和生活，经济层次的需求便会贯穿于人生的始终，并在人生需求的不同层次和不同阶段发生作用和影响。但是，当我们仍沿着理性的思考继续深化，就会发现：在人生基本的经济层次得到满足的同时及其之后，人又会产生新的人生需要，进而向人的情感需要层次迈进，将与自然生存与经济生活中关联并蕴含着的情感反射，具化为一种显性的情感层次的人格生活需求，从而开始塑造一种情感的人格特征。

03

情感慰藉的满足与心理

—— 个人情感的人格生活

人类社会的存在既是社会内部规律性的存在，也是一种人类关系规律的存在，正是这两种规律性的存在决定着人类社会的生生不息。人处在两种规律性之中，特别是由于人类关系规律的作用，人在现实社会生活中的情感变得日益纷繁复杂，当人的社会性自然生理生存和经济层次生活得到满足后，人的感官能力便会凸现出来，感觉整个自然世界与社会现实，并与人的思维发生某种契合，使人在现实社会的生存与生活中产生情感的动机与需求、情感的困惑与失落、情感的向往与追求等，从而决定人的个人情感人格生活表象，使人的生活变得更加丰富多彩，并由此影响着人的心理、伦理、认识、价值、信仰等层次的生活。

　　人类情感本是在人类自身的感官能力与思维能力结合的过程中，从反射到触动、从感觉到感知的发展过程中所产生的，是伴随着人类自身对现实生活存在的许许多多的需要、特别是发生的种种关联中，产生的一种情绪反应、心灵感应和情感慰藉。当人在现实社会生活中满足了自然生理生存和基本的经济层次的需要后，会对情感产生一些新的认识、理解和把握，会产生一些新的需要、希望和追求，从而使人与情感的关系由一种自然的演变关系发展成为一种社会的关联关系，使人的情感和社会之间产生出一种"割不断理还乱"的关系。

　　经济社会的发展不断地打压着原始纯朴的人类天性情感，而人类天性的自然情感又在不利的社会环境空间中顽强地丰富和发展，不断增强着与人与社会的依存关系，左右着人的心灵世界和现实行为，塑造着现实生活中种种不同的情感人格，人对情感的依托、看重和依恋也因之超过了以往。特别是人在现实社会中实现了其自然人格和经济人格之后，不仅由自然情感的感受者和所有者变为社会情感的追求者和创造者，产生现实社会生活的情感慰藉需要；而且还在寻求和实现这种情感慰藉的过程中不断地塑造着自我的现实情感人格，在现实的社会生活中表现出种种不同的现实情感人格表象，继而在人生的不同需要层次中影响和左右着人在现实社会中的发展方向和价值取向，甚至于影响人的整个现实人生。

一、生活情感慰藉的需要

人类的天性情感源自远古的田园、源于自然的生活、来自人类的心灵，她是那么的自然、清纯，使人感受不到一丝一缕的造作，就像山间的溪流、原野的草树、自然的风雨、天空的星云，只是默默地伴随着人们的生活，人们也因之习以为常，并没有感到有什么特别，没有占有与失去的感知。但是，人们习以为常的东西却常常正是人们最需要的东西，而且常常是与人自身融为一体的，人们占有它的时候不会体味、难以觉察到其珍贵的价值，而当人们失去这种早已习以为常的东西的时候，才能感受到其早已成为自身生命的一个组成部分，才能感受到一种至极的悲哀。自然天性的情感便是如此，在失去她的时候，人们才会真正感到一种割舍不掉的依恋……

在现实社会的生存和生活中，我从自身生活的情感经历中深切地感受到，我自身的生存和生活，既受到社会发展内部规律的制约，也受到社会人类关系规律的限制，这两种规律性的存在使我在一定程度上失去无限制的自由，也使我在有所失去的同时产生相应的希望，产生出对社会发展状态和人类关系状况的情感希望和需求，更使我产生出满足和抚慰自我心灵情感的渴求，产生出社会角色与心理角色的两种情感渴望。正因为人的情感及其发展演变来自社会和自我之间这种主客体的交互作用，因而人的生活情感的慰藉需要，既是在自然生理生存中产生的，也是在现实社会的经济发展中不断发展变化并日益丰富的，更是伴随着经济生活的不断发展而变得弥足珍贵的。

我想，在遥远的自然生存中，情感更多的是一种本能触动和情绪反射的感觉；在原始社会时期，情感才开始了主体感受和感知的历程。为了共同的自然生存目标，自然社会化过程初期出现的人际关系的利他主义倾向是人际关系的初级化，在初级关系中人们寻得了安全与发展，相互的关系是友谊而非利用的概念，在交往中所产生和获得的情感是相互慰藉与满足而非自私利己，但随着经济社会的产生和现代社会人际关系的发展，这种纯朴关系与美好情感便日益受到影响、冲击和淡化，在愈加理性且规范的程式化的社会现实生活氛围中，人们的天性情感似乎只能愈加成为珍藏在人们心中的难忘回忆与希望。经济社会的发展似乎就这样一点一点地侵蚀着人类残存不多的天性情感，使我既感到一种深切的悲哀，也使我感到多少有些无奈。

在理智的思考之中，我似乎又在社会文明的进程中看到了希望。尽管从传统社会向现代社会转变是人们行为的理性化过程，这种理性化又是以社会角色的明确化、角色行为的规范化、人际关系的非情感化为手段，人们的行为包括人际关系也都带有在预先设定的范围内进行的特征；但是，社会文明和现代化又并未排斥人类的情感关系，相反，社会关系的情感化正是现代社会向理想的文明社会过渡的一种必然需求和反映，是人们在失去过后的一种找寻与回归的希望，而且随着文明社会的不断发展，这种情感化越来越趋向于人类早期的自然纯朴的利他天性。因为，在现实的社会生活中，人自身的存在既是自我生存和生活的目的，同时又是他人生存和生活的一种手段，正如他人生存和生活的目的本身同样是我的自我生存和生活的一种手段一样，尽管这种目的和手段在现实社会中具有社会规律与人际规则的客观工具性，并且常常被利用作为一种功利性的实践工具，但这种目的和手段本身并非一种纯粹的利己工具。因而，随着自然生理生存和基本的经济层次的满足，我感到，自身对人际间功利的实践工具性，甚至对社会规律与人际关系间的理性工具性都愈加憎恶，并更加怀念那种基于共同生存和发展的、纯粹自然天性的、利他的情感关系，因而深感自身对情感生活慰藉的需要不仅变得弥足珍贵，而且变得愈加迫切和重要。

这种对情感生活慰藉的需要之所以变得愈加迫切和重要，主要是因为情感在由本能到感觉、再到感知的过程中，也愈加成了人的一种生存与生活的需要。由于人与人的客观社会交往关系的存在，甚至包括人与自然环境的关系存在，人的生存和生活便多多少少难免带有反射的情绪和感觉的情感的因素，使人总是在某种特定的情绪和情感中生存和生活，并在每一个人的身上表现出多层次多方面的情感需要。大体而言，这类生活情感的需要常常表现在三个层次上，即首先是能够保证和维持自我的生存和生活的基本情感的需要，如生存的事实满足、存在的安全感、生活的稳定感、自我的独立感、起码的社会尊严等；其次是令自身在生存和生活中产生愉悦的情感需要，如生活的快乐、家庭的幸福、道德的满足、受人尊重等；再者是能够促使自己在现实生存和生活中不断向上发展的情感需要，如奋斗的动力、创造的活力、人生的价值、社会的认同、不断完善的勇气等。这三类情感的需要是逐级向上的，是互为因果关联的，而大多数人又多停留在第二个层次的需要上，即令自身在生存和生活中产生愉悦的情感需要。

　　正因为人的情感存在这样三个层次的需要，我深深地感受到，人同其他的生灵相比具有更为高级、更为理性、更为发达、更为丰富的情感，因而对于人自身而言，情感在人的生活中总是扮演着一种十分重要而又难以捉摸的重要角色。人的情感产生于自我主体，具有相对的独立性、稳定性和封闭性；但情感本身又受社会发展、社会环境、人际交往，甚至自然状况等多种因素的影响，并且还引导着人的生活行为，与主体的自我产生相互的能动作用，所以情感又是一种变异性很强的心理与情绪的结合体，常常导致自身的难以控制和驾驭。正因为情感具有这种难以驾驭的变异性特点，所以才会产生出复杂多样的现实情感人格。

二、个人情感的人格表象

在现实的社会生活中，情绪和情感虽然属于每一个具体的主体的人，但又常常难以独立于人自身所处的世界而存在，而且人常常在影响和左右自身的思想和行为的同时，在一定程度上又受到周围世界的影响和左右。于是，相对独立和封闭的情感又具有了被迫的开放性，人的心灵情感在固守、接受和改变的发展变化之中，也在不同的程度上直接作用并反映在人的现实生活中，使人具有了不同的现实情感人格表象。在这个意义上说，在一个具体情感层次的具体时态上，一种具体的情感人格表象就是其现时的心灵角色形象。因而，正如人的情感总体上有三种层次的需要，与个人的现实情感需要相对应，人自身的三种层次的情感需要也直接导致三种主要的情感人格表象。

当人处于保证和维持自我的生存和生活的基本情感的需要的状态时，个人情感的人格表象是：努力实现生存的事实，不断保持生活的稳定，尽力保持自我的独立，获得起码的社会尊严等。为此，自我的主体意识特别强烈，尊崇自然生理的天性原则的"自我"自始至终都发挥着强烈的主导作用，使处于这一情感人格层次中的人多几分天性的执着与率直，由于情感的需要不多也不复杂，所以容易与人相处，其感情的需要易于被他人接受或给予，自身的情感在一定程度上来说也是易于满足的，因而内在主体"自我"与外在客体的"他我"之间是趋于一致的。但因这一层次的需要事关基本的生存，所以情感的表现相对是较为自我的，对外界的情感需要也是极其简单且易于满足的。

当人处于在生存和生活中寻求愉悦的情感需要的状态时，个人情感的人格表象是：不断追求生活的快乐，努力营造家庭的幸福，感受道德的满足，赢得他人的尊重等。为此，恪守保护自我的快乐原则的"本我"始终都发挥着强烈的主导作用，这种本我既是这一情感人格的出发点，也是这一情感人格的归宿点，但弱化自我的现实原则的"他我"却无时不体现出来。由于这一层次的情感需要在实现程度上没有一定的界限，因此存在因人而异的标准，故而在这一层次上的每一个个体具有完全独立的个性差异，当然由于所处的特定情感人格层次的缘故，这一层次上的人在具有情感的自足自私性的同时，又在一定意义上表现出程度不同的利他性情感倾向，而这种利他性情感在一定程度上也是一种利己的工具，也就是说在这一层次上的情感需要既是利己的也是利他的，二者互为因果。因而，处于这一层次上的个体应该懂得在现代社会中的辩证法，即只有周围的他人感觉到快乐时，自身才会追求到生活的快乐；只有让家人感受到幸福，自身也才会享受到家庭的幸福；只有当自己有道德的付出时，自身也才能感受到道德满足的快慰；只有充分尊重他人时，自身也才能赢得他人的尊重。故此，这一层次的人在不违背情感人格原则和情感需要总体方向的前提下，是可以为实现自身的情感需要而在一定程度上屈从于现实的，也就是说自我情感人格的角色与现实中的社会角色之间是容易取得一种相对的一致的，现实中真实的自我与心灵中理想的自我之间是能够实现一种妥协性统一的。

处于这一层次的情感人格生活中，在情感人格的生活状态中，有一种满足值得认真思考和特别的关注，这就是婚姻的幸福与满足。在人类社会中，异性给文明引入了另一种因素，这种因素是生命与诗的真谛，只有它能拯救人类的类的存在危机。而基于此而产生的爱情又是与人的生命不同的东西，爱情在一定意义是人的整个生命。爱情不仅是奉献，而且具有一种无条件性，是整个身心，毫无保留地、不顾一切地的奉献。然而，婚姻常常不幸的原因又在于，两个人结合了他们的弱点，而不是结合了他们的强点，每一方都在向对方要求而不是在给予中获得快感。真正的爱情应当建立在两个自由人相互承认的基础上，这样情人才能够感受到自己既是自我又是他者，既不会放弃超越，也不会被弄得不健全，他们将在世界上共同证明价值与目标。对这一方和那一方，爱情都会由于赠送自我而揭示自我，都会丰富彼此的生活和这个世界。婚前，这种感情常常是一种人生追求和发展的动力；婚后，这种感情又常常是人生和追求的一种惰性，或使人沉湎其中满足现状，或使人困惑其中难以自拔。因此，当人在面对婚姻的情感需求时，应该仔细地思量，认真地对待。其实在怎样对待爱情、婚姻与家庭的态度和行为中，正好全方位地展示了人在这一层次的情感需要中所体现出的尊重、道德、快乐、幸福等。

当人处于在现实生存和生活中不断向上发展的情感需要的状态时，个人情感的人格表象便表现出追求奋斗的动力、创造的活力、社会的认同、人生的成就、不断完善的勇气等。在这一层次的情感人格表象上，虽然自我起着决定性的"主脑"作用，但在现实中却更多地表现出现实世界转换原则的"实我"角色形象，因而处于这一情感人格层次上的个体在现代社会中是最为复杂的，这种复杂来自自我心灵角色满足的标准与社会的认同尺度和程度，以及此二者之间的一种平衡。故而，为了实现此两者之间的平衡，在主宰自我的自主原则的"主我"角色的引导下，自身的人格形象便不断地在自我、本我、次我、客我、他我、非我等角色间进行种种现实的选择和转换，以期寻求到一种自我追求与现实角色的契合点，并在此基础上努力地向着文化超越的理想原则的"忘我"迈进。如果个体的情感人格与现实的社会角色之间取得一致，固然是最佳的理想状态，也有益于这一层次的情感人格的实现；但是当个体的情感人格与现实的社会角色之间发生冲突的时候，个体的情感人格便会陷入一种极度的困惑之中难以自拔。而在我的生活体验中，后者似乎更是一种不得不接受的常态，也就是说现实中呈现的自我与心灵中理想的自我之间是难以实现统一的，或许此二者共同作用下的自我，才是某种意义上的真实的自我。

虽然现实生活中的每一个人都面临着这三个层次的情感人格经历，但人们又存在着侧重点不同的差别，而且侧重点的不同，又会导致不同的具体的情感人格生活表象，特别是在人生的自然生理生存和经济层次需要得到满足后，人格化的情感生活满足及行为更是多种多样的。比如，有的人认为淡泊克己或者无私奉献是一种情感的实现，因为只是为自己而活着，生命将是有限的；有的人认为在人人为我、我为人人中才能实现自我的情感满足，因为只有这样才可能求得人与人之间的和谐；有的人觉得同情与怜悯是一种情感的满足，因为对于强者、慷慨大度和颐指气使者，更为精致的乐趣是同情和怜悯不幸的人；有的人感觉极端的自私是一种本能的情感需要，因为人的情感既产生于自我，则必服务于自我；甚至有的人在现实中已经变得麻木，认为这个世界已经没有真实的情感可言，所以与其虚饰情感不如没有情感；凡此种种不一而足。

但是，无论现实的情感人格表象是多么复杂多样，我总感觉，人作为一个生命体，是应该有情感的，因为只有情感的人生，才是真切的人生，情感在某种意义上说就是生命，情感人格在某种意义上也就是一个人的生命人格。如此，我又想到，情感虽产生于自身，但又从不是孤立的，情感总是与外在的世界和人相联系的，而一个人如果想在别人身上寻找到自身需要的感情，仿佛又像是在别人的身上拿走生命。于是，我似乎觉得生活得愈真诚便会愈加孤独，重感情的人生常常会经历失败的人生，因为你对感情要求越真，你所感受到的失败与痛苦也越深。为此，我得不断地调适自我的内心，保持我内心的平衡与宁静，努力培养一种具有独立精神而无须寄望他人的情感，一种只是付出而不需回馈的情感，甚至是刻意地制造一种远离现实的孤独，使自身能够尽可能地闲适平淡而又自适自乐地生活。所以，当我在一定程度上实现，甚至是在我进入情感人格的生活层次那一时刻起，我就已经开始了个人心理人格的生活。

04

心理平衡的闲适与伦理

—— 个人心理的人格生活

    满足情感生活层次的需要在一定程度上是为了实现一种心理的平衡、愉悦与闲适。人的存在既是一种物质性的存在，也是一种精神性的存在，只有同时具备这两种存在时，才称得上是一个完整的人。物质性的存在是一种自然生理的物化存在，而精神性的存在则是一种情感意识的心理存在状态，在两种存在取得一致时，一个人才会感到一种内心的平衡与愉悦，才会感到生活的自适与幸福。相反，如果只有物质性的存在而没有精神性的存在，一个人会对生活产生悲观、失望、抑郁、忧愁、忙乱、仇恨、不理智等等，其人生也将黯淡无光，甚至有生不如死的感受。

    随着社会的不断发展，我感到社会的种种关系网线越织越密，人际关联越绷越紧，物质生活职业化分工越来越细，社会越来越复杂多样，在人的自然人格、经济人格、情感人格逐一登上现实社会生活的舞台后，个人生活越来越受到外界的刺激、制约和捆缚，人们心与心之间的联系越来越受到种种的阻碍，人们却越来越盼望着心灵的沟通，同时又越来越害怕心灵的沟通，人的心灵处于一种渴求与恐惧的迷惘之中，个体心理调适和平衡的需要变得愈加强烈。

而心理是人的头脑反映客观现实的过程，如感觉、知觉、思维、情绪等；也泛指人的思想、感情等内心活动。个人的心理与情感是密切相关、难以割舍的，情绪、情感的过程也是一种心理的过程；情绪的触动、情感的感觉和感知，也愈加成为一种心理的活动；本能的情绪性冲动，逐渐上升为一种心理平衡后的愉悦、闲适，情感过程与心理活动常常成为一个不可分割的整体，心理平衡的需要开始成为继情感人格层次的初步实现后的一个更高层次的需要。在人的心理情感中，至动即是至静，至变即是至常，正是在这种观念和这种实践的感知基础上，才有所谓的性与命，人的心理情感也才能够在"至"之中实现情感的平衡、愉悦和慰藉。因为，人作为一种物质与精神共存的生命体存在，精神的存在只能在心灵中进展，绝不可能在物质上涂饰，人在实现基本的自然人格、经济人格和情感人格之后，随着情绪、情感的日益丰富和繁杂，也随着本能情绪与被动情感的日益能动化和主动化，人必然面临着自我心理调适、心理平衡的需要和心理人格的塑造。

一、心理平衡闲适的需要

我想，人在现实的社会生活中，既是一种物质的存在，也是一种精神的存在。在实现了自然人格之后，甚至是在实现基本经济人格和情感人格的过程中，人的内心世界便愈加面临着两种最为基本的需要，一是要顺应社会，满足"社会相符需要"；二是要与周围人有所不同，满足"社会差别需要"。前者是为了求得一种生存的条件与和谐，后者是为了实现一种自我的价值。在一定意义上说，一个人只有在取得了与外部的自然世界和人文世界的和谐后，方能较为彻底地实现社会性的存在，也才能真正有可能实现自我的价值。然而，任何人在现实的社会生活中，在一定程度上都希望尽量维持固定的自我不变，并力图成为与他自己所希望的人相一致。这种一致性，又必须在个人的"社会相符需要"与"社会差别需要"之间寻找到一个契合点，以便实现物质存在与精神存在的统一，而这就需要在追求和实现这种统一的过程中，不断地调整精神性的内在自我与物质性的社会自我的统一与和谐，并为此努力保持自身的心与身的平衡，所以心理平衡闲适的需要在这个时候变得尤其迫切。

心理平衡是人内心愉悦的前提，是对自身生存和生活状态的一种内在感觉和感知，心理平衡的需要正如人的情感需要一样，在现实的社会生活中同样具有三个心理平衡的层级，即：首先是保证和维持生存和生活的基本心理平衡的需要，其次是能够在现实生存和生活中感受愉悦的心理平衡的需要，再者是能够满足人在现实生存和生活中不断向上发展的心理平衡的需要，三个层次的心理平衡是逐级递进和相互关联的。

　　所谓保证和维持生存和生活的基本心理平衡的需要，是指在现实的社会生活中能够使人产生出生存和生活的安全认可与信心持有的心理常态。有了这样的心境或心理状态，人才可能在现实社会中继续生存和生活下去。心境是一种持久的、弥散性的情绪状态，作为心理活动的背景，它使其他一切体验和活动都浸染上一定的情绪色彩，此所谓"情衰则景衰，情乐则景乐"。因而，人的心理平衡首先就是需要实现一种维持生存和生活的心理常态，这种基本的心理平衡的需要，带有一种鲜明的自我中心的特征。处于这样一种生活需要的心理层次，主要还是获得自身的物化存在感，夯实人的物质性的社会存在，人很少也很难顾及其他。

　　所谓能够在现实生存和生活中感受愉悦的心理平衡的需要，是指在现实的生存和生活中能够使人不断产生并感受到快乐的常态。有了这种心境，人才可能为自身的存在和生活感到庆幸、舒心和欢愉。这种较高层次的心理平衡的需要，不仅要实现心理的平衡，而且还要实现心理的愉悦、闲适，因而带有一种鲜明的顺应社会、满足"社会相符需要"特征，因为只有与社会相符，才可能求得基本的心理平衡，也才能在现实社会生活中求得与外界环境的和谐，也才能在这种相符与和谐之中感受到社会生活的乐趣，否则便会感到孤寂、失落、抑郁、悲观、失望、忧愁、痛苦、忙乱、仇恨和不理智等。处于这样一种生活需要的心理层次，人不仅实现了物质性的社会性存在，而且也在一定的程度上实现了心灵自我的精神性存在，也在一定意义上取得了物质性存在与精神性存在的和谐与一致。

所谓能够满足人在现实生存和生活中不断向上发展的心理平衡的需要，是指能够促使人产生不断向上发展的激情和信念的心理常态。有了这种心境，人才可能产生不断奋发向上的努力和追求，也才可能不断地超越自我，实现自我的人生价值，不仅使人感受到生活的乐趣和幸福，而且还能使人感受到人生的成就感和自豪感等。这种更高层次的心理平衡的需要，带有一种鲜明的要与周围人有所不同、满足"社会差别需要"的特征，也就是说人在维持社会的一致性原则后，还获得了一种自我价值实现的心理快适和满足。处于这样一种生活需要的层次，人不仅在实现并巩固了自身物质性的社会存在的同时实现了自身的精神性存在，而且还在更高的意义上一定程度地超越了自身物质性的存在，并不断地为实现自身生存和生活的一个又一个价值目标而不懈进取。

由人的三种心理平衡的需要和发展可以看出，一个人能否

实现心与身的平衡，不仅事关人的精神与情志，而且直接影响
到一个人的生存状态和生活质量，难怪中国的传统医学把精神
情志致病因素归纳为七情内伤，并且十分重视七情内伤在致病
中的作用。所谓七情即喜、怒、忧、思、悲、恐、惊七种情志
变化，这种情志变化不仅会影响到一个人的精神性存在，而且
还会直接影响到一个人的物质性存在，这便是常言所说的"思
伤脾""怒伤肝"等。所以在现实的社会生活中保持心理的健康
与平衡、保持精神情志的平和，对一个人来说是何等的重要。

古语道"言为心声""字为心画""貌从心变"，从一个侧面
说明了一个人的语言、相貌等外部行为和表象都会在不同程度
上受到心理的影响，相互之间会产生一定的内在关联，而且人
的心理状态也必然会外化为一种外在的社会表象。因为人的心
理虽然是指人的一种内在精神的存在状态或心境，但在人的心
理平衡、甚至在心理平衡的过程中，心理过程都是与外界紧密
相连并在一定程度上相互作用的，这种与外界相关联并发生相
互作用和影响的过程，同样反过来既对个人的心理产生一种反
作用，也对个人的现实社会表象产生相应的影响，并使人在这
种相互作用之中，塑造并表现出其相应社会化的心理人格表象。

二、个人心理的人格表象

我想，要比较清楚地了解人的现实心理人格及其表象，首

先得再进一步地认识人的心理。心理既有个体差异的特殊性，也具有现实存在状态上的整体性特征。即：人的心理总是处于一种发展过程的序列中，在对所反映的客体的关系上，它是对客体的反映；在对大脑的关系上，它是大脑的机能；在对行为的关系上，它是行为的调节者；在对自身心灵的关系上，它是心灵的抚慰者；在对自身的精神上，它是精神的调适者。心理总是涉及人的不同水平和方面，总是表现出多层次的结构性特征，总是具有多维度的特点，总是含有多序列的发展过程，因而心理具有复杂多样的特性。同时，人的心理既有历时性上相对较为稳定的特征，又具有此时性上不断发展变化的特点。较为稳定性的特征，主要是指心理积淀所形成的一种潜在的心理意念或心理定式，其现实表象则是常言的定力；不断发展变化的特点，是指在现实中具体的心理行为时常包含着一个复杂的过程或不断发展变化着的状态。

　　一般而言，人的心理及其心理积淀包含着过去、现在和将来，过去的事件表现为记忆、经验等，对人的心理积淀、心理思维定式的形成及其相关的心理人格状态具有潜移默化的作用；现在的事件表现为全部印象、体验、智力活动等，对人的心理积淀、心理思维和心理人格不断地进行强化与修正，并不断地作用于人的现实心理行为；将来的事件表现为意图、目的、幻想等，对未来的心理思维和心理行为不断产生一种指向性的影响。因而综观人的内在心理及其相应的现实心理过程和心理行为，既是相对静态的，也是相对动态的，如：感觉、知觉、表象、注意、记忆、想象、思维、情绪、意志等属于心理过程，是心理的动态方面；情绪过程中的激情状态和心境状态等属于心理状态，兼具静态与动态的特征；能力、气质和性格上的特点则属于心理特征，是心理比较稳定的方面。动态的心理过程、静态的心理状态、发展的心理特征，这些无疑都对人的心理人格的形成和塑造产生重要的作用和影响。

受具体的心理行为的影响，人在追求心理平衡、愉悦和闲适的过程中，现实的心理人格总是具体的，同样有一个复杂的发展过程，具有动静兼具的表象特征，现实的心理人格表象，总是一个人的心理或心绪或心态以及与此相关的社会态度等的反映，在一定程度上也都是认知、情绪和倾向三者的有机统一，它的认知成分是对目标对象的知觉、理解以及评价，情绪成分是对社会约定俗成的一些传统规则、规范、准则或者具体表象所产生的心理和情感的反映，而行为倾向则是欲表现出来的动机与行为。

因而，在对人的心理进行上述思考的时候，我觉得心理人格表象在本质上便是一种心理角色及其外化的社会表象，心理角色具有相对恒定不变的特征，而心理角色的社会表象相对地有较大较多的变化，是一种与内在心理角色相对应的外在社会角色。虽然社会角色与心理角色也有不一致的时候，但社会角色的变化在总体上是为心理角色服务的，甚至外在的行为正是为了调适心理的需要而产生的，在很大程度上也是受心理角色的控制的。心理人格在本质上其实就是自我的心灵人格与现实社会人格的相互关系，因而心理人格按照自身所处的实际状况，常常会表现出三种不同的状态。

一是内心处于心理平衡的状态时，自我的心灵人格与现实社会人格是一致的。这时，心灵的人格也就是社会的人格，而社会的人格也就是心灵的人格，人的心理人格表象是平静、充实、和谐与温馨的，人也因之会变得和善、乐观、开朗、明智、沉着、冷静、坚定，也易于与他人相处。因而处于这一状态中的人的现实心理人格角色表象，既能体现出尊崇自然生理的天性原则的"自我"，也能实现恪守保护自我的快乐原则的"本我"，更能在现实的社会生活中扮演追求主宰自我的"主我"，尽管遵循压抑天性的理性原则的"次我"也不时地在调整着"自我"的心理和行为。在这种心理人格的状态中，人是可以并且能够自在自为的，也是平和的，是容易与人相处的。

二是内心处于心理平衡的实现过程中时，自我的心灵人格与现实社会人格处于激烈的碰撞和磨合之中。这时，两种角色在寻求走向一致。在这种实现的过程中，人的精神心理因素起着十分重要的作用。一般而言，人的精神心理因素可以分为良性和不良两类。良性的因素指积极、健康的心理状态，主要表现为乐观、开朗、明智、沉着、冷静、坚定等；不良的因素指消极、不健康的心理状态，主要表现为悲观、抑郁、忧愁、忙乱、不理智、急躁、烦躁，甚至暴躁等。两种因素总是在心理平衡的过程中激烈碰撞，哪一方面占上风，便会表现出相应的表象特征。但在二者激烈交锋的时候，则常常会表现出二者兼具的特征。因而处于这一状态中的人，追求主宰自我的自主原则的"主我"虽然总在力图驾驭自己的生活，却常常是处于"次我""客我""他我"的调适与观照之中，而且大多数时候都陷于压抑天性的理性原则、弱化自我的现实原则之中，生活在令人困惑或痛苦的世界里。在这种心理人格的状态中，人的情绪是不稳定的，有时让人感觉能够与他人平和相处，有时则让人感觉难以接触，似乎是难以捉摸的境况，因而处于这种心理人格状态中的人，要么是通过磨合而实现心理的平衡；要么则自始至终处于矛盾、困惑和痛苦之中难以自拔。故而，其结果似乎总是处于艰难的自在和自为之中。

三是内心处于心理不平衡的状态时，自我的心灵人格与现实社会人格出现分裂。这时，社会人格与心灵人格是冲突抵牾的，社会人格对心灵人格的实现构成了一种危害和冲击，人的心理人格表象是困惑、焦虑与迷茫，人也因之变得烦躁、悲观、抑郁、忧愁、忙乱、不理智，外界的一切都与自我充满着不和谐的音符。因而处于这一状态中的人，常常表现出两种极端的心理人格表象和现实行为：一种是深陷于不平衡的心理状态中不能自拔，处于彻底失去自我的异化之中，始终表现出痛苦的"非我"角色形象，常常以现实的社会角色掩盖着自身的心灵角色。二是因不甘心陷于压抑天性的"次我"之中，也不情愿总处于调适自我的"客我"和弱化自我的"他我"之中，因而便由失去自我和异化自我的"非我"转向"实我"之中，试图在现实世界通过不断的社会角色转换以寻求心理的平衡或者是功利性的超越，这似乎是一种自我、本我和主我的极端实现方式或途径。在这种心理人格的状态中，人要么彻底地失去自在和自为，要么便是实现一种极端或偏激的自在和自为，常常以现实的社会角色替代了自身的心灵角色。

虽然上述三种总体状态是生活中的人们经常所面临的三种常态，但每一种状态又在一定的意义和一定的程度上具有层次高低的区别，这种层次高低的区别取决于人的生活阅历、文化素质、道德素养，以及人的理想、信念、追求的价值定位等，并反映在以后不断上升的需要层次之中，从而表现出一个人生活意义的大小及其人生价值的高低的层次之别。

在对人的心理人格进行剖析和思考的时候，我也感到，一个人不能顺应社会，便不能满足"社会相符需要"，也不能求得一种与外界的生存和谐，更会与社会或自然格格不入，自身也将因为心理的失衡而变得痛苦和烦恼。特别是当一个人与社会和自然不相容时，早期的生活经历、重大的生活事件、个性特征等心理积淀便会对自身的心理人格发挥作用和影响，其中个性特征是产生消极情结的一个内在条件，早期生活经历及重大生活事件是产生消极情结的外在诱因。与之相对应地，一个心理失衡的人也很难满足自身"社会差别需要"，也不能实现一种自我的价值，常会对生活产生厌倦和平庸之感。因此，在现实的社会生活中，我们首先应当学会努力地实现并维持自身心理的平衡；在心理不平衡的情况下，即使不能实现"社会相符需要"，也要尽力地调适自我的心理，争取实现"社会差别需要"。只有这样，生存和生活乃至整个的人生才会变得充实而富有意义。

　　在现实生活中，我常见有这样一些人，他们倾力将物化的存在取代精神的存在，追求将物质生活的满足和对客观世界的占有转化为精神，甚至极端到成为拜物主义者，由此感受到精神和心理的快慰。虽然对生活方式、人生追求和现实行为而言，人人都有选择的自由，而且人人都有适合自己的生存与生活方式；我却希望能将自己物化的存在更多地转化为精神的存在，把精神生活置于物质生活和客观世界的感知上，使我能在有限的物质条件、有限的社会环境中，发掘更多、更好、更有利的条件，感受更多的欢乐，增强自身精神生活的参与能力、把握能力和感知能力，因为我觉得生活的快乐在很大的程度上便是一种感知和发现，而且只有这样，人的内心才会得到相对稳定的闲适平淡与自适自乐，自身也才可能使生活变得更为丰富多彩，也才能使人生变得更加富有意义和价值。为此，我必须在心灵深处不断努力地调适自我，保持自我内心的心理平衡和闲适。

　　同时我又感到，在我追求心理平衡的过程中，自身的内心世界从来就不是孤立的，是与自身现实的心理人格密切相关的，现实心理人格总是与个人的现实行为互为作用的。而现实行为又受到现实社会的种种制约，使人的心理和行为总是充满着种种考量，在理性与理智之中更是充斥着种种现实社会的行为规则，而其中最基本的规则便是社会法律的限制与社会道德约束，这些规则的限制与约束又必然反作用于人的内心，对人的心理产生种种影响。因此，在人的心理平衡需要，甚至在人的情感需要之中，从未摆脱过现实社会行为规则，特别是社会法律和社会道德的限制约束，甚至现实的行为都是通过内心对种种现实社会规则进行思量后才付诸实施的，内心世界从未停止过对种种社会规则的思考和把握，而且在这种思考和把握之中已经蕴含着人的另外一种需求了，这便是伦理美善的需要。

05

伦理美善的需要与认知

—— 个人伦理的人格生活

　　人的存在是物质与精神的统一体，物质与精神都是具体的，在很大程度上都受到社会的种种制约。这种制约既是外在强加的，也是内在需要的；它一方面是社会存在和发展的需要，另一方面也是人自身存在和发展的需要，更是人和社会协调发展的需要，还能使人感受到一种社会认同的满足与价值。其中，伦理美善的需要是与人的情感需要和心理平衡需要密切相关的一个更高层次的人生需要，既反映了社会对人性中恶的制约，也反映了人性中对善的需求；既使人的精神存在具有了价值意义，也使社会的发展具有了更为高级的层级。正因为人有了现实中对伦理美善的要求和需要，便相应地有了人的伦理人格生活及其现实的伦理人格表象。

人的本质是一切社会关系的总和，人在现实社会中生存、生活和发展，在种种社会关系之中会受到种种现实社会规则的制约，如传统家风的要求、民风习俗的制约、社会法律的限制、组织纪律的要求、伦理道德的约束等等，其中社会法律的限制和伦理道德的约束是两种最具普遍意义的现实社会规则，其他的现实社会规则都从中演绎而来。社会法律的限制，是生命的物化存在中最基本的一种现实行为要求，更多体现在对物化生命的外在规范之中，对人具有由外向内的作用；违背社会法律必将受到严厉的惩处，甚至还将影响到物化生命的存在。而伦理道德约束，是精神生命中最基本的一种现实行为要求，又是物化生命中更高级的一种现实行为准则，更多体现在对精神生命的内在约束与更高追求之中，对人具有由内向外的作用；违背伦理道德必将受到社会的谴责、良心的拷问，甚至会使人在羞愧难当的自责中结束自己物化生命的存在。因此，对人而言，伦理道德比社会法律具有更高的要求，也是人的发展中更高层级的需求。

当我在对自身的心理平衡需要及其心理人格表象进行思考并沿着这一思路继续深化下去的时候，我已经感觉到：自己的内心世界中确实存在着种种善的希望与渴求，甚至常常能感受到一种善的冲动，特别是当看到那些孤立无助的人、看到那些不公平的事、想到那些需要人挺身而出的时刻……尽管自己可能不具备那种善举的条件，却时常怦然心动，难抑内心的情感，并为之激动不已，似乎心中随时都涌动着无数善的情怀……因为，自己作为物化存在与精神存在的统一体，内心世界的存在更像是自我精神存在的核心、更像是我现实行为的主脑，在自我心理平衡的过程中时常经受着一种道德伦理的拷问和规范，而这似乎不仅仅是外界所强加的，也常常是自我人生的一种内在需要与外在希望。我渴望与外界的和谐一致，希望所生存、生活的社会充满善的行为、善的关怀、善的氛围，也希望通过自身善的行为，在身边播撒善的种子、营造善的气息，彼此从中获得认同和满足，更希望自我的物化存在之中能具有一种精神的提升，使物化的生命更加丰满而富有价值，因而伦理道德不仅成了自我情感活动和心理活动的天秤，而且已经逐步强化并成为人生的又一种更高层次的需求，甚至是一种追求。我感到，这种需求是伴随着情感的需要和心理平衡的需要而产生的，并且在基本情感需要和心理平衡需要得到满足后，这种伦理道德的需要会变得愈加强烈，因为这与自己越来越强烈的精神境界提升意识和生命价值感追求密切关联。

一、渴求伦理美善的需要

当我在思考自身对善的需要与渴求的时候，我不由得想起那样一些看似生活一般的善男信女，他们的生活境况并不富有，他们的文化素养并不深厚，他们却往往乐善好施，笃信因果报应、行善积德。我想，这种善举并非常言所说的"富生善，穷生恶"，那么必定有其善举行为产生的心理动机，而这种动机只能从美好的祈愿与善的本性来理解。于是，我首先应该思考这种善的来源与善的需要。

我想，在自然原始的生存状态中，我之所以能与同伴相依相生，最根本的原因在于我们都有共同的生存需要，都面临着共同的生存考验，因而我们能够在大家所认同的共同利益中相互关照和关爱，这也为我们在未来的现实社会生活中追求集体的认同、社会的认同种下了多情的种子，而且也注定了我们的人生是与同伴和社会难以分割的。而在现代文明的社会生活中，任何人都应该享有自身的自由，但一个人的自由又是以不侵犯他人的自由为前提，这实际上又是自身的某种不自由，因而时常最爱自由的也是最常或者最易干涉他人自由的。故此，在现实社会生活中的所谓自由其实是有限制的，而现实社会生活对自由的限制又分为两种，一是外界强加的约束，即我们常言的社会法制；一是自我内在的约束，即我们常言的伦理道德的自律。为了自身能在现代社会生活得更好，我们就如同在原始自然的生存状态中一样，同样得在维护他人的利益中获得自身的权益，同样得在相互的关心关爱中获得温情温暖。为此，在现实的社会生活中我必须为了自身的生存而保证他人的生存，为了自身的自由而尊重他人的自由，为了自身生活的幸福和充实而保证他人生活的幸福和充实。于是，我得在自我主体和社会他人客体之间寻求和谐，并为此进行自我内心的调适，寻求一种自我的心理平衡。

　　然而，我又感到，心理平衡虽源自自我的需求和内心世界的调适，与心理过程密切相关的社会角色行为，却必须在社会所允许的范围内进行规范和调整，也就是说心理平衡的过程在某种意义上也是受现实社会种种规则的影响和限制的。这种影响和限制除了社会法律的框架外，更大程度上是一种道德的自律和完善，因为法律的限制是外在强加的，而伦理道德是内在自律的，所以我感到自身心理平衡的过程首先是以社会伦理道德的要求为参照的，也就是说伦理道德是我内心平衡的天秤中的第一个砝码。为此，在详尽地了解自我的伦理道德需要前，必须首先明白伦理、道德究竟是什么。

　　我们常说的伦理应该是指人与人相处的相互关系中的各种道德准则，涉及道德的起源发展、人的行为准则和人与人之间的关系义务等。道德是指"道"和"德"的关系，在这里，道是理想的人格或社会之标准，德是立身之根据和行为之准则，道德除具有社会性、时代性、阶段性、个体差异性等特征外，由于人类在生存、生活和发展中面临着诸多共同的行为调节问题，因此道德具有某些共通或相一致的方面，具有普遍性的美和善特征。而道德又包括主观和客观两个方面的内容与因素，客观方面指一定的社会对成员的要求，表现为道德关系、道德理想、道德标准、道德规范等；主观方面是指人们的道德实践，包括道德意识、道德信念、道德判断、道德行为和道德品质等。因此，伦理道德的需要既发轫于原始生存中自然天性的善的因素，也丰富于社会不断发展的伦理道德规范，更完善于人与人、人与社会的协调发展之中。因为，人从动物性、自然属性的人到社会性、文化性的人，这是一个漫长、温暖而又时常充满痛苦的过程。这个过程，在一定意义上是一种道德的自律、追求和完善的过程；也是永远不断地发掘、丰富、完善和实现人性，使人获得完满的人性并实现个体伦理道德人格的过程；更是人类社会向终极目标迈进的一个必不可少的发展过程。

为此，我感到自身对伦理美善的需要，既反映了社会对人性中恶的一面的制约，也反映了人自身对人性中善的一面的需求，是自身由物化的人向精神的人发展丰富的需要，是自我在现实社会生活中道德不断自我完善、自我发展、自我追求的需要，同时还能使自我在物化生命与精神生命的和谐统一中不断提升，更加感受到充满意义的生活和富有价值的人生。正因为如此，越是随着自我需要层次的不断上升，这种需要也就会变得愈加的强烈，自我也就越有可能不断发展、提升和实现这种需要，直至产生更高层次的追求。

二、个人伦理的人格表象

伦理美善的需要就像任何一种现实需求一样，其追求、实现的过程，同样是自我在现实社会生活中不断付诸行动并与外界发生种种关联互动的过程，而在渴求并追求伦理美善的实现过程中，则包含着自我与社会、自我与他人在伦理道德的层面所发生的种种关联、所经受的种种考验、所得到的种种锤炼，自我也会在种种现实的关联互动中反映出自身、塑造出自我、展现出相应的现实人格。

我时常感觉，伦理道德境界是一种比较稳定的客观存在，包含着现实社会生活中至善的社会道德和至美的道德人格，反映出一定的社会历史条件中人与人之间的利益关系和现实的经济关系，也体现着一种伦理道德的理想。中国哲人曾说"德为气之体，道为气之用"，说明德是人的气质和修养，道是德在现实社会生活中的处世准则和行为表象，道在人的具体社会实践中又不断修正、丰富并发展、完善着自身的德。虽然每个人的道德素养和追求高下不一，道德人格表现层次不同，但不论是哪一种道德人格的表象都有一个共同的特点，即每个人现实的道德人格表象都是自我选择的结果，而且这种选择是以自身与社会、与他人的关联互动为基础，以自身心理的平衡慰藉和价值满足为目标的。因此，伦理道德人格的形成，事实上涉及三个方面的内容，一是道德与利益的关系问题，反映出个人对义与利的态度与选择；二是道德与善恶的关联问题，反映出个人对善与恶的认知与境界；三是道德既是受一定的社会历史条件决定的，同时道德也会对社会历史条件产生反作用，反映出个人对公与私、小我与大我的区分与追求。因而,在道德人格的现实表象中,常常会有两种截然不同的具体表象。

一是纯粹的社会道德人格。这种人格从社会、文化环境出发,遵从社会文化至善至美的道德观,尊重道德的普遍规律和价值尺度,自觉用社会文化的道德观来规范自身的行为,不断追求更高的伦理道德境界。这是一种理想的道德人格,也是人们内心所向往的一种社会状态。在这种理想的社会道德人格状态中,个人道德行为的选择中总会趋义舍利、从善嫉恶,当国家民族有需要的时候,总会为了国家民族的利益舍弃小我乃至生命。这时,人是生活在自然天性原则的"自我"角色之中,同时也是生活在主宰自我的"主我"角色之中,因为在这种理想的道德社会中,自我的利益与社会的利益是融为一体的,这时已经达到了道德即利益、道德即至善的完美统一。因而我总希望自我能自觉地实践这种高尚的人格,并企盼现实生活中的每一个人都具备这样的道德人格,以促使这种理想人格的和谐社会状态早日到来。

二是纯粹的个人道德人格。这种人格只从道德主体的自我出发,把道德看作自我意志、情感、需要的表现,而义与利、善与恶、正当与不正当等伦理道德价值完全以主体的赞成与不赞成、满意与不满意为转移,否定或不尊重道德的客观依据和客观标准。在这种纯粹的个人道德人格状态中,人是以极端自私的"本我"、极其狭隘的"主我"来主宰自我,支配自身的现实行为，追求、保护和实现一种极端的"自我快乐原则"，这时的伦理道德也失去了其美善的本义。这种状态中的人多是弃道德而趋利益、弃善而从恶，实际上已经蜕变成为一种失去自我、异化自我的"非我"。因而在现实生活中，我常常提醒自己避免这样的错误。因为一个人是不可能没有一点点私心杂念的，但这种私心杂念是无论如何不能超越社会道德所允许的范围，否则自我将自绝于自己所生活的环境和社会，也将脱离自己的同伴，自我也不会在现实生活中感到丝毫的快乐和自由，而且在本质上这也等于是抛弃了自我作为社会人存在的社会关系基础。

　　介于二者之间，还有一种是社会角色的道德人格。这种人格不是主动地向社会道德人格靠拢，而是迫于社会伦理道德的约束，不得已地打压本想发展和膨胀的纯粹个人道德人格。处于这种道德人格状态中的人，时常在道德与利益之间、在善与恶之间徘徊，自身也常常是生活在压抑天性的"次我"中，生活在不断调适自我的困惑的"客我"中，生活在不断地弱化自我的"他我"中，自身在社会的存在就只是一种现实角色的存在。我十分清楚，由于自然天性中恶的基因的诱惑，自我很容易产生这样的倾向，因而我得不断地提醒自己，尽量抛弃狭隘的自我，防止把道德看作狭隘的自我意志、情感、需要的表现，尽量地遵从社会文化的道德观，尊重道德的普遍规律和价值尺度，自觉用社会文化的道德观来规范自身的行为。因为只有这样我才可能摆脱自身的困惑，才能不游离、不脱离自己的同伴和自己所生存的社会，也才能真正在社会道德中寻找到自我，感受到心理的平衡与闲和。

事实上我心中非常明白，道德伦理在发展中既具有普遍性和规律性的客观因素，也具有一定的极端相对性和条件性，这就是人们常说的人在一个充满善的环境中也会变得善良，在一个充满恶的环境中也会变得丑恶的原因。但一个人的道德人格毕竟决定于其道德品质，现实伦理人格反映了人的道德修养的程度和道德品质状况。一个人的道德品质的形成过程，总是由道德生活经验开始，通过道德认识、道德情感、道德意志达到道德信念，再由道德信念达到道德行为、道德习惯，最终表现为一个人的道德人格。

我也非常清楚，一个完整而理想的道德伦理人格的形成，首先要有道德的自律和道德的诉求，继而要有道德的素养和道德的理想。道德理想是道德追求上的最高境界，包括社会和个人两个方面，个人方面指一定道德要求的概括与结晶，即表现在道德人物身上的理想人格。社会方面指一定道德追求的行为与效果，即体现出一种道德精神、道德境界的理想形象。道德理想的实现，必须通过道德的意识、道德的认识、道德的判断和道德的原则，借此丰富道德的情感、道德的习惯，形成道德的修养、道德的品质、道德的信念、道德的意志、道德的义务、道德的责任。只有这样，一个人才能够真正树立起正确而富有意义的道德标准，处理好种种现实的道德冲突，建立起与社会和他人之间良好的道德关系，进行和谐的道德活动，从而实现自我的伦理道德理想和追求，塑造较为完美和谐的伦理道德人格，从中感受到自我人生价值的提升与情感的满足。我坚信，一个具有理想道德的社会，一定是一个充满活力的社会；一个具有理想道德的群体，一定是一个充满和谐的群体；一个具有理想道德的人，也一定是一个充满亲和力的幸福的人。因为，整个社会的道德风尚在根本上是依靠每一个具体的生命人格来形成并惠及每一个人，包括每个人自身的。

　　而从理性的角度来看这个问题，伦理美善的需要在实质上便是把对事实的判断和对价值的判断结合起来，如实地感知事实的认知并指导自身的行为，从中既感受到一种与他人、与社会美好和谐共生的心理平衡与愉悦，也感受到一种理性认知的情感满足。所以，当人在处于伦理需要的层次并追求美善的理想时，事实上已经蕴含着一种理性的认知和判断了，已经在向一个更高的需要层次，即理性认知的层次进发了。

06

认知发现的快乐与价值

—— 个人认知的人格生活

　　人的精神追求之中实际上包含着情感与认知两个方面，伦理道德的满足对个人而言，在一定程度上是情感上的，也更多是一种内在被动的感受与感知，只有理性认知才是一种外向的主动感知与感受。当一个人获得了内在的心理情感满足后，必然企望于外在的现实认知，以此深化并确立自身的人生观和生活追求，从而获得相应的社会认同、人生价值和成就满足，获得自身不断发展进取的信心和动力，同时在更崇高的意义上获得自身与社会、与自然的协调发展，甚至推动社会的文明与进步。因此，当人在现实的生存和生活中，渐次地实现了自然生存、经济消费、情感慰藉、心理平衡、伦理美善等相对内在的需要后，必然向着更为崇高的需要层次迈进，理性认知的需要正是向更高目标迈进的主动且积极的关键一步。

在现实的社会生活中，在自己无所事事的时候，在自己放纵娱情过后，我都时常会有一种极度空虚的恐慌之感，并时常为此感到莫名难言的烦躁、惶恐、失落和痛苦，我总觉得自己除了暖衣饱食等作为物质载体的身体充实外，在本能的感官声色之娱过后，内心世界的空虚是物质生命体的空虚所不能比拟的，作为精神载体的内心世界更渴求一种更为高级与高尚的充实。因为在原始的自然生存人格、基本的经济人格、基本的情感人格需要得到满足后，当具有了心理平衡和伦理美善的感知后，感受过自身生命物质形态的存在，就更为迫切地需要一种精神的支撑。在人生一定的发展阶段，内心世界中精神的充实具有比身体的充实更为重要的意义，因而为了这种精神的支撑，人们不仅是期盼着，而且常常甘愿为了精神的追求而放弃自身生命体的存在。精神的存在与充实，在某种意义上才是一个人真正的存在，所以古人言"吾善养浩然之气""充实为之美，充实而有光辉之谓大，大而化之之谓圣，圣而不可知之之谓神"，所以人们也常言，从生命体上消灭一个人容易，但要从精神上毁灭一个生命却很难，都说明了内在精神在生命中的别样意义与特殊重要性。

那么，我所期盼的精神支撑究竟是什么呢？我从自身的生活体验中感到，生命个体的存在既然是物质与精神的统一，人的需要和追求自然也包括物质和精神两个方面，而精神的需要和追求之中实际上又包含着情感与认知两个方面，情感的需要和追求在一定程度上也还只是一种内在被动的先感受后感知，理性认知的需要和追求才是一种外向主动的先感知后感受。当我自身获得了内在的心理情感满足后，必然企望于向外寻求和确立自身的人生观、价值观及其生活追求，这不仅能够填补我那些空虚无聊的时光，而且可以使自我获得精神的充实、素养的提高，以及现实认知的成就满足，从而获得相应的社会认同和人生成就，获得自身不断发展进取的信心和动力，同时在更崇高的意义上获得自我与自身、与社会、与自然的协调发展，甚至推动社会的文明与进步。因而我想，在我内心深处苦苦企盼、等待和期盼的精神支撑或许正是这种理性认知的发现与快乐。

一、理性认知发现的需要

在我的感受中，精神的需求实际上至少包含着情感与认知两个彼此关联的部分，其中的情感在一定程度上来源于感知，感知又来源于认知，精神的充实与富足是来自不断丰富的感知和不断深化的认知，所以我们常常因为感知的不足而造成精神的空虚，又常常因认知的贫乏而带来感知的不足。因而当自己的感知与认知不能不断丰富深化时，所得到的常常也就是自己所失去的，自己所实现的也常常会成为自己所欠缺的，今天和此刻所拥有的就在所拥有的那一刻起便在某种意义上已成了过去。也正因为如此，当自然生存、经济消费、情感慰藉、心理平衡、伦理美善等需要得到满足后，在内心深处便成一种过眼烟云，内心世界中新的空虚便会袭来，我又会在心中祈求新的追求和充实。那么，世上有没有可以相对永恒的追求与充实呢？我想，这或许只有通过自我的理性认知来发现。

　　我想，理性一般指概念、判断、推理等思维活动或能力，也是从感性能力到认知能力的发展阶段中的一种必不可少的素质；理性是最完全的能动的认知能力，只有具有理性的认知才能认识事物和揭示事物的本质。而认知是指人类认识客观事物并获得知识的活动，认知是一个综合的观念系统，在人的认知系统中包含着知觉、记忆、学习、语言、思维和问题的解决等多种认知的因素；认知也是包括从知觉到推理的一切过程，是一种信息发现、收集处理、思想求解、价值认同的过程，包括记忆、感觉、知觉、推理、思维等内在的总体功能。在理性认知的生活层次到来之前，人所具有的理智是自然的、人文的，直觉是自然的、先天的；理智是较浅较显的，直觉是较深较隐的。这里所说的理智与直觉虽然似可看作一种认知或认识的发端，但理智与直觉更多的是一种内倾性的心理感知行为，理性才具有外向性的社会实践主观能动行为。因此，只有具有理性认知的人生才是一种成熟和健全的人生，才是一种自觉和自主的人生，也才是一种可能与社会现实协调发展的积极人生。只有这样的人生，自我才不会感到空虚和无聊，生活才会富有生机和活力，生命才会富有意义和价值。

于是，我得从自身的理性认知需要出发，从自我的内心反省转向外部世界的思索，更加深入地思考我理性认知的现实需要，并弄清楚这种理性认知需要的内心期待和现实原委。从我自身的感受而言，我觉得理性认知的渴求是基于三种基本需要而萌生的：

一是自身社会存在的需要。作为社会存在的生命实体，存在的前提必须是对社会、对现实的基本了解和认识，只有这样，生命个体才可能确定和相对保证自己的生存手段和生存方式，才可能选择自身的生活态度，也才有可能在现实社会中不断地调整自我，使自我在自然和社会的基本要求框架中生存和生活得更好。虽然这种需要一般只涉及了信息的经验发现、收集处理功能和分析思考，但同样具备了从感受到感知、从知觉到推理的过程，其认知也同样包含着记忆、学习、语言、感觉、知觉、推理、思维等内在功能。这种既源自生活实践的、与人自身生存密切相关的、最基本的理性认知需要，也正是更高的理性认知的基础。

二是自身生活充实的需要。生命的存在不会只停留在最基本的理性认知基础上，而是一种不断追求的发展过程，不论精神追求的层次和价值如何，在由生存向生活迈进的过程中，没有精神追求与精神依托的人生必定是一种没有精神支撑的人生，人的生命个体的存在也会形同虚壳。因此，在感知及其最基本的理性认知基础上，通过对自然、人类和社会现状及其发展的认识，在进行相对复杂深入的学习、感觉、知觉、推理、思维的基础上，人必将进入一种理性认知中思想求解的阶段。在这一阶段中，人会思考怎样不断丰富自我的现实生活，为自我的现实生活寻求更为丰富和充实的内容，使生命由物化的存在进而发展成为更为充实的精神存在，也就是使自身成为在物质与精神两个方面更加和谐的生命个体，向更为成熟和充实的人生迈进。

三是与社会发展协调的需要。这也是自身与社会和谐的需要。要生活得自在、自主和自为，就必须与社会发展协调一致，使自身不会因为落后于社会和时代的发展被淘汰。为此，人自身必然会随之进入价值认同的阶段。在这一理性认知的需要阶段，人在不断发展的自然和社会现实中，必须在自身之外去寻求发展，进行更为复杂的学习、感觉、知觉、推理、思维等理性认知活动，对人类、社会和自然进行不断的追问、思考和研究，使其与生活的理性认知需要相结合，使自身不断跟随社会发展的进程、不断促进自我的提高和发展，使自我的生命个体在现实社会生活中，不仅不会因自然和社会的发展而失去已经实现了的理性认知，而且还会努力创造一种更为成熟和更加健全的人生，一种物化存在与精神存在相统一，一种自觉和自主的人生相一致，一种自身与社会现实更为协调的人生。

在三种基本的理性认知需要的基础上，人必定会产生一种真正的更高层次的理性认知的需要，这是生命个体由精神充实向富有意义、富有价值的人生的迈进。在这一真正的理性认知阶段，人会较为彻底地解脱狭隘自我的影响与制约，转而将自我之外的自然和社会作为生活中的理性认知对象，并为此对自然社会进行研究、对人类社会进行思考、对社会文化进行创造，并在这种种理性认知中对社会发展本身、对自然演进本身、对人类社会文化本身、对现实中存在的种种事物产生理性认识与探求的兴趣，并力图使这种种的理性认知成果为自己所生活的自然和社会服务，从而使自我在这种认知与探求的过程或成就感中，感受到自身生活意义的增强、自身生命价值的提升、自我人生的升华。正是在这种更高层次的理性认知带动下，便催生人类社会发展史中一些伟大的发现、发明和创造。

虽然现实中的每一个人都有自觉与不自觉的精神追求和理性认知的需要，但处于不同生活层次、不同生活环境、不同生活状态、不同年龄阶段的人，不仅理性认知需要的迫切程度和具体内容不同，而且理性认知带来的精神满足感也肯定有所不同。有的人在平凡的生活中度过，有的人在声色之乐中忘情，有的人在混迹于世之中忙碌，有的人在自我麻醉之中虚度，有的人在事业追求之中充实，有的人在精神陶冶之中富有，有的人在认知发展之中奉献，甚至有的人在忘我的奋斗中疯癫、直至为之献身。而我，既希望在事业中有所追求，也希望在精神上有所陶冶，更希望在事业追求和精神陶冶的结合中去认知生活、丰富精神、感受人生。这不仅需要我具有理性的情感和认知的头脑，而且还要求我必须具有这种理性认知的现实行为，于是我也将因之具有相应的理性认知的现实人格表象。

二、个人认知的人格表象

当我具有了种种理性认知需要的时候，我必须思考自身理性认知需要的现实可能性及其实现的方式与途径，并思考为此所必须付出的努力和追求，思考在这种追求中所形成的理性认知的现实人格表象对自身的影响。我想，人在现实社会生活中的理性认知活动及其人格表象，与其生活需要和追求是密切相关的，在什么需要的驱使下，也便会有什么样的认知追求，就会造就什么样的现实人格表象。因而，与人的理性认知人格需要相对应，一般也有四种具体的现实人格表象。

一是为实现自身社会存在的理性认知的人格表象。在这种现实的人格状态中，为了自身的生存，人在尊崇"自然生理的天性原则"的自我的主导下，按照"主宰自我的自主原则"的主我的驱使，一般都会恪守本我的"保护自我的快乐原则"，狭隘地从维护自我生存的物化需要出发去认识客观世界和社会现实。因而，人在这种需要状态中的理性认知只是出于自身的利益动机，而非探究事物本身的机理，在一定程度上具有较为狭隘的自私性特征，理性认知不仅是孤立局部的，而且常常是一种片面偏执的主观感知和初级认知，还不完全具备真正理性认知的特征与价值，因此也便是失去了理性认知的普遍意义，精神的感知能力也会随之弱化，常常难以与人沟通交流，也常常难以为他人所理解和接受。

二是为实现自身生活充实的理性认知的人格表象。在这种现实的人格状态中，人在尊崇"自然生理的天性原则"的自我主导下，按照主我的"主宰自我的自主原则"的驱使，力图实现"保护自我的快乐原则"的本我，从而使自我的现实生活在物化存在的基础上更为丰富和充实。因而在这种需要状态中的理性认知，虽然在一定程度上仍然包含着自身的利益需要，理性认知仍然具有一定的自我主观性特点；但在满足自身物化生存的需要后，已经开始思考和追求精神的存在与充实，已经开始由纯粹狭隘的主观感知走向了开放的自我认知，走向了更为广阔的社会生活和现实世界，已经初步具有了理性认知的能力，并开始触及理性认知的意义，变得能够与人沟通和交流，也常常能为他人所理解和接受。

三是为实现与社会协调发展的理性认知的人格表象。在这种现实的人格状态中，人从"自然生理的天性原则"的自我出发，力图在与现实世界和社会保持一致的基础上，尽可能地实现"主宰自我的自主原则"的主我，通向"保护自我的快乐原则"的本我，最终求得自我与现实社会的和谐一致，并从认知中感受到生活的充实和快乐、意义和价值。因而，人在这种理性认知的需要状态中，理性认知中的主观自我也自觉地融入了客观的社会现实之中，理性认知所追求的是自身利益需要与现实世界发展的结合，人已经自觉地由主观个体的自我走向了开放的自我，具备了理性认知的特征，并开始触及理性认知的普遍价值和意义，人的现实人格表象也因之变得易于与人沟通交流，也更易于为他人所理解和接受。

　　需要注意的是，在对以上三种理性认知的现实人格表象的思考中，所涉及的都仅仅是一种达到理性认知目的的手段或过程中的现实表象，而其常常容易产生两种截然相反的现实角色表象：一是虽然有自身现实生存的迫切需要，但又不愿意做出一些有悖自身伦理美善原则的事情，因而在理性认知中被动地说服自己，不断压抑自我的天性、不断地弱化自我，表现出次我、客我与他我等角色倾向；二是为追求和满足当下的某种目的，在理性认知中开脱自己，以"失去自我的异化原则"，表现出非我的角色形象，做出一些自身以往所不愿意为之的事情，试图通过与现实世界和社会环境的某种妥协来实现自我的某种需要。如此，两种角色表象也便常常包含着两种现实的可能：一是达到目的后的自我回归，继续与自我理性认知的初衷相一致，从而使自身能沿着正常的理性认知的发展轨迹而逐级上升，但需不断调整自我，使自我常处于现实角色的转换原则的"实我"之中；二是将手段和过程作为了一种目的，从而改变了自我理性认知的初衷及其发展脉络，不断异化自我，甚至直至"非我"。因此，当我在思考上述三种理性认知的现实人格表象时，感到这两种角色表象与其现实可能，都是自己在现实的社会生活中应该注意的，以防止自身偏离理性认知的发展轨迹和初衷。

四是为追求和实现意义与价值等更高层次的理性认知的人格表象。在这种现实的人格状态中，人力图在尽可能地实现"主宰自我的自主原则"的主我、"保护自我的快乐原则"的本我，"自然生理的天性原则"自我的基础上，使自我的心灵角色外化在客观的社会和现实世界中，通过对现实社会和自然世界的认知，使自我与社会和自然结为一体，达到一种和谐的生存和生活境界，实现共同的和谐与发展，最终实现"文化超越的理想原则"的忘我。虽然实现这种目标作为人类社会来说可能是一个十分漫长的过程，这种过程本身却常常能够带给作为生命个体一种"忘我"的境界和心理满足，实现心灵角色与社会角色的统一。而且也正是在这种目标指引下的理性认知，才促进了科学的发现、社会的进步和文明的进程。因而，人在这种理性认知的人格状态中，主观的自我已经完全自觉地融入了客观的社会和自然之中，达到了物我相融、物我一体的境界。人不仅已经成为一个自觉开放的自我，而且已经完全具备了理性认知的特征和把控能力，已经视理性认知的普遍意义和价值为生活的内容和幸福，因此人的现实人格表象不仅易于为他人所理解和接受，而且易于与人沟通交流，还能受到他人的尊重。

在达到理性认知的生活层次之前，如果说自我在更大的层面上是一种物态的或感性的生存与生活的话，理性认知的生活才真正是理性自主人生的开端，这在人的一生中具有里程碑意义。因为，理性认知实质上是一种发现，通过对自然和社会的存在状态和发展机理的理性认知，可以发现自我的生活潜能，可以寻找到自我发展的机会，可以确立自我的生活追求取向，可以带给我较为恒定的生活信念，可以感受到自我的生活乐趣和可能的人生价值所在，并自觉地将人生价值的追求内化为一种自我生存和生活的需要，塑造富有意义的现实价值人格。

只有生存才意味着身体和生命的存在，而身体的存在所起的作用更多的是载体的功能，是存在和生活的载体，也是理性认识的载体，是我们把握世界的工具。认识的方式不同，生存和生活的追求也不同，眼中世界也必然不同，由此决定的人的生存方式、生活态度、现实行为、人生感受也必然不同。因此，理性认知对不同的人来说具有不同的预期值，即不同的人所希望得到的预期层次和程度也不同。而理性认知的生活层次，常常影响和决定着一个人的人生态度、价值取向和人生追求，也区分着狭隘的小我与开放的大我，一个人在理性认知中就应该尽量克服和避免自我的主观性弊端，避免因小我而故步自封，避免因小我的束缚而远离大我，应从更为广阔而丰富的时空去认知和把握自我与内心、自我与他人、自我与社会、自我与自然的关系，在理性认知中去寻求理性认知的真谛与快乐，从中思考、感受并实现人生的意义与价值。

07

价值实现的自尊与信仰

—— 个人价值的人格生活

　　人的理性认知对象是作为客体的他人、社会和自然，感受理性认知结果的却是作为主体的生命个体，对理性认知结果的满意度是由个体认知的期望值所决定的，而这种期望值又是个体价值观的反映。从总体上讲，人的价值是涵括在社会价值之中的，可分为物质价值和精神价值，虽然价值观具有一定的普适观，但每个人的价值又都具有自身的特殊性和独立性，人的价值观的形成、价值的追求过程和价值实现程度等均受多种因素的影响和制约，具有多种多样的表现形式和实现方式，包含着极其复杂的内容。因而，在理性认知的需要层次之后，人不仅会面临自身价值的思考和选择、价值的自尊与信仰，而且还会在生活中追求个人价值人格的生活。

　　理性认知的过程固然能够带给我生活的快乐，带给我生命的充实；但理性认知的结果也常常带给我失望，理性认知的归宿常常令我感到困惑。我时常为今天的生存感到一种莫名的恐慌，觉得如果只是像动物一般地为生存而活着，还不如死去；我也时常为今天的生活感到迷茫，觉得缺乏目标地活着似乎内心便没有了支撑，这样活着也似等同于死去。我不知道自己在现实中终日的忙碌除去为生存与生活的需要外，还能有什么既能符合实际又能令自己感到鼓舞的目的，以此填补我内心那种不知自身生命意义、人生价值、生命所趋所终的空虚和惶恐……

　　在对理性的认知进行自我反省思考的时候，我感到在理性认知需要的探索过程中，特别是在进入理性认知的生活并获得精神的自我愉悦之后，还会进而面临一种有关生活和自我价值感的思考，面临一种价值实现的自尊的需要，这种自尊能使人感受到生存的尊严、个人的价值和生命的意义。因为在某种意义上讲，如果个人的愉悦不能带给他人以快适，个人的所得不能维护他人的权益，不仅只是自娱自乐与孤芳自赏，而且也不能获得真正且长久的快乐。因而理性认知不只是满足一种纯粹的个人需要，也不只是探究这种需要对自我生存、自我生活、自我现实人格的影响；更为重要的是，理性认知的更进一步，是要在具体现实社会生活的诸多关系之中，寻求一种内心情感的充实、寻求一种生命精神的支撑、探究一种生活意义的指向、寻找一种人生趋向的目标，是一种迈向崇高人生的开端。因此，理性认知的层次、程度及其引导的现实行为，在一定意义和一定程度上可以体现出一个人生命的追求和价值取向，能够使人在理性认知中促进个人与他人、与社会的和谐，感受到生活的充实和快乐，体会到生命的尊严和人生的成就，从而享有一种富有意义与价值的生活。与之相应地，在理性认知的生活之后，人便会在现实的社会生活之中面临追求价值自尊的需要，面临生存价值的认识、定位与选择，并因之具有其相应的价值人格生活及其价值人格表象。

一、追求价值自尊的需要

在现实社会的理性认知生活之中，虽然精神的充实在一定程度上与物质的拥有相关，但物质的富足除能带来短暂的情绪悦动外，不一定能带来精神的富足，因为物质上的富有并不代表精神的富有，也不一定能收获他人和社会的敬重。一个人能够受到他人和社会尊重的核心，还是在于其自身拥有的对他人、对社会的价值。所以一个人精神上的自足与自尊，既是一种自身感受与感知的能力，也是自身理性认知水平的反映，在本质更是一种自身所拥有的价值是否得到认同或得到多少认同的展现，是一种自身拥有的能力和自尊的匹配程度的体现。

其实就社会而言，在整个社会的发展过程中，在一定意上都会体现出总体的价值存在，而且在人类社会的整个价值体系之中包含着物质价值与精神价值、社会价值与人的价值。其中，人的价值虽然与物质价值和精神价值密切相关，并且在一定程度上就包含有物质价值和精神价值在其中，但人的价值又具有自身的特殊性和独立性，人的精神价值和物质价值是不一定等同于社会价值体系中的精神价值和物质价值的。人的价值与人类社会文明一起诞生，并伴随着文明的发展而不断变化，它反映了包括人的世界和人自身在内的世界对于人的意义，也反映了某个民族的文化传统、心理构造和思维机制，以及某个时代的社会风尚、社会意识形态和社会历史发展的水平等等。因此，人的价值是包容在社会文明的发展过程中的，不论人自身是否达到了对价值的理性认知水平，也不论人是否意识到这种人的价值的存在，人的价值都是客观存在并随着社会文明的进步而不断发展丰富的。但是，在人自身达到了理性认知的层次后，人的价值问题便会显现在每一个生命个体面前，成为人们难以回避的问题，人们将自觉或不自觉地在人的精神价值、物质价值与社会价值体系中寻找一种契合点，并将这种寻找作为人们生活中一种更高层次的需要，人们也将为此迎来一种积极而富有价值意义的生活，并以此获得自身存在的价值与尊严。

　　人的价值对人而言，或者是被作为一种客观存在的价值主体，作为评价他人时的价值尺度；或者是作为一种人的价值目标客体，被作为主体的人去实现和占有它。当人的价值作为评价主体时，是一种社会性的价值，相对是比较稳定的；当人的价值作为目标客体时是一种个体性的价值，相对是变化多样的。在现实的社会生活中，虽然处于价值生活层次的人所追求的价值需要，主要是一种个体性的价值，社会性的价值被作为一种自我主体的参照系而存在，但个体性价值和社会性价值之间又时常是相互影响、相互作用、相辅相成的。

虽然个体的价值常常是以个人的认识水平和个人的现实需要为依托的，具有个体性的特点和层次高低的区别，但这种带有个体性特点的价值又不能不以社会性的价值作为参照系，以不断纠正自我价值的认识偏差，也就是说，个体价值总是受社会价值的影响、制约和校正的，因此，在追求价值自尊的需求过程中，也反映出人在心理和情感上保持认知体系均衡的诉求与能力。而在人的理性认知过程或者结果中，既可能包含心理和情感的平衡与和谐，也可能导致心理和情感的失衡与冲突。因为，当我们在面对一个客体进行认知时，时常会同时具有两个相互矛盾冲突的观念，以致产生一种心理的困惑和失衡，从而带来内心的迷茫与痛苦。因此，在认知的过程中，人总是尽量防止认知的失调，总努力倾向于维持认知因素之间的一致与协调，并为此力求通过改变其中的一种观念或引进一个新因素的办法，以期摆脱自身认知的困惑与苦恼。故此，我们在对个体价值的认知中，在人的价值层次的生活和追求之中，重要的是必须努力确立一种对人生价值的认识，锁定一个清晰明确且符合社会价值评价体系的终极目标，以及围绕这个终极目标而确定的一个个分级目标，当然还得顾及许许多多可能面临的为生存或生活急需的某种突发的目标，并力图使这种个体的价值目标与社会价值的评判相一致，以此来确定自身生存价值的选择和定位。只有这样，自我的内心才能心无旁骛，自身的现实行为才能认识专注，生活追求才能目标专一，现实生存才能享有尊严，社会生活才能充实而富有意义。

但确立一个相对恒定而终极的价值目标却不是一件十分容易的事情，一方面。会受到个体之外的社会价值等外界因素的制约和校正；另一方面，还常常受到人自身的素质、修养、年龄段及生活阅历等的影响。因而，追求价值自尊的需要虽然有个体自由选择、定位的权利，但抽象的自由和具体的权力往往呈反比例变化，在个体价值目标选择中尤其如此。如果抽象的选择自由被具体的个体权利所滥用，那么，必然会因为损害他人的自由和权利，最终损害自己的自由与权利，所以自由常常使人感到空洞，使人常常感到虽然拥有了自由，但却没有结果。于是，人们需要一种在社会价值评判体系内的自由的载体或者现实实用表现形式。

而在现实的社会生活中，人的个体性价值需要及其价值的满足又是多种多样的：如自身潜在能力的显露、生命价值的体现、人格魅力的感受、事业发展的成就、心灵角色的实现、社会角色的成功、政治权力的满足、经济利益的体现、文化素养的反映、精神情感的自得、物质财富的丰足等等，都可以成为人们价值自尊需要的现实载体，都可以成为人们价值满足的方式与途径，也都是人们自我价值实现的种种表现形式。但人的价值满足又常常不是单一的，是经常包含有多种形式和多个方面的，是从现实的价值入手求得现实的满足，继而再追求精神的满足的，而任何一种形式的价值又都是同时糅合了物质与精神两个方面的因素的。因而在为实现自身现实的价值自尊需要的整个追求过程中，人们在现实生活中为之所反映出来的心理、所表现出来的行为，既反映了个体的现实价值人格表象，也影响和铸就了个体的现实价值人格。

二、个人价值的人格表象

一个人的生活追求在很大程度上取决于其价值观，而价值观又是一种关于价值的一定信念、倾向、主张和态度的系统观点，起着行为取向、评价标准、评价原则和评价尺度的作用，并包含着经济价值观、政治价值观、道德价值观、职业价值观、生活价值观、人生价值观等，种种价值观又受到人所处的具体的社会历史条件、社会地位、教育水平、生存状态等多种因素的影响，是具体的和历史的。一个人的价值观又决定一个人所追求的目标趋向，而价值目标一方面体现了个人的个性特点，同时又在总体上体现着社会历史生活地位的制约。在一定的历史背景和社会状况下，人生的价值取向总是深刻地反映着某种社会共同体的需要，是客观的社会需要和个人对这种需要的认知与评价的统一。但社会需要是多元的、多层次的，相应地，人生价值的取向也是多元的、多色彩的，因而个体的价值人格表象也是各种各样的。

从个人价值追求的载体属性来看，个人的价值人格可分为物质价值的人格表象与精神价值的人格表象。虽然物质与精神常常相互关联，但在价值的取向中，个体却总会以一种价值作为追求的目的，或者以一种价值目的作为实现价值目标的手段，即要么通过物质价值实现精神价值的目标，要么通过精神价值实现物质价值的目标。物质价值与精神价值在人的外部环境中常常是彼此关联的，在人的内心感受中也常常是相互转化的，但精神价值常常是起主导作用的。

从个人价值追求的社会属性来看，个人的价值人格可分为个体性的价值人格表象和社会性的价值人格表象。虽然个人与社会常常难以分割，但在价值的取向中，个体性价值却总会以一种社会性价值作为追求的参照与目的，借此努力实现个体性价值与社会性价值的一致，从中感受到个体性价值的满足与意义。尽管个体性价值与社会性价值在社会的外部环境框架中常常是彼此关联的，而且在一定程度上，个体性价值受到社会性价值的影响更大。

从整个价值体系的构成来看，载体属性的价值是包含在社会属性的价值之中的，但就其相互关系来说，个人价值中一般都包含着物质与精神两种载体，只是物质的占有可以转化为精神的满足，精神的满足又可以弥补物质的不足，在人的内心价值体系感受中，物质价值和精神价值常常是相互转化的。但在人内心的价值体系中，社会价值中除不可否认的物质利益与个人利益等因素外，主要是以精神的因素为主，也就是说社会价值的实现，在更大的层面上是一种自我精神上的价值实现和满足。

在传统社会中，由于社会发展水平的限制，人们将自我的生存、生活与希望都系于一种集体和组织的结构中，希望通过群体的智慧和力量实现自我的愿望，那时的个体价值是消融在集体和社会的价值之中的。但在传统社会向现代社会进步的过程中，人们主张个性独立、自我尊重、自我设计、自我选择、自我完善、自我提高、自我实现、自我负责，自己掌握自己的命运，过自己选择的生活。因而个体的价值观常常从社会的价值观中突现出来，使原本统一的价值系统出现一种二元相峙的相互关系，并且这种相互关系总是在相互的矛盾碰撞中寻求协调与一致的。因为，现实的社会生活之中，不可能存在一种离开个体价值的纯粹社会价值，也不可能存在一种离开社会价值的纯粹个体价值，因而在个体价值需要的追求中所反映出来的个体价值与社会价值的矛盾、对立、冲突直至调和、统一的过程中，便反映出了个人与他人、个人与群体、个人与社会之间的种种相互关系，从而体现出个体价值人格的现实表象。

当自我个体价值与社会价值相一致时，社会性价值和精神价值常常起着主导性的作用，人在追求价值自尊的需要过程中所表现出来的价值人格便是：人在价值层次的追求和生活中，心灵角色与社会角色基本一致，能较为充分地发挥保护自我的快乐原则和主宰自我的自主原则，较好地体现出"主我"和"本我"的作用，继而实现符合天性原则的自我、实现个体的价值。因为，一个符合自身现状和社会现实的恰当的个体价值定位和追求，在追求和实现社会价值的同时，个体的价值也会与社会的价值协调一致，社会价值之中包含着个人的价值，个体价值也体现出一种社会的价值，精神价值也大于物质价值。从而在追求这种价值的过程中便会少一些阻碍和困难，比较容易得到他人、群体和社会的认同，个体的价值也就相对易于实现，从而能够使人感受到心灵角色与社会角色的统一与和谐，感受到心灵角色的满足与自适。

当自我个体价值与社会价值相冲突时，个体性价值和物质价值常常起着主导性的作用，人在追求价值自尊的需要过程中所表现出来的价值人格便是：人在价值层次的追求和生活中，心灵角色与社会角色出现矛盾、冲突、甚至对立，个体的价值很难得以实现，因而在现实生活中更多地遵循着压抑天性的理性原则、调适自我的观照原则和弱化自我的现实原则，表现出

"次我""客我"和"他我"的角色形象。因为，一个对自身现状和社会现实缺乏恰当体察和认识的价值定位与追求，个体的价值必然会与社会的价值发生矛盾和冲突，精神的价值会让位于更直接且更便捷的物质价值。因而在追求这种价值的过程中便会出现一些阻碍和困难，也很难得到他人、群体和社会的认同，个体的价值也就难于实现。于是，作为在现实社会生活中追求个体价值的个体，要么无法实现自我的既定生活目的与价值目标，要么是实现一种失去自我的"非我"的个人价值，要么是实现一种异化了人性的自我价值。因此从根本上讲，处于这种状态中的个体更多的会感受到心灵角色与社会角色的冲突或分裂，感受到心灵角色的困惑与痛苦。

虽然这里以个人价值与社会价值的相互关系作为标准，简要地将价值人格表象划分为两种类型，但现实中的价值需要、价值追求和价值人格的表现都是更为具体和纷繁复杂的。我在现实社会生活中的真实感受是：在追求自我个体价值与社会价值相一致的过程中，总会充满着自我个体价值与社会价值的相互冲突，而且总是在自我个体价值与社会价值的不断冲突中，才不断地使自我个体价值与社会价值趋于一致，一旦自我个体价值与社会价值处于较为统一与和谐的状况时，自我个体价值与社会价值之间新的冲突又产生了。

于是，在我思考生活的意义和生命的价值的时候，总感觉自身难以脱离所深陷的现实社会，强烈地感受到社会角色与心灵角色的撼动。一方面，对于自身在现实的社会机器生产中所充当的某种零件的社会角色，自己不仅要靠能为整个社会大生产尽力而生存和生活，同时更希望自己在这种社会化的大生产中实现一种他人所难以发挥或者他人所不可替代的作用，从而实现一种社会角色的自我社会价值。另一方面，我又在社会角色的不断实现或者超越过程中不断地改变、丰富、发展和强化着自己的心理角色，希望实现一种能够摆脱现实社会生存链羁绊的自尊自足，从而实现自己内心所向往的一种情感上专注而飘逸的心理价值。

因此，正是在社会价值与心理价值的不断追求和实现中，自身不断地调谐两种价值在现实和心灵中的一致，以求获得一种自我的超越和心灵的皈依，而这又似乎必须具备一种精神信仰的境界才可能得以实现。于是，我的思绪不得不又进入信仰追求的生活层次，并试图探究一种个人信仰人格的生活，使自身不再陷入那种自我个体价值与社会价值之间不断冲突与调谐的状况中，使自我价值能在现实社会中不断地得到提升和超越。

08

信仰追求的自觉与回归

—— 个人信仰的人格生活

与价值需要层次紧密相连的是信仰的追求。在个人价值的追求过程中，特别是在个人价值得到满足后，人会面临一个"追求是为什么"的问题，也就是说价值的追求在一定意义上还只是人生目标的一个实现过程或途径。当人在实现价值需要的过程中，会不断追问自己生活的意义何在？追求的目标是什么？这便是人生在由为生存、为生活、为功利、为价值、为欢愉、为幸福等相对狭隘的自我目标之后，自觉地由有意味的生活迈向有意义的人生的开端，这便涉及一个人的信仰问题，关系到人生目的与意义的飞跃和升华。因为有信仰的人生才可能真正是一种有明确生活目标的理性人生，有信仰的人生才可能实现一种不为现实所累的崇高人生，表明了人作为自然和社会的生存主体的自觉和自由。

 我时常感觉自己在价值人格的追求之中，心灵似乎难以平静，内心仿佛就生活在过去与未来之间，我的心不是奔向未来，便系恋着过去。奔向未来是追求着希望，系恋过去是怀念着记忆，我的人生似乎注定就在二者间徘徊：若是希望与记忆平分，我感觉人生似乎是裹脚不前；若是希望胜过记忆，我又感觉无疑是毁灭自己的人生基石；若是记忆胜过希望，我又感觉仿佛是希望失去了目标。正是在这种游离之间，我的人生表现出万般的差异来。于是，我时常觉得自己应该超越自身这种顾盼与犹疑，在忠实于自我的心路旅程中坚定前行的方向，实现对尘世自我的超越。为此，我必须努力寻求一种心灵的寄所与皈依，在现实社会生活中寻求一种情感的依托、人生的飞跃和生命的升华。

 我想，在现实社会生活中要寻得情感的依托、实现生命的升华，就必须为自己的人生寻找一盏前行的明灯，为心灵建立起追求的坚定信念。因为信念可以使我获得一种前行的力量，忘却现实社会的时间和空间，摆脱社会现实时空的羁绊，沉浸在只属于自我的时空世界中；而当信念转化为一种信仰，不仅自身的信念将更加坚定，而且也必将拥有一种意志更加坚定的不懈追求的充实人生。所以，在价值人生之后，我会不断地寻求自我价值的提升和超越，以期进入一种更高的生存状态和生活境界，而这种更高的生存状态和生活境界便是信仰的人生。信仰的人生不仅会使我的心灵不再漂泊，而且还能使我的生活更加充实、人生更加富有价值和意义。为此，我感到自身不仅需要追求一种有价值的人生，而且更应该在价值人生的基础上追求一种信仰的人生，并将这种信仰注入自身的生命之中，使自身的生存和生活始终在信仰的指引下坚定前行。

一、信念升华信仰的需要

在现实社会的价值人格生活之中，我常常感觉到，人的现实行为似乎往往不为理智所支配，但看似冲动的行为不只是受到现实社会的影响，也常常因自己的价值观、人生信念特别是心灵信仰所决定，而反常的冲动行为则常常是信念不够坚定、支撑自身定力的信仰缺乏而导致的。因为，人的信念是情感、认知和意志的有机统一体，同时也是一种综合的精神状态，是建立在价值意义基础之上的一种生活态度；而信仰是信念最集中、最高形式的表现形式，是信念基础之上的、一种精神执着和价值虔诚的心灵追求。在信念之中，感性的意味居多，情感色彩深厚；在信仰之中，理性的成分更重，理智因素居多。因而，尽管人信仰的东西往往是基于自身价值观的、从主观愿望或意向出发而信以为真的东西，但只要人们具有信仰的意志，所信仰的东西就会使人在精神上获得一种执着、形成一种定力、感受一种满足、享受无限的安慰，即使是某一瞬间的冲动，也会在潜意识中体现出正确的选择，而不会出现反常和异动后的后悔、后怕与自责。所以，信仰是一种追求的执着，是一种精神的支撑，是一种生命的支柱，是一种无比幸福的感受，这或许正是信仰能够成为人自身的一种需求的原因。

价值人格的生活，确立了人在现实社会生活中的价值需求，决定着人的生活意志和生存理念，形成了立足于现实社会的个人生活信念和现实行为。而每个人生存的具体社会土壤和每个人生活的具体生活环境，又在一定程度上影响着人的生活意志和生存理念，不断锻造着人的现实生活信念。为了满足自身的价值需求，追求一个又一个更高的价值理想，人总会在现实的社会生活中既寻求依托，又渴求着挣脱种种外在的现实羁绊和自我的局限，希望着不同层次上的满足和不同意义上的超越，使自身有价值意义的生活得以不断的发展和延伸，并为此渴求在现实的自我中树立起心灵自我的定力，使心灵自我支撑起现实自我的追求。而这种在一定程度上既立足于现实又超越于现实的定力，便是现实社会生活中活化的心灵信仰，这种心灵的信仰能在心灵自我与现实世界之间架立起一座既可沟通又可隔离的桥梁，使人能在现实的社会生活中获得一种相对的独立与超越。但由于不同的信仰在所指和能指上的区别，必然会导致人的价值在不同层次上的满足和不同意义上的超越，使人的信仰自身及其信仰需求带有层次不同的区别。

我想，虽然信仰本是出自对某种宗教极度的信服和尊重，并以之为行动的准则。但在现实的社会生活中，信仰常常是人对自身生存与生活的心灵寄托，是人对自己的价值理想和人生目标执着追求的态度，是一种将理想的目标或幻想视同实在的主观愿望或意志。尽管信仰是信念最集中、最高形式的表现形式，但在实现人生目的和存在价值的追求过程中，信仰又会内化为自身的一种更为坚定的信念，这种信念也会在感性的现实生存中不断成熟和提高，并转化成为一种理性的人生目标和执着信仰，外化为一种个人现实的行为。从中可以发现，信仰与信念在人的现实生存和生活中是既有联系又有区别、且相互依存的，信念是自己认为可以确信的看法，信念是信仰的支撑，能够形成和不断强化一个人的信仰；信仰是信念的目标，反过来也能够不断强化一个人的信念，使信念铸就一个人的信仰。正是由于信念与信仰的这种互为依存和作用，才使我们能更多地明白生存和生活的要义，使我们懂得信仰的重要与力量，使我们的心灵富有定力与执着，使我们的生活充实而富有朝气。因而，信仰是建立在一定的价值观基础之上的、升华了的自身生命的需求，这种信仰的需要和追求貌似抽象却包含着具体，向往着超越却连接着现实。虽然价值的需求常常是现实的，但信仰的追寻和确立又常常是超现实的。在现实的生存和生活之中，我们随时可以在每个人的现实行为中发现其自身价值需求及其所蕴含的价值观，分辨出在其价值观中所蕴含的信念乃至信仰，哪怕是一种信仰的萌芽——生活的行为与意志的执着。

在现实社会生活中，不同的人的价值需求却是不同的，同一个人在不同的人生阶段和不同的现实环境中的价值追求也是不同的。因而在确立起价值人格的生存和生活后，尽管信仰的需求成为人的一种现实需要和心灵渴求，但人的价值取向所决定的具体的信仰需求又是不同的，而且信仰的需求一般而言也会由低到高地不断丰富和发展，并大致会经历人生功利的价值信仰、人生意味的信念信仰和人生意义的心灵信仰三个发展阶段。

人生功利的价值信仰，以现实性和现世性的自我价值为目的，是信仰需求的起步阶段。在这一阶段，当人的某种价值人格需求在得到满足后，便开始感觉到信仰的需要，努力在现实社会中寻找信仰的价值依托，以此竭力建立和实现一种现实的人生信仰，以此强化和巩固自身的价值信念，此时的信仰需求中还带有个人现实的功利性和功用性价值目的，即人为了实现种种现实的价值目的，需要一种类似信仰的支撑强化自我的信念。因而，人常常会在现实生活中思考和追求种种较为具体而现实的生活目的，所谓信仰的需要还只是一种现实社会生活土壤中信仰的萌芽，较为明显地带有现实社会的烙印，是人在现实社会中对信仰需求的一种较低层次的需求形式，尚只是一种植根于现实的、带有较为明显的生活意志与生存信念的初级信仰。因而所谓的信仰还具有较为明显的个性化实用色彩，在行为上表现出更多的入世性和现世性，在意义上更多的还是一种现实的感性自足的人生。

人生意味的信念信仰，以挣脱现世束缚和现实羁绊为目的，是信仰需求的发展阶段。在这一阶段，人尽管还处于现实的种种约束与困扰中，但人已经感觉到现实的功用性与功利性成了自我心灵发展的障碍，因为在现实社会中某种客观对象化了的物化价值，常有"得到即意味着失去"之感，在得以实现之后时常会产生新的失落。人们常常会产生所谓"恒定价值"的思索与追寻，希望超越现实社会的羁绊，追寻一种能超然于现实功利与功用的自我价值、生存价值和生活的意义，赋予自身更多的自主性与超越性，从中享有一种较为永固的"得到即意味着拥有"的获得感。为此，人会在信仰需求起步之后，为更好地感受并感知人生，苦苦地探寻信仰层次的提升和信仰内涵的丰富，希望在以往坚定信念与追求信仰之间实现一种互补以相得益彰。这是一种大多数人在信仰的起步阶段后都会经历的一个较为漫长的痛苦探寻过程，是一种挣扎在现实与希望之间的信仰需求，是一种源于现实性而超然于现世性的精神向往，在行为上表现出积极的对现实的超越性，在意义上则开启了一种理性的有意味的人生。

人生意义的心灵信仰，以确立人生目标与实现自主心灵为目的，是信仰需求的升华阶段。在这一阶段，人不仅感觉到、实践着一种理性信仰的需要，而且还在现实社会中努力地寻求并构建一种能够相对独立的心灵皈依，建立起个体生命存在的基石，确立起一种心灵的理性化、理想化的信仰，并通过这种信仰赋予自我人生以更高的生存意义和生命价值，以此作为自我的现实人生目标，使自身在信仰目标的引导下，实现一种自主自立而恒定自由的人生价值。这是一种层次较高的较为长远的信仰追求，表现出更多的超越性和出世性。是一种超然于现实、固守心灵、强化意志、升华信念的信仰，此时的信仰已经成为人生的一种指向和目标，成了心灵的寓所，在行为上表现出更为积极和稳固的心灵自主性，在意义上是一种更有价值、更富意义的人生，从而人也因递进的信仰和不懈的追求，实现了从有意味的人生到有意义的人生的华丽转型和升华。

人的生存和生活是靠信念支撑的，人的价值和意义是靠信仰提升的，人的自主自由和自适平和是靠信仰赋予的。为了寻求生活的意义，实现生存的价值，提升生命的境界，在这个世界上认真生存与生活的人，都会在现实社会中为此不懈探寻，并因之在现实社会的生存、生活和发展中表现出不同的信仰人格表象。

二、个人信仰的人格表象

信仰的需求，是人生在现实社会生活发展到一定阶段的产物，是一种具有自主意识的人生的跃升。尽管有信仰的人生总是一种积极主动的人生，但并非所有的信仰都是高尚且富有意义的，信仰还有着盲从与自主之分，有崇高伟大与平庸低下之

别，还有变化与恒定之区分，不同的信仰会塑造出不同的现实
人格。

因人的信仰需求产生于现实社会生活的土壤，经历着起
步、发展和升华三个发展阶段，人在信仰需求及其追求过程
中，必然包含着困惑与痛苦，表现出挣扎与执着，体味到失望
与慰藉，感受着平庸与意义，使信仰需求的主体在不同阶段的
信仰需要和追求中，具有不同的现实人格表象。尽管这种客
观存在的现实人格表象或是自觉的，或是无意识的；或是刻意
的，或是随意的；或是心灵化的，或是追逐现实的。但客观存
在的现实人格表象，总会在现实社会中留下踪迹。

在信仰需求的起步阶段，人以实现现实性和现世性的自我
存在价值为目的，主要是以外向化的责任感和成就感为特征，
以求在自我的生存与生活中，在履行对社会和他人的自觉的责
任意识的同时实现自我的价值，表现出"主我"人格主导下的
"本我"追求。但因人在这个阶段的现实人格表象中具有入世
性、现实性、现世性等特点，因而这种本我主导下的主我常常
不能纯粹，总是带有难以摆脱的"次我""客我"的现实社会
特征，甚至还容易使人在现实社会的种种浪潮中因信仰盲从、
随意追逐而失去自主，出现一种因信仰目标不明确、不恒定而
导致的一种本我缺失，在信仰的人格表象中只剩下"客我"或
"他我"，甚至是"非我"的极端人格表象。这是我们在现实社
会的信仰追求中应该警惕的。

在现实的社会生活中，我常常发现处于信仰发展阶段中的一种奇特现象，或者说是一种悲哀的现象。许许多多的善男善女们，因缺乏自我的思考，缺乏自主而稳固的信念与信仰，常常盲目地追随着某种极端思想所导致的浪潮，误认为是所谓的理想信仰，他们在自我感觉无望的现实世界中寻求希望，盲从地把自身的愿望、人生的命运寄托或投注在某种鼓噪的浪潮或教义中，常常不由自主地为追逐而追随，视大流为思想，将鼓噪作信仰，常常不知所终，逐渐地泯灭了自我。一些人还认为没有宗教是缺乏人的终极关怀的表现，甚至说没有宗教的社会是人们痛苦的根源，但如果现实中的人们并不懂得宗教的要义，并未在理性认知中将其化作一种自主与自为的精神，只是处于盲从的依附与寄托的地位，这样的追随与信仰又何尝不是一种悲哀呢？因此，一些所谓的浪潮和教义对盲目与盲从者而言，就像是为人生中迷途的羔羊所准备的迷魂药，不仅不能给人以振奋与觉醒，反而会使人或变得麻木与愚笨，或表现出盲从与偏执，甚至出现一时的闹剧与笑话，为后世提供着警示。而这正是人生信仰处于起步阶段所导致的一种极端的表现，但这也正好反映了人生信仰发展的一个阶段性特征，即人需要向信仰的下一个阶段迈进。

在信仰需求的发展阶段，人以实现不受现实羁绊与束缚的自我价值为目的，并从中感受人生有意味的存在和生活。但在履行社会责任并实现自我价值的追求中，在价值人生向意味人生的发展中，人们常常会感受到现实生存之累、时光易逝之忧，企望于现实中能拥有较为恒定的更为美好和理想的生活，希望挣脱生存的羁绊，超越现实的裹护，表现出"本我"人格主导下的追求。但因这个阶段的现实人格表象中具有困惑性、阶段性、奋争性的特点，因而在这种人生信仰的发展阶段，其现实的人格表象在层次上比起步阶段要更高一些，主要表现为"本我"主导下的自我意识的觉醒。但这时的信仰人格表象因还介于现实与超越之间，主要还常常处于一种"实我"的现实转换人格状态中，所以仍然时常带有一些"次我""客我""他我"的特征，但一般已不再盲从，基本上没有了"非我"的异化危险，人生的发展也因之进入了一种追求自我自主的时期。

在信仰需求的升华阶段，人以实现超越现实与心灵自主为目标，从有意味的人生开始追求有意义的人生。而在经过信仰的发展阶段后，现实社会已经逐渐淡出自我的心灵生活，"实我"的现实转换已经趋于向自我的完成，人的信仰已经以内在优雅完美的心灵追求和精神追求为目标，所以人在这个阶段的现实人格表象中具有稳定性、超越性、长期性、目标性的特点，人的信仰人格表现出"自我"人格主导下的"忘我"人格特征，在自我超越现实与现世中，更企望着追求实现自我对自身的超越。这种信仰追求的目标虽然是一个漫长而遥远的过程，但一经确立，结果已就不再十分重要。这时的人不仅能在现实中保持平和的心境，感觉到无时不在的信仰；而且能在追求的过程中日渐加深和体味出人生返璞归真的要义与快适，感受到信仰在冥冥之中的召唤与慰藉，于是信仰逐渐内化于心、外化于行了。

在追求信仰人格的丰富、发展和完善的过程中，我深深地感受到：崇高的信仰使人变得高尚，狭隘的信仰使人变得自私；自主的信仰使人变得从容，盲从的信仰使人变得焦躁；恒定的信仰使人变得坚毅，追逐的信仰使人丧失自我；符合实际的信仰使人愉悦，脱离现实的信仰使人彷徨；深陷现实的信仰令人痛苦，超越自我的信仰使人充满向往。

但似乎信仰的人生总是难以摆脱自身所依存的现实社会和生活，特别是难以摆脱自我作为生命个体在现实世界中的客观角色性存在及其人格化特征。因为相对于人生存和生活的现实而言，当人成为自身的主体时，必然同时又是现实中自然、社会和他人的客体，否则连主体与客体的概念都不存在。那么，有没有一种超越主体和客体观念的自我人格，从而彻底挣脱现实社会对自身生命个体的羁绊和心灵的束缚呢？为此，我又沿着信仰的轨迹探寻更高的追求，企望更加独立、更加自主、更加自由的目标，而这便是一种真正超越自我的需要。

09

回归远景的召唤与超越

—— 超越个人的人格生活

　　作为人类共生共存的共同体，现实社会的存在形态与现实社会的发展模式，在人类历史的长河中只是发展过程的一个阶段。人的发展同社会和自然的发展一道，总会不断地跨越一个又一个的阶段，朝着相对稳固而理想的常态化目标迈进，这个目标似乎就是一种既复归原始自然、又注入了文化意味与价值意义的人生共生状态。那时，自然不使人粗俗，社会不使人压抑，文化不使人扭曲；人的生存富有自然的率真而不野蛮，人的生活充满文化的愉悦而不做作，社会充满友善而不强制。因此，一种复归于自然而又注入了文化精髓、丰富于文化而又超越现有文化概念本身的高级自然社会状态便理当成为人所追求的目标。这个目标是人类社会回归远景的召唤与超越，是生命个体能够超越自我现实社会人格的理想生活状态。

　　我特别喜爱雨后那些大树上的绿叶，不论春夏秋冬，总会浸润出丰腴的绿色，绿得透亮，绿得浸油，绿得丰腴，绿得让人的眼光都不敢停留，生怕停留太久的目光刺破了那含苞的绿色。而雨后的绿叶却格外静谧安详，任凭珍珠似的雨珠随意驻留或者随风洒落。虽然一片片看似孤寂的绿叶总置身在绿色的环抱，但每一片绿叶都独具自身特有的魅力：既不抢眼，也不争艳；既不在风雨中轻易飘零，也不在雨后的阳光中娇嗔自满；在平淡与宁静中更显其神圣与尊严，更让人怜惜与敬重。因此，我总喜欢在雨后驻足一棵棵树下，凝视那片片绿叶，不断变换视角，或近视、或远望，或仰视、或俯视，或平视、或环顾，总想猜透绿叶的心思，窥透绿叶的情怀，探求绿叶的信念……当我置身于一种相对属于自我的时空中时，我总会这样不由自主地沉浸于自然、寄情于自然、发现于自然，在自然界的变化中感受惬意、寻找思绪、获得静谧、发现真谛。但就如同对雨后那些绿叶的系恋一样，我总思念并钦羡自然界那些自然之物的自在、自得与自由，似乎不论风吹雨打，还是阳光灿烂，总能宠辱不惊，自有尊容……

　　这自然是文化陶冶带给我的美妙感受，是文化赐予我的快乐，因为文化对我的熏陶再由我赋予了自然以灵性，使我自身和自然形成了一种沟通和交融，使自然也因我的感知而寓入了我的社会文化人格认知，在与自然的通感中，我所看到和感知到的自然实际上在某种意义上已经成了我的自然。没有文化与文明，我不会感受和发现自然的意蕴，自然也不会与我发生更多生存之外的关联，也不会形成一种脱离抑或是高于自身实体的客观存在而显现出的一种拟人化的感性生命。我也因之常常悲哀地感到，在发现自然的文化意蕴的同时，似乎常常在毁灭着自然的本真，因为感知与发现实质上常常也是一种赋予甚至是附会，或许自然本身并不在意甚至还有些反感，因为"物我为一""人化的自然"与"自然的人化"，其实都是于我而言，谁能知道自然的思想和感受呢。由此联想到现实生活中，文明的发展总会浸染和影响自然，在人的社会化过程中，自然也同样在社会化，自然在社会发展中总离不开社会文明的解读与诠释，自然因之富于诗情画意，但也因之常常失去自我的本真。那么，作为社会角色的人在现实社会中被他人感知、被社会认同，是否也会因被赋予的社会形象而失去本真的自我呢？在社会文化意义中存在的人是否也如同自然一样的悲哀呢？

一、自我超越回归的需要

人们常说，即使一个哈姆雷特，在一千个人眼中就有一千个哈姆雷特。人在现实社会中生存、生活，同样存在被他人用某种社会文化的眼光来看待的悲哀，甚至人也成为他人文化观念中的一个文化符号，具有了相应的既属于自身、也属于他人的人格形象；人在被他人文化审视的同时，其实人自身也在自觉或不自觉地以文化审视着他人，进行相互换位的观照。正是因为如此，人们常常热爱现实生活而又试图逃避被审视的客体角色，于是转而倾情于自然，倾羡自然作为一种自然之物所拥有的自在和自由；但人长处自然之时，又希望在现实社会中感受生活及其文化蕴含的丰富多彩，希望获得一种社会观念文化的参与感与认同感，似乎社会与自然在并行发展中，注定也成为人在现实生活之中的一对并行参照物，成为人对象化生存、生活的客体，人在现实社会的生存和生活也因之对象化为社会文化与自然天成之间的一种徘徊，甚至处于一种二律背反的窘境，以至于这种矛盾的状态成为社会发展和人类生存的一种常态，自然而然地浸入了现实社会生活中的每一个人，使人自身的发展在这一阶段中，既感受到社会生活中观念文化的丰富多彩，又感受到观念文化生存的惶恐与社会生活的迷茫。

我感到，现实社会生活中的人，在某种意义上，自身既是文化观念化的人，同时也用文化观念着他人、社会和自然，即使当人怡情于自然之时，又何尝不是一种文化浸染后的参与与感受呢。因此，他人、社会和自然便成为人在现实社会生存、生活中永远的伙伴，只是在不同的生活层次、不同的生活际遇、不同的生活阶段选择结伴同行的对象而已，这似乎已经成为人从自然的人到社会的人、再到文化的人之后，所面临的一种变化无常的生活常态，而其核心都是人的生存、生活及其思想观念被文化化后的结果。

那么，在这种生存与生活的常态中，我又因什么样的理由而存在于现实社会，这种存在又在希望着什么呢？生活中是否存在一个让人闲和平静之所，以使自己的心灵不再漂泊呢？我常常这样追问自己，我也常常这样在探寻，这是信仰的人生之后困扰自己的问题。于是，从对自然的偏爱延及自身，特别是联系所处的现实社会，我觉得对自我的超越，其实就是对现实社会的文化超越和文化人格的自然回归，或许这正是植根在自我潜意识中的期待和召唤。

其实，生命个体的人乃至作为群体的类的概念的人，其生存与生活一直便处在不断的超越之中。脱离自然野性的独居而进入原始社会的群居是一种超越，摆脱血淋淋的原始拼斗而进入刀耕火种的生存是一种超越，挣脱自然的困扰而进入社会的生活是一种超越，在社会生活的发展进程中注入文化的内容也是一种超越，对文化异化、社会束缚的思索与抗争又是我们正在经历着的超越。尽管这种超越或许还将不断地继续下去，但我们正经历着的超越中究竟在寻求着什么呢？难道不正是寻求对现实社会的文化超越和文化人格的自然回归吗？

把自身再次放到在现实的人生旅程中，我总感觉到，自我降生于世，我便很难具有一个完整独立的自我，即使是在相对独立的心灵自我之中，我的心中仍然活着许许多多的他人，在他人的心中也活着我。正因为这种我与他人之间的这种相互依存关系，使"我"的概念的存在本身便在一定程度上丧失了自身的独立性，使"我"与"他"成为一种相互依存的关系。因而，忘我必须忘他，同样只有忘他才能忘我。只有在现实中超越"我"才能真正地挣脱现实中无数"他"的羁绊与束缚，才会有真正的独立与自由，而超越现实就意味着在某种意义上对社会及其文化的超越，也意味着在一定程度上与社会现实的作别，更昭示着在更高意义上向自然的回归。如此，生命便可实现内在自然与外在社会的统一，以及外化的自身文化属性与内在的自然属性的融合，并且使个体的生命在融合中得以升华性的复归，人类社会与自然也将因每一生命个体的升华而融为一体，使每一个生命个体在这样的生存和生活环境中成为自然、自在、自由而全面发展的人。由此，我似乎感觉到在我信仰追求的自觉与回归之后，超越现实的社会与需求，超越文化的束缚与异化，追求社会与自然的统一，求得物我相融、节律一致，便成为我更高层次的需要。在冥冥之中，我感到这是自身正在经历着的超越！

　　自我超越回归就意味着超越现实的、社会的、文化的自我，超越自我也就是文化自我对原始自然的升华性复归，也就意味着个体自由的精神即使再丰富，自我的生命与现实社会的联系即使再密切，也必须把自我的身心投向还看似遥远而虚无的天国并在先那里孤独地住下来。但是，现实又似乎有着种种难以摆脱的束缚，时常影响并破坏着人向往远方的冲动。因而，我感到今天的人们所面临的困难似乎便是难以摆脱的现实诱惑和社会羁绊，主要缺乏的便是忘掉自我所处的已经观念固化了的社会和现实，忘掉社会现实中的自我，忘掉社会文化在对自我认同中所赋予的意义、价值、人格等概念，以及由此带来的快适与满足，特别是由此所形成的心理依赖和定势思维。由此，一个人要做到忘掉自我，就必须坚信在现在和未来能够发现并塑造富于文化意味、文化价值的自然天性的自我，从而实现经文化浸泡与升华的自然天性的自我，并以此滋润物我一体的自然、社会与现实。于是，忘我的自然回归便成了现世生存与生活的向往与目标，发现自我和超越自我只是一种手段，而其中所呈现的一切既往的社会角色及其现实人格，都只是自我超越的复归进程中的种种表象而已。

我深知，让社会或者个人在两种对立的基本范畴之间做出选择的，常常并非现实。在所有的时期，在每一种情况下，社会和个人都是根据自己的需要做出选择。社会和个人常常把自身所坚持的制度和价值、心灵与人格，投入所选定的理想世界之中，而所有的生存者都既是内在的，也是外在的，更是超越的。当社会现实没有给生存者提供任何目标，或阻止他达到任何目标，或不许他取得胜利时，他的超越性就常常会徒劳地陷入过去，而且会重新陷入内在性。而所谓的理想世界，就仍然还是一种源于社会的现实理想，这种现实的理想作为一种目标理念，向现实中的人发出诱人的召唤与鼓舞。但现实社会中，纯粹的个人生活需要把生理生活与心理生活联系在一起，个人的社会生活又需要物我相融，社会的目标则是社会与自然的统一。此三者看似分离，其实紧密关联、互为因果且相互依存，而且三者之中最为基本、最为重要的是人的因素。因而，在努力实现自我超越并回归的漫长过程中，我必须正确地厘清自身的现状和需求、超越个人人格生活的路径与方式，认真地做出在自我超越并回归中的现实抉择。

二、超越个人的人格表象

我感到在现阶段所经历的超越，在追求超越个人的人生理想实现过程中，最为困惑的是如何忘我与回归。我强烈地感受到在实现人生理想的漫长过程中，我必须经历无数的彷徨、困惑与痛苦，甚至是对自我灵魂的一次次拷问。正因如此，如同人在现实社会中的每一种需要与诉求都有相对的现实人格表象一样，人在回归远景的召唤与超越中、在追求和实现个人超越人格的漫漫征程中，同样也有相应的现实人格表现形式，而且这种人格表现形式更为丰富。因为，要摆脱和超越现实社会的羁绊与束缚，我得站在更高的层次上再一次地检视自身现实人格的发展轨迹，经历发现自我、实现自我、超越自我、升华自我、忘掉自我、回归原始自然的自我、实现内在的文化自我与自然自我相融合的过程，在实现自我超越的人格生活中摆脱现实社会及其文化观念附会于我的一切影响，甚至是超越种种现实社会普遍的人格概念本身，以此充分地断绝尘世的诱惑，毅然决然地走向自我超越的回归之路。

此时的社会角色实际上是处于一种最为困惑也最为关键的"实我"的现实生存状态之中，只是这种"实我"并非大海中飘泊的扁舟，而是在"自我"掌控下的航船，即处于通过开拓或设计去选择、组合、扮演直至超越自己的社会现实角色的复杂时期，这时的社会人格表象虽然呈现"实我"的社会角色形象，正处于向"忘我"的角色境界升华，但又时常是在自我、本我、主我、次我、客我、他我、非我等等角色之间挣扎、选择和徘徊，因此只有摆脱和超越这一状态，才有可能由超越进入一种融入文化而又超越文化的"忘我"角色之中。

在追求超越个人人格的漫长过程中，我感觉个人超越人格的社会表象主要有两种形式并体现出两种进程，即首先是超越社会关联中客体存在的我，使自身从与他人相互关联所形成的种种社会关系的依赖中独立出来；其次是超越社会文化中观念化的我，使自身从种种被文化对象化的心灵羁绊甚至是异化中解脱出来。由此，我在这一过程中主要会有两种现实人格表象。

首先，当我努力超越社会关联中客体存在的我时，"忘我"似乎在至高无上地召唤我，此时"实我"角色成为最为主要的人格角色表象，在心灵中通过种种应对、选择和转换，对自我、本我、主我、次我、客我、他我、非我等一切诱惑和羁绊我的社会角色进行清退绞杀，使这样一些社会角色形象逐渐地在心灵中淡化淡出，直至退出我的心灵，使我逐渐进入一种自主、自立而自由的心灵状态，使自身初步超越社会中客体存在的文化感知，从而从种种社会关联的生存、生活依赖中解脱出来。

进而，当我努力超越社会文化中观念化的我时，"忘我"已经逐渐成为我外化的角色形象，并占据我的心灵、主导我的情感和行为，我正向完全忘我的社会角色升华，在升华中努力实现超越现实社会及其文化、人格的理想信仰，进入一种完全自主、自立且自由的存在状态，使我拥有一种超然自在、闲淡清远且笃定自如的心灵状态，从而使自身从种种被文化对象化的心灵羁绊甚至异化中彻底地解脱出来，在生命的升华之中获得一种新生。

我深知，我在现阶段所思考和追求的以及随之产生的人格表象，并不是我作为个体生命天生而具有的附属物，人格本身不是依附于我生命本体的自然天成的东西，而是整个人类在经历社会和文化的发展过程中逐渐具有的一种现实表象。对我而言，人格不是天生的，是后天社会文化赋予的概念，是社会他人给予我的一种判断性或认同性的概念，其实也是社会与自我交会而产生的一种心灵客体化感知，是自我在现实社会生存与生活中的一种心理定式和心理依赖。同时，人格也是一个人在现实社会生活中的表象与表征，人格的形成和塑造是与人的价值观紧密相连的。人的价值以自我为参照，一般可分为外向的价值与内向的价值。外向的价值是对社会而言的，是一种社会责任感及其实现程度与效果的反映，这种责任感是人处于现实社会中对自然社会、人类社会、社会文化和他人负责的态度与行为。内向的价值是对个人而言的，是一种在实现外在价值的过程中所表现出来的、追求相对独立的美好优雅的心灵价值的反映。外向的价值观决定了人植根现实社会的入世性，内向的价值观反映了人对现实社会的超越性；并且，在一定意义上而言，内向的价值中也包含着一定程度的外向的价值维度，因而在这一超越与回归的人生理想实现过程中所表现出来的人格表象，也仅仅只是相对的，是会伴随着人内向价值的确立与坚定，逐渐地淡化并退出人的心灵，最终呈现出对观念人格的超越。

当我思考自身正在经历的这一超越与回归的理想过程时，我又联想到在现实世界中忙碌的人们似乎还总在对外寻找对手厮杀，而对内又似乎总在尽力地挣脱满身的铠甲，同时又常在期盼与坐立不安的心情中或走向沉寂、或走向逃避、或走向逍遥、或走向病态、甚至于走向疯狂。现实社会生活的困惑，使我常常感到，若在已繁华的都市、已热闹的人群、已定型的活动、甚至已丰富的文化中讨生活，似乎只会是一种挣扎，因为追求现世的享用无疑是一种堕落，寻求社会的功用更像是一种毁灭。如果想自我补救，只有在满足了自身的种种基本需要后尽力实现自我内心的平衡与宁静，抑或是重返自然重塑自然的文化人格或者自然的人格文化，只有在这样一种状态中，游荡的生命才会有一种心灵的回归，孤寂的心灵才会有一种情感的慰藉。这时的满足已经超越了现实的、社会的、文化的、甚至是一般的人格意义，个人的纯粹生活需要已经把人身上的自然生理生活与文化心理生活联系在了一起，个人的社会生活需要已实现了物我相融，社会的发展也实现了社会与自然相统一的目标，而这也正是人与自然之间本初的共生状态，只是在社会化的过程中，自然和人均被迫异化了，在这异化的过程中人与自然又时常被迫分离甚至是对立了。因此，超越个人的人格生活虽然像回归远景似的遥遥无期，但值得我们向往，值得我们为之不懈地努力，哪怕这种追求中饱含彷徨、困惑、孤寂与悲壮！因为，有意义的人生在一定程度上似乎就是为着那缥缈而美好的目标在孤独地前行，并且在孤独的前行中透露并品尝淡淡的哀愁和丝丝的香甜。

篇后小语

　　要探究"我究竟应该怎样活着"这个实然性问题，必须从人自身的现实生活需要出发。我想，人在现实社会中的需要包含着基本的生存之需和发展的生活之需，前者是基础，后者是丰富，大抵有一个从低到高的不断发展演进的过程。人在现实社会生存和生活中的需求，至少主要包含了自然、经济、情感、心理、伦理、认识、价值、信仰、回归等九种人生需要，其中，人基本的生存之需是相同的，生活之需要却因人而异，如"自然生存的需要"是人之存在的前提，"经济消费的需求"是人的现实社会生活基础，而情感慰藉的满足、心理平衡的闲适、伦理美善的需要、认知发现的快乐、价值实现的自尊、信仰追求的自觉、回归远景的召唤等，则是生存和生活得到保障后需求的丰富与发展。这种种需要虽然有一个逐级而进的过程，但又时常不是截然可分的，有时是同时并行的，有时是发展跳跃的；但即便是各种需求交融时，不同的人也有不同的侧重，总体上仍然有其主要的阶段性特征，反映出人在现实社会中的实际生存状况与生活状态，也体现了人在现实社会中的追求取向，还表现出人在现实社会生活中的社会角色扮演及其具体的文化人格表象。

不同的人生需求，源自不同的生存状况与生活状态，表现出不同的生活态度和人格追求。虽然种种人生需求与人格召唤，都能让人感受到不同层次上的快乐与自适，但这些内在的需求与人格取向，又可能都包含在每个人的每个阶段的具体的现实人生之中，既有需要的多少与轻重之别，又有层次上的发展与递进关系，体现一种不断发展完善和丰富提高的过程，而且从某种意义上说，人生存与生活的全部内容，似乎便是这种不断发展、完善提高的社会人格，在某种层次、某种意义上的不断追求和实现，这也使人的快乐随着需要层次的提升而更加丰富，也更加富有意义和价值。因而，从一定意义上说，人格既是一种取向和追求，也是一种过程和结果，起着系统中枢的重要作用。

当人面对种种现实需求时，最容易从最迫切的生存需要和最强烈的感受入手，时常会有或彷徨困顿、或短视功利、或冒进庞杂的弊端，因而要做一个人生的清醒者，不仅要在理性上认知人生的种种现实需求，更需要在实践中清楚自身在每个时期、每个当下的状况及其发展需求，从而选择并明晰切合自己需要的现实追求、人生态度和价值取向。因为，生活需要的取向关系着生存和生活的质量，这种质量又包含着物质与精神两种主要构成，物质需求的度之别，精神需要的取向之差，都影响着人在现实社会生活中的追求和拥有。就像感受不等同于能感知一样，拥有也不等同于能享有，有些拥有并不能带来快乐与满足，只有享有者才能感受并感知到拥有的快乐并追求更大的快乐。而能享有者无疑都是对自身的生存状态和生活状况的清醒者，都是对精神的需求高于对物质的需求，只有对精神的需求高于对物质的需求，才会有更高层次的生活追求和人格表象。

　　人的生存状况与生活状态及其所决定的现实需求，在基本需求满足后，时常总表现在多个层次、多个方面，并影响着人现实行为中的具体角色与人格表象。同时，人的现实生存需求、生活定位与社会角色充当，又总在不断发展变化和调整，人们所面临的社会处境与可能选择的行为模式似乎也常常重复出现，并表现出总体的主导性特征，由此决定的现实人生角色和人格表象也似乎总是相似甚至是相同的。人忽而为新的需求不懈努力，为新的人格实现激动不已；忽而又为某种需求的难以满足痛苦迷茫，为某种人格的难以实现焦躁不安，人生需求与人格实现与否的契机似乎总在这种普遍性与重复性的云团中闪现，忽远忽近，若即若离，飘忽难定……而我们在现实社会中不断寻求、不断为之奋斗的，似乎就是这种种需求及其社会人格的不断实现。这既反映出个体易变的现实需求，也体现了个体人格生活的相对稳定性与阶段性的层级化特征，这或许就是常言所说的心态与定力吧。为此，我感到自己需要不断地了解自身需求的生存阶段和生活层次，确定自身现时的生存生活定位和追求取向，知晓自己所扮演的社会角色和人格表现，通过对满足需求和实现人格过程的分析掌握，才能在这个世界上更好地生存、生活和发展。因而，在现实社会的生存与生活中，人自身的社会需求与人格定位，以及自身所存在的种种角色形象的统一，是每一个人在每一个具体目标中的一种理想人格与理想角色的相辅相成，并自始至终地包含在人自身的生存与生活需求、人的生活层次定位及其不断演进和提高的过程之中。

　　同时，我也感到，影响自己在现实社会中生存、生活及其需要的，存在相互作用、相互影响的"社会处境"和"个人境况"两个系统，前者是由自然、社会、文化处境所构成，后者是由自己的人生的需求、人生的定位、角色的充当与人格的表现所形成，"社会处境"是母系统，"个人境况"是子系统，母系统普适而相对稳定，子系统易变而相对富有个性；母子系统在相互关联、相互作用中，又具化出个人需求的迫切程度与现实的追求方式，形成人的现实人格追求及表象，共同构成了我生存和生活的整体，影响着我具体的现实人格表象与种种社会角色的选择和扮演。但在两个系统的交融互动中，子系统的需求一旦膨胀，或者不切实际，就意味着个人境况空间的扩大，自然压缩自己生活所依存的母系统空间，又意味着自身社会处境空间的减小、境遇变糟。这也正说明社会人格即使具有面具的特征，也并非完全是纯粹的个体化，也表明人格的公众道德的标准，具有符号性和趋同性的特征。因此，人格不只是自为的，也是为他的；其作用既可能有害的，也可能是有利的；人格追求不仅是满足自身生活和发展的需要，而且还需要顺应社会，更是为了寻求社会认同，推动人自身和社会的不断发展完善。因此，社会的处境关联着个人的境况，个人的境况左右着人生的需要，人生的需要影响生活的态度，生活的态度决定现实的表象，现实的表象反映人格的取向，正是自己人格意义的认知和人生追求的存在，才表明了自觉能动生活的开始，也是有意味和有意义的生活的开端。而人格的取向又会反过来影响现实的表象，现实的表象也会反作用于生活的态度，生活的态度同样会决定人生的需要；人生的需要又会改变个人的状况，个人的状况也会影响个人的社会处境，二者的互动关系，正好体现了人的自我丰富提高与社会的发展进步的同一性和能动性，二者谁也离不开谁，而人是最终的落脚点。

然而，在现代的社会生活中，物质生产和精神生产的发展，不仅为人的需求提供了越来越广阔的空间，而且对人既存的生活需求及人格模式也产生着深刻的影响和猛烈的冲击，因人的不同、状况的不同、需求的不同、社会阶段的不同、人格取向的不同，人的需求及其人格总面临着不断的再社会化、再心灵化、再自然化的过程，乃至在精神需求已经超越物质需求的时候，还会产生自我的超越、文化的超越和升华自然的回归。因而，在实然性思考中探究了"我究竟应该怎样活着"的问题后，我更加急切地想知道"我应该为什么而活着"的问题，以使自己的生活更加具有方向和目标，更加富有价值和意义。

PART

我应该为什么而活着

人 —— 理想信仰的认识

享乐的价值 —— 功利的价值 —— 社会的价值 —— 历史的价值 ——

文化的价值 —— 超越的价值

　　在由原始社会向传统社会、再向现代社会的进程中，人在满足社会的自然生理生存后，随着生存状态、生活状况的不断发展进步和丰富完善，个性解放和主体意识不断深厚，个性独立、自我尊重、自我设计、自我选择、自我实现、自我负责、自己掌握自己的命运、过自己选择的生活的主张不断增强。人在经历了自然状况的生存、社会状态的生活、文化层面的丰富、人格意义追求之后，迈入一种精神世界的理想信仰追寻。精神需求千差万别，理想信仰因人而异，人生价值追求也面临种种选择，主要包含着享乐的价值、功利的价值、社会的价值、历史的价值、文化的价值、超越的价值等追求，由此构成了精神取向的价值体系，决定了人存在的价值表现、价值体验与价值意义，使人在不同的层面上感受到生存与生活的快乐、精神的自适与满足，其中尤为重要的是要把握现实生活中的"需要"与"想要"。

按照社会发展的规律和社会存在的意义，社会本应该给人以愈来愈多的生存条件和环境，给人提供愈来愈多自我发展的选择，让每一个人都能愈来愈多地感受到自身存在的价值与精神上的快适。因为只有社会中每一个具体的人的全面自由的发展，才能推动社会的全面发展进步，反过来又促成人更加充实而健全的生存与生活，继而进入一个人类与自身、与社会、与自然相辅相成、相得益彰、不断完善的良性发展境界。但是，在现实的社会生活中，社会的种种缺陷、规则与制度约束，并不能为人的自我全面自由发展提供充足的可供选择的生存条件、生活环境和发展空间，人的自由全面发展还是一种可望而不可即的奢求。于是人总是处于不同的生存和生活环境中，存在于不同的具体生活层次上，面对着不同的物质与精神的拷问，沉陷于不同的生存和生活的问题，面临着种种自我发展中的困惑与选择，引发人生中的种种得失与哀乐。

我时常像痴人说梦似地幻想我身边的芸芸众生，现实中或许一些人天生就具有音乐家的灵感，或许一些人天生就具有文学家的多思，或许一些人天生就具有科学家的头脑，或许一些人天生就具有军事家的潜质，或许一些人天生就具有政治家的禀赋，或许一些人天生就具有教育家的潜能，或许一些人天生就具有艺术家的悟性；但是由于从小就没有相应的生活环境，或者缺乏相应的发展条件，或者在长大成人后没有相应的实践机会和职业角色的锻炼，因而天赋的潜质便被后天的社会所湮没，不能选择的投胎和不得已的职业角色也就扼杀了或许应该诞生的许许多多的音乐家、文学家、科学家、军事家、政治家、教育家、艺术家。我常常猜想一位处于原始村落的孩童、一个衣难蔽体的农夫、一位从小便命运多劫的不幸之人、一个食难果腹的落泊者、一位看似凡夫俗子的普通人……或许他们本应该成为一名艺术家、一名诗人、一名政治家、一名教育家、一名军事家，或其他的对社会有杰出贡献的俊杰。每每想到此，我便会生出无尽的哀怨和惆怅，我常为此苦思冥想……

当我们无法选择投胎的家庭，无法选择生存的环境，无法选择生存的时空，没有更多选择职业的机会，甚至不能完全自主选择生活经历时，我们仍然可以选择的是自我的生存方式、自我的生活道路、自我的价值取向，而且只有这样我们才不会怨天尤人，才会生活得相对自恰与自足，才能在现实的状况中获得相应的意义与价值，哪怕只是生活得自给自足、自得其适。然而，当我们不为自身的生存而焦虑的时候，我们又常会苦恼于自我精神的快乐、寻找自身存在的理由，追寻努力生活的意义，都会思考"我应该为什么而活着"的问题。尽管我用了"应该"一词，但我想这只是自我选择时的一种慰藉之词，在我使用的"应该"一词中，我所希望表达的确切含义与感情是"可以"。我想，在现实的社会生存与生活中，我们所经常听到的"应该"太多，而"应该"又多多少少含有一些强制与被动的意味。我想，在现实社会生存与生活的意义上，我们更愿意听到的引导劝慰和分析说理是"可以",因为"可以"表明了理性的思考与自我情感的倾述,"可以"意味着自觉与自主。因此,在本篇中我将努力追寻生命的意义与人生的价值,探究自己"可以"怎么做、能够做什么,以及为什么做,为什么而活着。

当我思考"我为什么而活着"的时候,必须正视自身所面临的人与自然、人与人、人与社会的冲突;必须正视我们所面临的人的心灵与肉体之间的精神危机、人与人的道德危机、人与社会的文明危机、人与自然的生态危机、自然与文明的价值危机等。这些冲突与危机,又正好具化到我们精神世界中,使理想信仰的追求和价值意义的生活,面临着生存的价值、功利的价值、社会的价值、历史的价值、文化的价值和超越的价值等多种层次的多种选择,这些价值是可能的内在价值与现实的外在价值、自我评价与社会评价的矛盾统一体,是现实评价与历史评价、功用评价与道德评价的辩证统一。各种价值之间有内在的发展层次,同时又具有多种交叉性或跳跃性的选择,正是这些选择带给了我们精神世界的茫然与坚定、苦恼与满足、困惑与自适。

因此,在思考自身应该怎样活着之后,自然会带着焦虑并关切地思索应该为什么而活着的问题。而为什么而活着的问题,可以不受人所处的生活层次的影响,是由人生活的选择与价值的追求所决定的,因为看似无意义的生活中也总能发现快乐与价值。尽管生活中有多种多样的选择，但是，我们生活中真正"需要"的其实并不多，"想要"却更多地充满在我们的内心渴求中，而在基本的真正需要满足之后，当我们在精神上的追求开始胜过物质上的需求时，也就开始追求把生活需要的内在人格转化为一种现实的社会人格、升华为一种理想人格，从而在社会价值体系中获得到内在人格的社会认同与自我社会价值的实现。与此同时，我们也会在心灵深处更加感受到自我与外界的种种冲突与危机，感受到我们的精神世界在种种冲突与危机中所忍受的煎熬，从而不断调整自我评价与社会评价之间的矛盾，不断思考生活的追求与精神的需要，探索生存的意义和存在的价值，追求人生的理想与信仰，希望以此告慰自我的心灵，激励自己不断砥砺前行。

01

追求个人生活享乐的理想信仰

—— 个人的享乐价值

享乐价值是个人最基本的物化存在价值和现实精神追求，是一种极个性化的个人主义价值观。从作为客体的人来说，表明一个人初步摆脱了纯粹自然物化生命的存在，能够作为社会体系中的一分子、作为某个特定环境中某个社会生产关系链上的一个连接要素而存在，能为周围相关联的人提供某种功用、承接、参照、帮助或依赖的关系，从中创造并获取自我感官和精神享受的条件。从作为主体的人来说，反映一个人具备了创造满足自身生存和享乐所需的物质生活条件的能力，能够在物质丰富的生活中尽情感受到一种精神的快乐，将之视为生活的一种价值目标。是一个人之所以能自立于世的反映，也是一个人能够向更高价值取向迈进的基础。

　　我常常回忆儿时的我。那时，社会单纯，人也单纯；社会简单，生活也简单；生活弥漫着单纯与热忱，人的精神充满着简单与执着；儿童充溢着天性与冲动，长者满怀激情地革命与忙碌。最难忘的是学校的教育、社会的氛围、理想的塑造、纯真的向往，还有老人的爱抚、父母的教诲、亲友的关怀、邻里的温情，乃至居住的院落、众多的伙伴、儿时的期盼，以及生活中的一个肉饼、一碗馄饨、一声问候、一句话语、一次关爱、一次帮助……以至于记忆中种种痛苦与伤感都能成为今日有益的回忆与财富。

　　我常常怀念年轻的我。那时，社会充满阳光，人也充满激情；社会开始多元，人也富于追求；物质生活虽然匮乏，精神生活却富有；现实使人奋进，情感富于向往。尽管那时也有失落和失望，但更多地充满着自强与刻苦，似乎自身对物质的拥有并不十分在意，对知识和精神的追求却富于渴求。最难忘的是一篇美文、一个师长、一场电影、一本图书、一个夜晚、一个场景、一份情感，甚至一棵树、一片叶、一朵花、一株草、一阵风、一场雨……以至于记忆中种种青春的跋涉和年轻的冲动都能成为今日清悠的记忆与慰藉。

　　我深深追问今天的我。随着社会的不断进步，伴随着工业文明的极大发展，特别是物质生活和精神生活的不断丰富，当满足了自身基本的生存需要之后，甚至在不断丰富和满足自己的生活需要的过程中，精神上的空白与茫然却与日俱增，精神上的压抑与缺憾像一根脆弱而敏感的神经，时时被触动，时时被诱发，造成自身在现代社会的精神赢弱，使自身不断在精神上产生种种失落和空虚，感觉到种种困惑和痛苦。这种伴随着物质生活的不断丰富与满足而不断产生的精神上的空虚与恐慌，亟需得到一定的解释，也亟需得到某种形式的填补与消解，促使我为之进行思考，寻求答案。

于是，对自我生存与生活的目的，对自身生命的价值取向，便成为精神上迫切需要解决的问题。而随着这一问题与自身生存与生活联系的日渐密切，自身也更加沉湎于精神世界中关于生活意义、人生价值和理想信仰的思考。我感到尽管每个人的追求是多种多样的，但最容易诱惑世人而被首先确立的、同时也是最基本的，便是与个人生理生存需要和个人精神生活感受密切相关的个人享乐价值观的追求，以及由此形成的极端个人化倾向的理想信仰。

一、个人享乐价值的体验与表现

在我的人生旅程中，总是难忘自己所经历过的一些体验。最能让童年的我高兴的是一顿带肉的正餐、一个漂亮的文具盒、一本黑白摄影的电影连环画；最能让少年的我期盼的是一份感情上的关怀、一件喜爱的衣物、一场耐看的电影；最让青年的我愉悦的是一本激荡心智的好书、一次学习上的收获、一份亲友的关爱；最让壮年的我感到心仪的是生活的充实、读书的收获、工作的成绩；最让中年的我感到快乐的是拥有自己的居所、幸福的家庭、充实的读写、平和的闲适；最让不惑之年的我感到慰藉的是物质生活的无忧、现实生存的自由、精神世界的富足；最让知天命后的我无比向往的是生活的简单、思想的闲淡、心灵的自适……

　　回忆自身的经历，我感到：因个人所处的具体生存条件、社会环境、生活层次和文化背景的差异，每一个人对物质的需要与感受是不同的，由此带来的对幸福快乐的感知与理解、参与与追求、享有与体验、实现方式与途径都是不同的；即使同一个人，在不同的年龄阶段、不同的家庭境况、不同的生活际遇、不同的文化层次、不同的社会发展时期，对物质的需求和精神的感知也是不同的，而且在人的精神境界尚未达到一定层次时，精神的满足常常是靠物质的满足和本能的快感来实现的。生存没有保障的人，会为一碗米饭、一顿饱餐、一件冬衣而感到满足；而物质无忧的人，会为更高的要求、日子的重复、生活的沉闷而失落。尽管自身的需要总是不断地发生着变化，但作为个体生命而言，必须解决的是赖以生存的衣食住行之所需，以维持起码的物质生存条件，所以人最容易想到的最基本的需要便是与自身生存紧密相连的物质需要。而即或是精神的思考与追求，也总离不开物质条件的具备与优劣带给人的影响，物质生活的诱惑作为人的生理属性的本能诉求，不仅是常伴身边的最为直接的生理需求；而且也因其带给人的快感，关系到生活水平和生存质量的高低及其感受，再加上物质生活的不断丰富所不断提供的种种可能，更影响到由此带来的精神愉悦和精神生活的不同感知与认同，这种不断发展的没有止境的可能性，使之具有一种基本的人生精神追求的价值属性。所以，在个人开始追求有目的、有意义的价值生活的时候，追求生活享乐的价值观便成为一种最基本、最直接、也最容易为人所树立的目标追求，进而成为一种价值观。

在纷繁的现实生活中，我也有这样一种体验，当面对现实社会所提供的巨大物质诱惑，自身会因物质条件的获得与物质生活的丰富而感到一种快乐，这当属正常的本能和生理条件反射。但令自我常常恐慌的是，如果这种快乐因缺乏理智而过于亢奋，以致自我愉悦的精神没有其他的转移与寄托，自我便常常会沉浸于一种物质享乐的快感之中，陷入一种不断追求物质生活的拜物境地，在恍惚之中似乎感受到一种自得，同时也感受到一种失落，而且得到的越多、失落越为强烈，得到得越快、失落得就更快，使自身难以自拔地沉浸在对物质永无止境的需求，同时也是永无止境的失落之中，似乎在感受一种存在的价值时，也感受到价值的缺失。尽管自身总在努力地摆脱这种为物所系、为物所累的拜物阴影，但身边却有一些人沿着这样的轨迹在生活。尽管我也无法完全摆脱这种诱惑，也无权苛责这种选择，但我想，这或许就是一种享乐主义价值观的感受与体验，其实质也只是一种物化生命中生理上的本能需要和感官上的一时快感。

但不容讳言的是，处于个人享乐主义价值观的生活阶段时，人在保证了自我的自然物化生存后，为不断改善和提高生活的物质条件并不断地从中感受精神的愉悦，便会对社会所能提供的物质产品产生更多更大的需求与向往，甚至企望在尽可能多的物质生活中不断索取富足和快乐。因而，在由物质到精神到价值的发展过程和目标取向中，个人更多地表现出一种尊崇自然生理的"自我"，反映出快乐原则的主导作用，折射出自然生存的生理需要和社会生活的经济需要，反映出生活感受与情感慰藉的需要，也反映出个人自然的、经济的和情感的社会现实人格表象，使自然生存的应然性与现实社会生活的实然性成了一个既矛盾又统一的现实综合体。这种矛盾的综合体，如果没有一个能够理性掌控的度，个人享乐主义的要求越高、索取的越多，自身的"想要"便会超过自身的"需要"，其人生观和价值观就会愈加扭曲，人的失落与痛苦也会愈加强烈，人自身心灵主体与社会客体的矛盾、物化存在与精神生命的对立冲突便会愈加突出，进而不断造成自我的情感麻木、价值失落、精神困惑和人生萎靡。

其实，享乐价值观所感受的愉悦与幸福常常是难以被自我真正认同的，更不会被他人所认同，甚至还会与他人、与社会产生矛盾和冲突，因为只是个人的快乐，其实也并非真正的快乐，更不会带给他人以真正的幸福快乐，因而享乐并不快乐，也无什么意义价值可言，所以古人说"独乐乐不如众乐乐"。客观而言，一个人是很难衡量甚至感受他人幸福的，因为除了表象之外，谁能真正窥透他人的内心感受呢？把别人拥有的处境描绘成幸福似乎总是很容易的，而要真正实现自我感受并感知的长久愉悦与快乐幸福却并非易事。

因此，尽管有的人认定物质的占有与享乐便是享有生活快乐的唯一途径，并将之作为一生的目标，视为人生的理想与追求；但我想生活中的每一个人固然都有自己所坚守的生活观，都有由自我所认定的生活观所带来的快乐感，但这种坚守与认定应该是自己生存和生活中的"需要"，而不能是自己生活中的"想要"。在我看来，个人享受现实社会生活所提供的一切可能，固然能带给人一种最基本的感官快感与情绪快乐，但并不是一种真正的精神幸福与富足，更不是一个人所有的快乐。因为人的追求一旦超越了自我的"需要"而沉溺于自我的"想要"之中，便只会在不断的索取中感受到不断的失去与失落，甚至物化的东西得到的越多、精神上失去的也越多，内心的空虚感越强，就像踏上一条永无止境的欲望膨胀的痛苦的不归路，所以智者常言"知足常乐"。尽管物欲可能会带来一时的快感，但不断的物欲冲击，会使人不断降低生理本能的感受能力，最终使人在饕餮一般的欲望中渐渐失去精神的感知，最终失去精神的家园。如果我们从个人享乐价值的意义与取向上加以思考的话，结果会更加明了。

二、个人享乐价值的意义与取向

必要的物质条件能够保证人的现实生存，物质生活的充足还能带给人情绪、情感的愉悦，使人有条件、有可能向着更高的目标追求迈进。而就个人对物质的追求和生活的享乐而言，其形成人们价值观和信仰追求，则是有其现实取向及其复杂心理原因的。

在现实社会中的生存与生活，尽管物欲的追求在自我生理和心理上相对较容易感知和接受，在目标的形式和内容上相对较容易形成，但精神上的寻觅与慰藉却常常难以圆满，所以一个理智而理性的人，不会因物质生活的诱惑而沉湎其中，也不会因物欲的满足而自得。因为，我们每个人都是在与社会的关联、与他人的关系中生存并生活的，我们自身的精神又总是在与外界的人或物的关联中产生的一种"交感"现象，不能顺利从中获得心灵的慰藉常使我们难以感受到精神的满足与平和，经常会使我们在精神上感受到一种难言的空虚、烦闷与痛苦，这在社会节奏加快、物质高度发展、生活内容日益丰富的时候，更常常成为我们一种生存状态的真实写照。在这样一种状态下，对一些人而言，对物质生活享乐永无止境的追求，以及尽可能地享受现实社会所能提供的一切生活条件，正好在一定程度上成为补偿精神需求的一种方式。正因如此，当人不能完全协调自身和社会及其相关生存者的关系、不能完全从外向的人生中感受到自我的价值成就感时，就会感到某种生存的困惑与焦虑，因而常常转而十分看重自我在物质生活上的生存现状，将对物质生活的不断占有与不断丰富作为一种自我存在价值的体现，继而与现实的社会生存环境产生新的交感现象，在精神上产生一种自足自得的快感替代。这种对自我精神需求的补偿方式，在没有更好的替换方式与实现途径的情况下，人们常常会将对物质生活的不断占有与不断丰富作为一种自我存在价值的体现，表现出一种强烈的物欲，甚至是表现出一种因物欲而带来的对生活享乐的不断追求，进而成为一种个人生存的理想追求与价值取向。

当我思考享乐价值取向的时候，我又试图从其特定意义的角度进行深究，因为任何事物及其现象的存在都是具有其一定合理性的。我想，从人自身所处的现实社会而言，作为客体的人要在现实社会中生存和生活，并且在不断的物欲追求中感受愉悦，就必须摆脱纯粹动物性的生命存在，必须能够作为社会体系中的一个社会性份子而生存、作为某个特定环境中某个社会关系或生产链上的一个连接要素而存在，能为自身周围相关联的人提供某种承接、参照、互助或依恋，并将这种个体的作用及其所形成的生存链为我所用。只有这样，一个人才能够奠定自身在现实社会存在并有价值地存在的基础。因而，一个人满足了自身现实社会生存的必备条件，能不断追求和实现自我的物质生活享乐目标，就反映一个人具备了创造、收获和满足自身生存所需的物质生活条件的能力，能够在物质丰富的生活中感受到一种精神的快乐，将之视为生活的享受。正因为如此，个人享乐主义价值观，在一定程度上也能体现一个人在主客体两个方面的协调和发展。它一方面使人表现出自身在社会现实中生存的为己性能力，同时也反映出人在现实社会中个体生命的为他性价值。因而，从这个层面来说，在不违背社会道德底线、不妨碍他人权利与自由的情况下，个人主义的享乐价值观也是一种可以让人理解和接受的选择，或许这也正是享乐价值观存在的基础及其合理性。

　　享乐主义的价值观，尽管有着许许多多的需求，但大致可分为物质与精神两大部分。物质的需求与满足能在一定程度上影响到精神的需求与满足，使精神产生愉悦与失落；物质的需求与满足又不等同于精神的需求与满足，物质的占有是相对固定长久的，物质占有所带来的精神拥有常常是短暂易逝的；精神的需求与满足常常会反作用于物质的需求与满足，使人或对物质提出新的需求，或降低对物质追逐的热情与水平。而在一定的时候，人在企望更为优越的物质条件时，又唯恐被物质所利诱、被物质所拖累；因而在享乐主义价值观的追求中，伴随着物质生活的不断获得，人又常常会感受到某种精神生活的困顿、迷茫与失落。

因为从客体而言，享乐价值观得以建立的前提是人自身与他人的依存链、是自我主体与社会客体的统一和谐，而纯粹的享乐价值观则常常会因极端的个人主义影响赖以满足的生存链，危及自我与他人的关系、自我与社会的关系，伤害他人的权益与利益，甚至违背社会道德的底线，触及法律的禁区等。同时从主体而言，物欲的不断膨胀，常常还会带来精神的放纵，使人沉溺于感官声色的过度享乐，以致带来精神的颓废与堕落。因而纯粹的享乐价值观不仅不会带来精神的真正满足与慰藉，而且还会带来精神上的迷惑茫然、空虚失落、颓废堕落等种种危机，这在人们文化精神自觉达到一定层次的时候会愈加强烈，甚至在人们的物质上较为富足后更会产生这样的感受。

基于此，享乐主义的价值观大体上有着三种不同的价值观取向。一是以个人享乐作为利己手段和目标的极端狭隘自私的享乐主义，只追求声色感官之快乐，不惜侵害他人利益和社会基本准则；二是以个人享乐为生活目的纯粹享乐主义，主张生活就是享乐，但尚能将自己享乐的追求恪守在社会的基本准则和道德规范内；三是以享乐主义作为人生一个目的之一的相对享乐主义，即在自我享乐的满足中追求更高的个人价值，所体现的是在较高物质享有基础上的精神追求。因此，第一种享乐主义价值观因其极端的利己排他性，无疑是会遭到社会和世人排斥唾弃的；第二种享乐主义价值观虽然无可厚非，但因难以把握利己的限度而不值得倡导；只有第三种享乐主义价值观是合情合理的。

　　所以，享乐主义的价值观虽然在一定程度内是合理的，在一定的规范内是可以理解的，但享乐主义的价值观基于个人的自然人格表象和经济人格表象，由于容易导致的个人主义甚至是极端个人主义的目的，使自身始终是处于一种自我与内心、与现实、与他人、与社会、与文化的冲突惶恐和现实危机之中，这或许也正是人们习惯上对享乐主义加以排斥、社会正统观念对享乐主义加以贬驳的原因吧，因而也决定了享乐主义的价值观只能是人的一种最基本、最难把握、也最具危险性的价值观。

　　人的一生常常归宿于命运，在享乐主义的价值观支配下更是如此，其实所谓命运就是生命中不可缩减的持续时间、偶然性、机遇、等待、冲动以及神秘的心理支配等，命运不仅常常意味着无法实现某种目的时的无奈与逃避，而且也时时意味着此刻的满足也总是此刻的失去和新希望的产生。因而，即使是物质与财富的极大占有，也会使人产生空虚、自卑、失落、羞耻等感受。于是，个人的享乐价值观又会在不断实现的同时，在途径与方式上寻求更高层次的境界，以求摆脱精神需求上不断追求与不断失落的循环，求得心灵上的平衡与平和，企望着能给予自我一种更大程度和更高层次的满足。于是，当人试图追求更高层次的价值满足时，功利价值的追求与选择便摆在了人的面前。

02

追求个人功利价值的理想信仰

—— 个人的功利价值

个人的功利价值是在个人享乐价值基础之上的一种现时、现世的实用性的功用性价值，是一种向外获取的、自我返恋性的精神价值取向，反映了个人在自然生理生存需要和社会生活经济需要基础之上的一种心理平衡闲适的需求。这种价值追求使自我既立足于现实的生存关联链，又从与他人的现实社会关系或生产关联中抽身出来，在外在社会价值评价体系与自我内在的价值评价体系的相互综合平衡中重新回归到自我，使自我以追求现实的实际功效或利益、社会的功名或利禄作为行为准则反刍自我，在与他人相关联的价值体系中突出自我的现实价值关照，满足自我精神上的一种价值认同需求，并将之视为一种个人生活价值的理想与追求。

　　尽管生活中的一些人以个人享乐作为自我的价值追求，正如同我所感受的一样，以自我为中心的最为直接的感官享乐，即使有时能感受到一种愉悦，但作为一种内倾型的感受，却让人更多地感受到愉悦后的失落与痛苦，因为自然感官之乐既短暂易逝，也缺乏认同，更永无内心的安宁与踏实。因此，一个理智而又不乏理性的人，如果不满足于自我物质的追求，不沉溺于享乐主义价值观的诱惑，那么必然会寻求新的生存体验、生活需要和精神追求，也必然会探索精神快乐与慰藉的新途径。这种新的寻求与努力，不仅希望能生活得衣食无忧、幸福快乐，而且希望生活得富有意义和价值，甚至是永恒。于是，内倾的感受便会转向外倾的寻觅，对现实的实际功效或利益、社会的功名或利禄的外向追求，便作为一种现实的价值成就，成为个人满足精神需求的一种选择、一种理想追求。

　　我想，功利价值的理想追求，是一种在享乐满足后最容易让人感触或者想到的需求，是一种基于一定层次的物质满足后的、高于享乐主义价值观的需求，因为此时的需求，已经从自然感官的物欲享乐价值上升到了自我价值的认同感上。如果说享乐价值观还只是偏重于个体本能的感性感受，功利价值观则是一种包含集体认知的理性感受，是自我内在的价值评价体系与外在的社会价值评价体系相互综合平衡中重新回归的自我，这时的自我已经具有了更广的视野、更大的格局和更多的关联。

一、个人功利价值的体验与表现

人的自然生理愉悦不等同于精神的需求，物质与财富的占有并不总能带给人愉悦和充实、尊重和骄傲，物欲的享有与无度追求常会带来精神的空虚与失落。而精神满足的途径是多种多样、永无止境的，精神的满足会不断转化成为一种心理的自适与自得。人在现实社会的享乐中，同时伴有相应的心理体验，心理体验中常常会感受到荣誉与耻辱、自得与失落、钦羡与自卑、富有与窘迫等社会体系中的功利价值感受，在人感受到功利价值的现实需要之际，便常常也是精神需求的渴望之时，而且伴随着个人享乐所不断带来的内心失落和伤痛，人也愈加迫切地需要心理的充实、平衡与闲适。

但从享乐价值追求转向个人价值的满足，其视角与途径总会从自己身边着眼，而我们每个人在现实社会生活中都不是孤立的，都具有特定的经济地位和社会地位等生活状况，人们常常自觉不自觉地认为、或者客观上被认为，正是这种地位及其价值的差别使我们能把自己和他人区别开来，并且在这种现实社会的生存价值不断递进和实现的过程之中，在一定程度上感受到一种经济地位与社会地位的提升与巩固，充分地体验到个人自尊上的满足与精神上的愉悦，这种精神上的所得是享乐价值中所难以感受到的。但是，要想获得他人的认可，就必须在自我内心不断地保持与他人、与社会的一种紧张状态，希望通过与他人、与社会的关联与和谐，获得来自外部的关心与重视，从而赋予他的生命、他的事业以及他本人一种存在价值的认同。因而，在追求现实社会的功利价值以及主客体协调发展的过程中，人们常常产生种种与内心期待或与他人比对后的失落甚至自卑，这种失落与自卑又不断强化在自我的各种想要满足而又无法满足的需要之中，从而使本能的情绪逐渐发展为内心的情结，情结又使我们顺应这种需要，常常忘却功利价值的社会关联性而只是关注着自我，使自身在现实世界中难以自拔，使社会的功利价值失去了原貌，从而产生出所谓的怀才不遇、孤高自傲等种种表象。

当自身处于功利价值的追求时，我感到：自我的快乐感受与价值实现，与社会、与他人始终存在一种相互依存的关系，社会总会以一种当下的环境、尺度和规则评判并影响着个人。在现实的社会生活之中，我们既应阻止精神生活没有任何目的而陷入空虚，也要面对人难以承受的既定环境去坚持自己的权利、坚守自己的追求。而要创造获得自己存在的价值世界，就必须诉诸自我的现实表现、甚至凸显某种集体义务与社会责任，为社会和他人带来一定的裨益与价值，从中体现并实现自我的价值，同时不断增强现实的自我体验，使人在追求或感受享乐价值所带给的快乐时寻求社会的认同，借此通过功利价值的实现转移自我对现实生存与社会生活的焦虑，增强自我社会存在的信心，从而在外在社会价值评价体系与自我内在价值评价体系的相互综合平衡中重新找回内心的平和，使自我在享乐中欢愉而不空虚，在价值实现中自适而不焦躁，在追求中获得而不失去。

当我思考个人功利价值中的表现时，我感到：在由享乐价值而功利价值的发展过程和目标取向中，个人的功利价值有多方面的体现，如物质的占有、权力的实现、地位的匹配、功利的荣耀、社会的责任以及其他个人短期行为目标等。个人在自我方面，一方面力求保证自身生存与生活所需的物质占有与精神快乐，更多地表现出一种保护自我快乐原则的"本我"，追求主宰自我的自主原则的"主我"；另一方面，因社会生存的艰辛和物欲追求的片面，又有一种生活难保的物欲危机与社会鄙视的价值担忧，因而总要牢固自身在社会中与他人间的关联、突出自我对他人"不可忽略"的作用、凸显个人的群体性社会价值，反映出现实社会生活中压抑天性原则的"次我"的干扰作用，反映个人现实生存的经济需要和社会生存的地位需要，继而产生在现实生活中的情感慰藉与心理平衡的需要，呈现出个人经济的、情感的人格表象的混沌状态，使人自然生存、社会生存的应然性与现实社会生活的实然性、情感需要的调适性聚为一体，成了一个彼此既矛盾而又统一的现实综合体。

因此，功利价值的追求发轫于自我的需求，依附着个人与社会、与他人的关联，能够密切自身与社会、与他人正常积极的关联度，激发人心底对他人、对社会的积极情愫与追求，成为人向更高社会价值层次迈进的阶梯。但是，由于社会功利与个人经济、社会地位的密切相关，人们又常常误将物欲的实现与物质的占有作为一种社会地位或者社会功名的附属物，将社会功利价值的追求回复到个人享乐价值的追求中，将维系现实社会关系、显现个体作用的功利价值作为一种满足个人享乐的手段，从而产生一种常见的极端个人主义的、利己而可悲的、实用主义的功利价值观，而在功利价值的追求中如果总是从利己的目的出发，那么常常会在社会关联链中违背集体认同，甚至违反行为准则，最终遭受惩罚。这种危险常常就在人们不经意间发生，这是人们应该警醒和防范的。

但当进入功利价值需要的层次，人自身的内在需求，便已从单纯的自然生理生存和社会经济生活的需要，进入了情感慰藉和心理平衡闲适的需要；个人价值追求中的外在人格，也从自然人格表象和经济人格表象，进入了个人情感人格表象和心理人格表象，从而体现出不同的价值意义与取向。

二、个人功利价值的意义与取向

在世人的现实行为表象中，我注意到功利价值的取向常常有四种情况：第一种是以享乐为基础，从享乐价值中衍生出功利价值，以追逐个人的功利为目的，使功利价值仅仅成为个人享乐的手段，享乐成为功利的目的，人在社会的功利文化与功利规则中挣扎，功利在这里也表现为纯粹而极端的利己主义；第二种是在满足基本的生存与生活需要的情况下，以自我功利价值和社会功利价值的协调一致为取向，将功利价值作为履行个人集体义务、社会责任并实现个人社会价值的途径，同时也自然获得个人享乐价值的愉悦与感受，但这时的享乐价值不再是一个必须经过的价值选择阶梯；第三种是较为另类的功利主义价值观，有如古代名士般抛弃世俗观念、跨越享乐价值而直接进入功利价值的追求，以不在乎利禄的纯粹功名作为目标追求，在社会功名中感受自我的价值和人生的快乐，这常常在客观上有利他和利于社会的一面；此外，还有一种极端的功利价值观，即既不愿违背自我的行为道德底线，又不能寻找到一个合适的功利价值实现途径，因而变社会的功利文化与功利规则为调侃对象，进而放弃集体义务或逃避社会责任的功利价值的追求，此有如逃避遁世者，实质上是一种变异的功利价值追求。

功利价值虽然有现实合理性的一面，但因其所具有的私我性，也常常会表现出平庸、自私、可恶的一面。在正常的功利价值追求中，能够张扬真实的自我、保持我们的独特性本是一件好事，但如果处处以私我为中心，便会时时感到各种社会的压抑，甚至沿袭已久的传统、共同遵守的准则等也会让人产生压迫感，使人无法产生对这个世界的义务和责任，这也是常常使人平庸的根本原因，而且还常常会导致"非我"或者"他我"的社会角色形象，使人严重边缘化。因为，从私我出发必然会产生个体之间的争斗与社会的排斥，这种争斗也许有生理的背景，诸如饥饿和性的竞争、领导地位和名利地位的竞争等，使人在现实中以狭隘的自我，在某种意义上利用他所属的群体或社会来满足私利，而且如果它只是采取露骨的自吹自擂的方式，便更加暴露出其极端功利价值中廉价且丑恶的一面。

因此，在追求个人功利价值的过程中，我们应当警醒的是：当功利价值只是作为极端享乐价值的实现方式并成为追求的价值取向时，个体则会在追求中表现出极度的私我，在现实中常常反映出其政治人格、功用人格、实用人格、潜规则化人格、甚至虚伪人格等，自身则常常游刃于现实、游戏于人生、甚至混迹于社会，以致成为功利性掮客。于是，本包含着集体义务与社会责任的功利价值，便会蜕变成为实用功名及其相关现实利益，价值意义之生活也便成为虚名。这必然与整个社会和他人产生排斥，被人们拒之于那种有组织的集体认同之外，于己便产生个体边缘化的痛楚，于社会则会产生缺乏社会控制的情境。

所以，功利价值其实是现实社会价值观的反映，不仅关系到自我现实生活感受和社会价值实现，而且也事关我们在社会中的形象和地位，二者在一定程度上相辅相成、相得益彰。个人的功利价值必须得到社会和他人的承认，才具有我们想要归之于它的那些价值，也才能使人感受到精神的愉悦与内心的平和充实。因此，功利价值虽然在一定程度上具有个体的属性，但也具有社会性、公众性、利他性和责任感的特征，反映出功利价值存在的社会合理性与现实积极意义。

我们当然应该追求那种属于自我价值的功利表现，每一个人都会在生活中不同程度地占有他人，但每一个人来到世上，客观上也都为他人所有，在争取个人权益和权利的同时也体现出对他人的责任和义务，人们将在互为依存与利用的关系中互相发现各自的灵魂。每一个人都能在他人身上找到尘世存在的意义和人生不完满的缺失，每一个人都只有通过他人才显得合理、必要，从而变得完整，这是功利价值观在客观上有益的一面。因而在一定意义上可以这样认为，正是因为有了功利价值的存在，人们心理上一些较为自然原始的冲动才能在客观上起到维系社会秩序的作用，才能体现出"我为人人，人人为我"的现实存在，我们的制度才因此而保持正常的运行。这或许是功利价值观在客观上具有合理社会作用的一面，也反映了功利价值观利弊皆有的辩证特征。也正因为如此，人在功利价值追求中所表现出来的一切行为，都是置于社会和他人的监督约束之下的。

虽然每个人在现实生活中都具有自由选择个体价值追求的权利，但是在更高的意义上，选择的自由只是一种享有的权利，正如价值选择的自由权利一样，任何权利都不应成为一种结果或终极目标，任何权力的满足都不能成为狭隘的权力等私我欲，虽然权力在一定程度上会体现一种个体的自得与失落，但一旦权力成为目的，权力便是可恶的象征。当一个人醉心并追逐于权力与功名、沉溺于利益与利禄时，应当记牢：怨恨是依附的反面，当一个人把一切都送出去时，这个人永远不可能得到足够的回报。因此，当人要选择功利价值作为追求的目标时，不能自我责备、不能希望有所回报，只能考虑功利的义务、责任和奉献。只有这样，个体的价值才会得到社会的认同，才会赢得他人的尊重，才会富有意义，这也才是个体功利价值的真正所在，我们应该充分发挥功利观中对社会和生活有益的一面。因为，人在寻求外在社会价值评价体系与自我内在的价值评价体系的相互综合平衡时应该懂得，思考社会价值体系的时候，自我会有一种潜意识的压抑力，表现出个人显意识、潜意识、无意识，以及集体显意识、潜意识、无意识之间的相互作用，这也从一个侧面反映了部分承认社会控制通过自我批评而起作用。人的自我批评是一种社会道德的力量，而法律行为是一种强制的力量，此二者共同构成了社会控制。这是在思考人生功利价值的时候应该思考的问题。

功利的价值观虽然着眼于个人的社会存在，有一定的社会性价值，能得到部分人、或者社会在一定程度上肯定。但功利的价值观毕竟是基于个人的目的，其本质仍然包含着一定的享乐价值观或者是其转化，是一种心理上的个人价值的反刍自恋反映，除非将功利价值中的社会责任和社会义务作为目的，否则在更高的社会层面上看，功利价值观仍然难以得到社会和公众的认同。所以，在功利价值观中最为合理的内核乃是功利所蕴含的社会义务、所肩负的社会责任，而这个合理的内核正是社会价值观的体现。尽管有的人止步于功利价值中私我的追求，但我觉得人应该向更高、更有价值的社会价值观看齐。

03

追求个人社会意义的理想信仰

—— 个人的社会价值

　　个人社会价值是个体生命在更高层次的价值追求，此时的价值努力追求挣脱自我的个人价值自恋和私我目的，力求突破自身与特定相关人群的纯粹利益关联，使自我存在的价值融入更为广阔的社会层面，以更多的社会准则、社会义务和社会责任为参照，置身于公众的评价视域，进入社会发展的价值体系关联之中，在与现实社会的价值关联中追求并实现个人的社会价值，从而求得个体心灵角色和社会角色在主客体两个方面的协调发展，获得自我价值的社会实现。这时的价值观着眼于社会的价值认同，满足社会对个体的要求和需要，追求社会的发展进步，表现为对社会的义务、责任、担当和贡献。

当我经历了享乐主义价值观和功利主义价值观的思考，再回到自身所生存和生活的现实中进行考量时，我想，既然功利价值的实现并未使人真正感受到集体认同的精神愉悦和心理慰藉，或者在功利价值的实现中仍然没有感受到所期待的心理平衡与闲适，人便会跳出个人功利的藩篱，从现实的功用世界向更为广大的现实社会和更为深邃的精神世界迈进，将自身融入社会，寻求一种更高层次的社会价值观，在追寻个人社会价值实现的过程中，感受人们共处的相互依存、彼此的理解认同、社会情感的慰藉满足、心灵深处的平衡闲适、个人社会价值实现的快乐。虽然社会价值在一定程度上包含在功利价值之中，功利价值的合理内核在一定程度能够体现出一定的社会价值关联，但功利价值不是纯粹意义上的社会价值，社会价值观是高于功利价值观的一种更高层次上的价值观，这种价值观摒弃个人私利，以公民义务、社会责任、无私奉献为特征。因而，当人们经历了享乐价值观和功利价值观的思考与感受、并且不满足于享乐价值观和功利价值观的个人体验时，便会上升到社会价值观的层面进行思考和追求。

其实在现实的社会生活中，人们或多或少都能感受到一定的社会价值。当人们搀扶老幼，当为乞讨的人献出零钱，当捡到别人丢失的东西而物归原主；当人们依靠自身的劳动养家糊口，当在自己的岗位上得到认可，当自我的社会角色取得一定的成绩、获得一定荣誉……凡此种种最基本的社会角色中，在力所能及的事情里，人们都能从中感到某种自身的价值，感到一种由衷的快慰。因为这表明，人不仅仅是能够依靠自身的能力而存在，使自己成为社会大系统中的一员；而且能在现实社会生活中，满足社会对自身的要求和需要，在平凡的社会角色和岗位分工上，通过自己的付出，干出不平凡的业绩，在力所能及的范围内帮助他人并体现自身一定的价值，在社会价值体系中获得某种存在价值的荣誉感、成就感与快乐感，而哪怕是这些最基本、最易见到的社会价值，其实都具有一种无私与奉献的蕴含，都可能上升为更大的贡献、具有更为崇高的意义。

一、个人社会价值的体验与表现

在现实的社会生活中，我有一种刻骨铭心的体验，似乎冥冥之中成就感和使命感召唤，使自己的生活永远都处在一种不稳定的饥渴状态之中。虽然生活的丰足能够在一定程度上带给我物质生活的满足和精神世界的快乐，虽然现实的功利和社会的地位能够带给我一定程度的现实慰藉感和社会尊严感；但并不能缓解我与周围世界在心理和精神上的紧张关系，并不能造就自我主体与存在客体间的完美和谐，并不能使我的精神世界感觉到真正的富足、充实与平和，似乎精神生活的快乐难以持久，个人价值的成就感难以实现，内心想望的充实难以泯灭，使我常常处于一种精神生活的焦躁与心灵世界的渴求之中，常常处于一种对生命存在与生活意义不断追寻、却又不断迷茫的状态中，总渴求一种更高层次的更具意义、更富价值的生存与生活。

我感到，纯粹以个人享乐价值和功利价值的理想追求是一种容易迷失方向的追求，并非一种充满意义和富有价值的选择，人生价值和心灵快乐的迷失必然会导致生存理由的丧失和生活节律的失范，甚至会导致自我脱离现实社会、被现实所抛弃，造成自我的社会生存与内在心灵的分离。为此，在经历了享乐价值观和功利价值观的追求与思考，并且不满足于享乐价值观和功利价值观的个人体验后，必然会向享有尊严、富有和谐、拥有价值意义的生活迈进，个人社会价值的追求理应成为更高层次的追求。因为社会价值观本身既是一种集体认同，也是一个人的责任意识的反映，是社会成员对自己所承担的社会职责、义务和使命的自觉程度，它要求个人除对自己所作的各种行为负责外，还必须对他所处的社会负责，而在对社会负责的过程中又会检验和体现一个人存在的价值，个人也会从中感受到自我存在的价值、生活的意义、心灵的快慰，生活中除得到是一种快乐外，感受责任和享有义务也同样会收获快乐。

而社会价值又具有多层次、多领域的特征，人们在不同的生活层次和不同的社会领域，都能够创造并拥有自身的社会价值。因为在现实社会生活中，与社会价值相关的社会责任和义务在一定程度上是与生俱来的，是个人现实的生存与生活中不可回避的一个重要组成部分。作为生命之初的家庭便是生殖及维系人类的基本单位，氏族或国家这样一些更大的人类社会的组织形式，归根结底是建立在家庭的基础上，并且是直接地或间接地由家庭发展起来的，是家庭的延伸。所以，当我们降生于世，便在社会及其成员的相互责任与义务中生存和成长，同时我们也在道义上承担着对社会和成员同样的责任与义务。离开这种与生俱来的责任与义务，不仅自身难以生存和生活，难以获得他人的理解与尊重，而且还会在心灵上失去归依，这或许正是自我不能从自然生理需求的享乐价值和反刍自慰的功利价值中获得长久快乐与慰藉的原因。

当自身处于社会价值的思考与实践时，我对生存与生活的体验是：虽然社会价值在某种意义上包含着一定的功利价值，但功利价值并不能完全体现社会价值，功利价值及其相关的享乐价值之所以不能让我感受到一种持续的快乐、之所以不能使我拥有一种心灵的快慰，原因就在于缺乏与社会和同伴的社会义务与责任履行，难以实现相互间真正的交流、认同与和谐。如果自身能在一定程度上抛弃纯粹自然生存的自我心态与追求，努力挣脱个人价值自恋和私我目的，不断突破自身与特定相关人群的纯粹利益关联，使自我存在的价值融入更为广阔的社会层面，将自我的生存、生活与社会、同伴相结合，进入与社会发展的价值体系关联之中，置身于公众的评价视域，将获取与奉献相结合，在与现实社会的价值关联中追求并实现个人的社会价值，就能求得心灵角色与社会角色在主客体两个方面的协调和发展，自身便会真正从自然生存的感受层次迈入社会生活的感知层次，获得自我价值实现的快乐、自我情感的慰藉、自我内心的充实。

当我思考个人在社会价值中的表现时，我感到：在由功利而社会的价值发展过程中，或者在社会价值的目标取向中，个人一方面力求证明自身对他人、对社会存在的价值，同时享有功名利禄、物欲快感、社会地位和价值尊严，因而更多地自主表现出一种"次我""客我""他我"和"非我"等相混杂的"实我"社会角色，使自身能够相对客观地反观自我，摆正自我在社会现实中的客体地位；另一方面，因希望在社会价值的实现过程中弥补享乐价值与功利价值所缺乏的持久快乐与价值感，希望能在现实生活中享有生命尊严、精神慰藉与心理平衡，拥有对他人和社会更大的价值体现，因而将自我的享乐与功利摆在了一个次要地位，将个人狭隘的价值观容于社会之中，转移到与他人与社会真正相互依存的层面，表现出更多对他人和社会的义务、责任、担当和贡献，从而实现个体心灵角色在社会角色中的社会价值。这既折射出个人现实社会生存和生活中的物质需要、精神需要和心理需要，反映出个人真正由狭隘的自然生存追求进入社会生活追求的层面，也表现出自身价值观的一种提升。

这时，处于社会价值追求层次的自我也不再囿于狭隘的自我需求，生命个体已经摆脱了纯粹的享乐价值与功利价值的生活层面，进入了一种自觉的个人社会心理人格和社会伦理人格相伴的境界，能够自觉地将自我的价值观与社会共同的价值期待相结合，从而拥有了一种新的社会价值取向，人生也将因此富有新的意义，心灵也将因此感受到新的快乐。

二、个人社会价值的意义与取向

在现实生活中，我们每个人其实都不只是为自我而活着，每个生命的存在其实都与自己的血缘群体、社会角色集体乃至社会发生着密切的关联。作为个体生命而言，首先应为自身的健康、幸福和快乐而活着，只有这样才能不疲惫、不厌倦地生存和生活，才能为亲朋好友更多地付出，让亲朋好友更加欣慰，也才能真正履行好自我的社会职责与义务。继而，我们每个人还应该为生存目的、社会功利、生活意义和生存价值而活着，只有这样才可能具有个人社会价值等更高层次的存在意义，才能更好地感受生活的幸福与快乐。但怎样理解目的、功利、意义和价值呢？我想，有意义和有价值的生活无疑是幸福与快乐的，而怎样使快乐和幸福的生活富有价值和意义呢？这是需要我们真正全面理解并深刻认识的。为此，我们必须清醒地理解什么是人真正拥有的幸福与快乐。

　　幸福和快乐在本质上是一种心理感受以及感受中的情感状态，应该包含着情谊淳厚、情绪稳定、情感平和、情致高雅、心灵充实等。在现实社会中生存和生活的人，不论其可能的社会价值的大小如何，都应该而且能够在自身所处的特定环境、特定层次中，生活得自适自足、幸福快乐，而且都能在幸福与快乐的体验中拥有自我的社会价值，关键是必须懂得什么是自适与自足，什么是自己的"需要"，什么是自己的"想要"，什么是自己的"能要"，什么是自己的"所要"，什么是自己可以给予的付出。只要我们认真思考，我们会发现，在我们生存和生活中"需要"的东西并不多，"想要"的东西又永远没有满足；我们的生活中"能要"的东西也不多，"所要"的东西又实在是太多且时常不太明确；我们真正需要索取的东西并不多，而我们能够力所能及地付出的却很多。就自身拥有而言，我们可以付出行动、情感、思想、才能、智慧和生命；就服务对象而言，我们可以付诸自然、社会、生灵、同类、同事、朋友和亲人；就付出的方式而言，我们可以付出问候、关爱、照顾、支持、援助。在这样一些付出之中，能够感受到自己与他人、与社会之间更加紧密的依存互动，充分感受付出与收获、理解与被理解、挂念与被挂念、爱与被爱，进而获得集体认同的快乐、社会存在的价值、生命的意义。因而，生活中永远不乏乐善好施、勇于进取的人，而且大凡是有过生活磨难和生存思考的人，特别是有着素朴情感和博大情怀的人，一般都更具有社会的责任感与义务感。因为满足社会的需要，为他人付出，是生命本初相互依存所形成的原始情愫，是生活中相互交流所形成的社会情感，是社会组织形式赖以存在和发展进步的动力，理应成为个人社会价值追求的取向。

尽管社会价值具有责任、义务和付出的特点，但人们在现实社会中因自我追求、价值取向和目的不同，又具有不同的表现形式。我想，社会价值的取向常常有三种表现形式：一是内在私我型，二是外向奉献型，三是内外兼修型。

内在私我型的社会价值观是一种异化的社会价值追求，带有明显的个人功利目的。持这种社会价值观的人，将社会关系和社会义务作为一种利用或交换的工具，将付出看作获取的理由，将社会价值的追求蜕化为实现种种个人价值欲望的手段，常常以社会价值的实现形式来获取自我的物欲享乐、社会地位、功名利禄、荣誉虚荣等，并以此为目的和追求。秉持这种社会价值观的人，内在私我的利益索求常常披着社会价值高尚的外衣，往往具有一定的伪装性和迷惑性，其内在的心理人格与外在的社会人格之间，总是处于矛盾的紧张状态、甚至是对立的分裂状态，自身既不可能获得社会的认可，更不可能真正感受并感知社会价值所带给的成就感和价值意义，而且还会遭到人们的唾弃、社会的不耻。

外向奉献型的社会价值观是一种具有真正社会意义的社会价值追求，带有显著的无私奉献和追求贡献精神。秉持这种社会价值观的人，从社会需要和集体要求出发，着眼集体认同和社会价值意义，在自己的社会角色分工中，以履行社会义务与责任为己任，以崇尚贡献与奉献为追求、以社会的发展进步为目标，尽职尽责地服务于社会和他人，努力营造较好的环境氛围、创造一定的业绩贡献，使他人和社会受益，表现出对他人和社会不求回报、无所畏惧的担当与奉献精神，在努力追求并实现自我社会价值的过程中，既实现人与自身、人与人、人与社会的和谐，也实现自我充分而完全的发展，从而获得自我身心的和谐、精神的愉悦，赢得生存的价值和生活的意义，是一种理想高尚的社会价值观，体现出人在社会价值体系中的最高成就。

内外兼修型的社会价值观是一种客观现实的社会价值追求，在外向的社会义务与责任中不拒绝内在的个人功利价值满足。持这种价值观的人，认同社会的责任和义务，重视与他人和社会的依存，明白创造与贡献的意义，努力追求个人的社会存在价值，同时又不拒绝且在一定程度上看重自我的功名与利益，以此获得自我自然生存与社会生活的和谐统一。这种价值观所带来的个人现实利益有时并不被当事人刻意追求，但在满足社会需要、认真履行社会的责任与义务中，常常又能在努力为社会和他人做贡献的同时，使自己客观上成为这种价值追求的受益者。能够以这种价值观功成于世者，常常是既有较好的个人禀赋，也有一定的理想追求，同时又能拥有难得的机遇者。

　　由于个人社会价值的追求存在种种表现，我们在追求个人社会价值的时候就需要有一种自我批评的反省精神，因为自我批评本质上是一种集体视域和社会批语，受自我批评控制的行为本质上是受社会控制的行为，我们只有在不断反省中进行个人社会价值的追求才能使追求本身更加富有意义。

　　当对个人的社会价值进行反思时，我首先想到的是个体生理生存、心理生存与社会生存的混杂状态，人在追求个人社会价值的过程中充满着人与人、人与社会、自然与伦理、自由与限制、相对与绝对等种种矛盾。当人进入社会价值追求的层次时，即使是为了自我心灵的充实与和谐，人也不能孤立地实现他自己，因为没有一个个体具有完全独立的、脱离社会生活过程而起作用的心灵，心灵主体必须与现实生命的行动客体协调一致，才能真正感受到生命的价值、快乐与意义。追求社会价值实现的人始终需要与自身心灵、与周围世界保持一种永恒的密切关联，不断地思考自身的义务和责任所在，思考能为社会贡献什么或以什么样的方式贡献，生活也因之成为一项艰巨且常常成败难卜的事业。那么，社会价值会不会因强调个人的社会责任与义务而丧失个体的自由呢？我想是不会的，因为人在一定程度上既是一种自然生命物的存在，更是一种社会情感物的存在，个人的社会行为总是在一切社会联系、社会活动、社会反应和社会互动的复杂过程中表达自身，即使人性也是某种社会性的东西，并且始终以真正社会的个体为前提。纯粹的"自由"顶多引起敬意，未必能触动感情，未必能不影响他人，也未必能真正存在；令人动情的倒是尊重他人自由并克服阻力以争取自身自由的努力，追求社会价值实现的过程正是一种追求自我心灵快乐自由的过程。

同时，在每一个具体的社会发展进程中，在社会责任义务与担当付出之中，其实还存在着一种来自社会集体意识的、社会共同的公共情感意识和集体情感价值，包括集体显意识和集体潜意识；而集体意识又与个人意识发生相互作用，特别是与个人显意识和个人潜意识的相互作用，使人产生一种个人情感意识与社会情感价值的认同，促成个人价值与社会价值的结合，继而上升为一种价值理想的追求。因此，一个人常常为了某种公共集体情感与社会情感价值的追求，宁愿放弃自身个体生命物的存在，在追求社会价值实现的过程中，常常表现为勇于担当、奋不顾身的行为，体现出大无畏的献身精神。这说明生活不仅仅是证明个体的存在，个人的社会价值追求也不只是一种纯粹的个体行为，而是表明了一种个体社会性的、积极的生活态度与人生追求。这其中，其实已经包含着更为积极、更高崇高的一种价值追求，即一种个人对崇高的历史价值的理想信仰和追求。

04

追求个人历史价值的理想信仰

—— 个人的历史价值

从社会发展而言，社会价值具有一定的现时性的特征，历史价值则具有历时性的特点；从人类进程而言，社会的发展是阶段性的，每一个社会发展阶段都是历史的一个部分，历史涵括过去的社会发展。在价值体系的意义上，社会价值是历史价值的基础，社会价值包含在历史价值之中，历史价值都是由具体的社会价值构成，历史价值一定是具体社会价值及其意义的反映，但有的社会价值不一定具有历史意义，历史价值是高于社会价值的价值。个人的历史价值，是个体生命的个人价值和社会价值的历时性延伸，是个体生命价值的发展丰富和飞跃提升，人的历史性价值比社会性价值更加富有意义。

在现实社会生活中，我常常有一种难以排解的迷惑。当一切以自我为中心时，我很难拥有一个希望中的自我；当使自己顺应某个环境时，我似乎又总成为另一个个体。因为以自我为中心，如果孤芳自赏地遗世独立，则常有空虚的寂寞；如果是自私享乐的利己主义，则常有与世的冲突；如果是巧立名目的功利主义，则常有精神的失落；如果是追求某一阶段和特定时期的社会价值，也会有短暂易逝的惆怅。而当我顺应当下现实，纯粹为某种功利价值的追求而成为另一个个体时，不仅会在一定程度上改变着自身、丧失真实的自我，而且也会影响我所生活的共同体，人们也难以真正认清和认可现实的自我，在相互依存的社会关系中也缺乏一种公共情感的价值认同与心灵慰藉。所以，只要心中还有情感、思考和追求，还向往更有意义、更富价值的精神生活，当自我不能与此时此地的社会现实真正隔绝，那么不论层次高低与价值大小，我们都必须面对与自我生活相关联的个体和群体，必须面对自身所处的社会，必须将自我内在的心灵主体和自我的现实生命客体，与我对应面的社会和他人（群体）一道纳入一个历史长河的共同体进行考察与思忖——如何才能拥有一个相对独立而又能被现实所认可的、能够不受一定社会阶段和某个社会时期制约的个人价值，使自我的价值感能长慰我心，从而也使个体生命的价值具有更加久远与更加宽广意义，以弥补自我精神世界的惆怅和内心世界的忧思。

由于社会价值具有多层次、多领域的特征，因而在不同的层次和不同的领域，人们都可以创造并拥有自身的社会价值。但是，经过社会价值的追求后，我感到一般而言的社会价值总具有此时此地与此在的特征，在一定程度上是某种特定时间和空间中的社会共同价值观的体现，常常只能伴随具体的个体生命和特定的环境、特定的社会阶段而存在，价值的实现并不能使人生止步、心灵圆满。因而，要满足人自身不断发展的价值追求，我感到必须向更高层次的价值观迈进，追求更为宽广深远、也更加富有意义的个人价值。

一、个人历史价值的体验与表现

个人对社会价值不断发展变化的追求，意味着人的社会价值的不断调整、丰富和完善。社会价值固然可以带来个人婚姻、事业、权力、资财和自我价值等等方面的幸福感和荣誉感，也能带来一定程度的道德成就与价值成就的满足，并且表明了人放弃纯粹的自然存在而置身于公众视域下，承担起一个社会生存者的职责与义务，体现出一种较为完整的道德态度和一定的存在价值。这种转变，使人觉悟在生活中可以满足于自身的"需要"，放弃更多"想要"的占有，更加明白了自我精神追求之"所要"。对人来说，占有是追求纯粹自然存在的一种方式，人高于动物之处不在于给予生命或者拥有生存，而在于用生命来创造和奉献；生命不是存在的最高价值，相反，存在应当为比生命本身更重要的价值追求而奉献和创造。所以，当人产生某种荣誉或精神的失败感时，一个自由且自律的人对于他的失败只能责备他自己，他为失败承担责任；如果一个严谨或严肃的人，只是按照既定的理由证实他的生存、生活，或者仅是成就自我，没有在社会角色中履行自身的集体义务和社会责任，没有感受并体验到集体情感及情感价值，没有对社会的发展进步做出一点贡献，没有创造富有意义的新生活，其实人生也是没有价值的，这也正是人们会不止步于个体社会价值而寻求个人历史价值的动因。

在价值体系的意义上，个人价值只是个体社会价值的基础，个体社会价值也只是通向个人历史价值的阶梯。尽管历史价值都是由具体的社会价值构成，社会价值包含在历史价值之中，历史价值是具体社会价值及其意义的反映，但历史价值是高于社会价值的价值，并非所有的社会价值都具有历史的价值意义。对生命个体而言，个人的历史价值是个体生命的个人价值和社会价值的历时性延伸，是个体生命价值在社会视域和历史背景中的发展丰富和飞跃提升，表明人对于社会进步发展的历时性作用和贡献，人的历史性价值比社会性价值更加富有意义。所以，尽管每个人的存在和生活都会留下自我的人生足迹，但人生的印迹不一定都具有历史的价值，也并非每个人都能创造自我的社会价值、进而创造自我历史价值，而且个人的历史价值也只有留待后人评述。

因为，尽管每个人的存在，都在客观上表明自身是历史进程中的一员；每个人的生活，都或多或少地见证并参与了历史的形成；每个人的存在与生活，都可以创造并体现自身的社会价值和历史价值。但是，并非每个人的存在和生活对社会的发展进步都具有意义和价值，并非每个人都是社会历史发展的贡献者和推动者，并非每个人都具有并能够感受到自身的社会存在价值和历史价值，并非每个人都能成为社会历史发展中的政治家、思想家、军事家、科学家、发明家、文学家、艺术家等杰出人物，并非每个人都体味到自身社会价值和历史价值所带来的生活意义和生命价值。因而，对个人历史价值的追求，是一种更高层次的理想信仰和人生体验。

我时常感到，尽管人生的社会价值和历史价值总在鼓舞我不断前行，但我无法知晓自己能否创造并拥有生命存在的社会价值乃至历史价值，我只能努力使自己不辜负生命的存在，不无为地流失生活的时光，努力地在社会角色中不断丰富并创造自我的生存价值，尽力使这种价值超越一定群体的局限、超越一定社会时期的局限，并且不断在过去的岁月中回溯历史，从中寻找慰藉与力量。所以，我时常在历史中感受那些流淌的岁月，回眸那些逝去的生命，找寻那些光辉的榜样，体味那些凝固的价值。

在思考个人历史价值的追求时，我感到：回顾逝去的岁月，有的人平凡一生，尽职尽责，使人感念；有的人深邃闲和，平淡悠远，让人向往；有的人名垂千古，弥久日新，给人激励；有的人遭人唾弃，遗臭万年，令人不齿。个人的历史价值如同生存角色和生活角色一样，多种多样，层次不同，意义有别；但每个人都必须从最基本的家庭角色、职业角色等社会角色做起，只要能在每一个层次的角色上努力做到最好，都可能在社会发展的历史上留下自身的足迹，创造个体生命的真正的社会价值，升华成为历史性价值。

在思考个人历史价值的表现时，我感到：从领域而言，政治军事、哲学宗教、社会经济、科学教育、发明创造、人文艺术，凡此种种，岁月遗存，群星璀璨，历史价值，让人感怀，可谓昭然。从表象而言，慈母严父，孝子贤孙是一类；克己尽责，贡献社会是一类；大爱无疆，乐于奉献是一类；特立于世，情致高远是一类；著书立说，穷理天人是一类；发明创造，造福人类是一类；精忠报国，大义凛然是一类；励精图治，推动进步是一类。凡此种种，居其一二皆能感天动地、名存青史、启迪后人，几者兼有者更是令人效尤敬仰。

如果一个人能在现实生活中摒弃小我、追求大我，创造或者拥有自身的历史价值，则表明在由社会价值而历史价值的发展过程，或者在历史价值的目标取向中，个人已经基本摆脱了现实的利诱干扰与社会的羁绊束缚，能够充分认识到自我在现实世界的渺小与责任，自觉地放弃那种纯粹自然天性的"自

我"，理性地整合"次我"与"客我"的社会角色，主动调适
"他我"和"非我"，提升快乐原则的"本我"的生活层次与价
值意义，努力创造拥有历史价值的"实我"角色，通过自我对
社会的责任与奉献，获得超越一个特定地理社会、一个特定社
会发展阶段的价值，更多地表现出一种超乎社会现实的历时性
的价值观，反映出个人伦理与认知的人格表象，使个体生命的
存在进入一种具有真正价值意义的人格生活阶段，反映出个体
生命意义的价值提升。

二、个人历史价值的意义与取向

社会价值具有不断发展变化的时代性特征，是一种具有现
时性特点的价值，具有某种特定的时空属性，只有在历经了沧
桑巨变，在岁月风霜中积淀留存下来的价值，才会具有超越时
空限制的价值，才具有历时性的意义，才真正具有历史性的价
值。在个人价值、社会价值到历史价值的发展递进过程中，有
些价值或因其阶段性特点、或因其对社会贡献的有限而随时光
流逝，有的价值却因对人类生存发展、对社会发展进步的巨大
贡献而长存青史；有的社会价值因特定的时代属性而显得价值
微弱、短暂易逝，有的社会价值却因其具有昭示后人、承上启
下的作用而历久弥新、超越时空。要使自身的价值获得社会的
认可，并且被历史所记录，只有当具有一定局限的、发展着的

社会价值突破了时间的淡忘与空间的制约，才会具有其社会价值的历史意义，才会具有我们所期盼的历史贡献与价值，也才能取得超越社会现实生存的、更高层次上的个人历史价值，这种价值具有历史的长远性、具有昭示后世的真理性。

物种的不朽性同他的个体有限性相对应，个体的生命有一种在时间上既是有限也是无限的存在，历史价值在一定程度上正是这种个体生存的有限性与无限性的结合，个体的生命价值能够在历史价值的实现中超越有限并得以延续、实现无限，因而在中国的传统文化中便产生了"究天人之际、通古今之变"、修齐治平、精忠报国、格物致知、虚极静笃等思想追求，并具化为"立功、立德、立言"之三不朽的价值认同，此之"不朽"乃是对有限生命实现无限价值的追求。

如同对个体历史价值的回顾与体验一样，在我们的现实生活中，因历史价值的多种多样、层次不同、意义有别，个人历史的价值取向、实现途径、体现方式也因人而异，大致主要有伦理价值、心性价值、民族价值、认知价值等取向。

在伦理价值的取向中，多以血肉亲情为表现形式，将普世情愫化作外在的行为，彰显深厚的社会道德情感，展现出万世皆誉的普世价值蕴含，在伦理价值的取向中维护、完善并促进社会组织的稳固与发展。突出的代表是慈母严父、孝子贤孙一类，如孟母三迁、孔融让梨、割肉事母等等当属此类。

在心性价值的取向中，多以大隐于世为表现形式，将超凡脱俗化作外在行为，彰显修身养性的心性追求，展现出闲和平淡的人文情怀，在心性价值的取向中突显出污泥而不染的高洁品性，体现一种在出世中入世并济世的特点。突出的代表是特立于世、情致高远一类，如黄老之辈、竹林七贤、隐士高僧等当属此类。

在民族价值的取向中，多以勇于献身为表现形式，在民族危难、国家兴亡的紧要关头，将爱国情感化作外在行为，彰显勇于担当、舍生取义的大无畏的牺牲精神，展现出民族气节与英雄主义的气概，也体现对社会发展的贡献。突出的代表是精忠报国、大义凛然一类，政治豪杰、爱国志士、民族英雄等等当属此类。

在认知价值的取向中，多以"究天人之际、通古今之变"、格物致知为表现形式，将对社会和自然的思考与研究化作外在行为，彰显出对真理追求的科学精神，展现出致力于人类社会发展进步的理想抱负。突出的代表是著书立说、发明创造一类，伟大的思想家、科学家、经济学家、文学艺术家等等当属此类。

可见，能够在有限的人生中实现无限的价值、创造自身历史价值的人，在一定程度上都可以称之为伟人。伟人产生于大众并为时势、环境等驱使，不仅满足一时的社会所需，而且还对社会和人类发展有益，为公众视域和社会评价所赞同，还能经受历史的检验、不被岁月所遗忘。同时，不同的历史价值取向虽然有不同的表现形式，但每种价值取向的内在精神常常相辅相成、相得益彰，不同的价值取向之间也有着割不断的关联，个体的历史价值常常同时兼有两种以上的价值取向与人生成就，因而名垂青史之人，常常是多个领域的伟大杰出人物。

所以，要在自然、社会和人类的发展进程中有创造、有贡献、有新生，才会成为历史，才具有永恒。我们应当懂得，更应该牢记，创造历史的价值，改变世界的面貌，道德必须坚守在自我的内心，道德必须牢牢地固定于世界之上。有的历史人物不乏反面教材的作用，具有反面镜鉴的价值，但因其遭人唾弃、遗臭万年、令人不齿，自然不在人们的效仿之列。而对个人而言，更应当清醒地认识到，并非人的优劣性造成了自己在群体、社会、历史上的无足轻重，而是自己在群体、社会、历史上的无足轻重才注定了各自的优劣。

我们需要警醒的是：作为历史价值的创造者，有时会拥有一种较为偏颇的认识，即认为别人都不如自己，似乎只有我们用自己具有而其他人不具有的能力改变事物，成为有实力的人、成为具有历史价值的人，直接表现出一种保存欣赏自我、贬低排斥他人的优越感与态度，忘却了一个人的成绩成就，其实都是建立在众多无名贡献者、献身者基础之上的。正因为如此，大凡自负者皆偏执，偏执者皆自负，自负偏执者皆可能存在某种心理上的疾病和障碍。其实，即使是优势也并不是期待的目标，它只是保存自我和创造价值的手段，否则以己之长比人之短者、盲目的自信者、自负的偏执者、过高的自恋者、极端的民粹主义者、狭隘的民族主义者等，都将酿成个人或人类的悲剧，这在人类的发展史上不胜枚举。

当然，追求个人的历史价值不仅意味着奉献与创造、意味着生命的价值与延伸，而且常常会有一种英雄般的有意味的孤独。因为这种价值不仅需要创造与奉献，而且必须超越社会特定阶段、超越现实世俗，这自然在一定程度和一定意义上常常意味着孤独，正如常言所述"自古圣贤皆寂寞""自古英雄多惆怅"。因此，在思考个体历史价值的时候，我又陷入另一个问题的思考：在历史价值之上，是否还有某种更高层次的价值与人生慰藉呢？

05

追求个人文化意义的理想信仰

—— 个人的文化价值

个人的文化价值，是人的个体生命价值由社会层面、历史层面向文化层面的飞跃，是一种建立在文化理想基础之上的价值观。社会价值是超越个人功利的，历史的价值是超越社会的，文化的价值又是超越社会和历史的。因为广义的文化涵括了人类社会历史实践过程中所创造的物质财富和精神财富，即使是狭义的文化，也包含着对事物的理解、认知等感观、思想，表现为观念、观点、概念、思想、价值等。因而在价值体系的意义上，个人的文化价值是超越社会价值和历史价值的，是人类共同的财富，个人的文化价值追求是人的生命在价值意义上的又一次提升，具有更为深远的历时性与更为幽深的空间感。

　　自我诞生以来，我便生活在一种既有的文化及其传统之中。对我来说，文化及其传统的重要性不仅在于文化的积习成规，更在于文化所包含的价值传统、价值眼光、价值理念、价值体验与价值表现等集体的文化意识中，这些既存在并作用于一个民族、一个国家的集体文化的显意识中，更存在并作用于一个民族、一个国家的集体文化的潜意识和无意识中，显现在文化的定势意识和定势思维所引导的行为中，使现实中的生命个体总是自觉或者不自觉地受其影响并生活在其中，使我不再是纯粹自然生命的个体存在，而是在文化的集体意识或者个人的文化潜意识、无意识之中生活，成为另一个文化的生命体，使我感受到文化的情感、智慧、快乐和力量，也使我感受到文化的迷茫、困扰、痛苦和孤独。文化与我的现实生存和社会生活密不可分，似乎在某种意义上文化成为我现实生活中痛苦的根源。尽管有人认为因文化的差异，快乐与痛苦均有层次之别，但我似乎总感觉在一定意义上而言，似乎没有文化或者少有文化的人总能比有文化的人生活得单纯、自在和快乐一些。于是，我总想探究其原因。

　　由于文化的复杂多样，尽管我努力在实现自我的历史价值中寻求生命的意义与快乐，但我的现实生命体似乎始终是充满矛盾的文化观念人。自我的文化理念，可能与现实的社会文化观念发生冲突；此时的文化状态，可能对彼时的现实生活带来苦恼；而此时此在的文化理想，也可能对彼时彼在的现实生活带来影响；对于某个社会生活共同体具有文化价值的事物，对于另一个社会生活共同体可能不具有文化价值。我不能摆脱现实中自身的文化生存状态，还存在一定意义上的文化生活和文化追求，为尽量抚平内心因文化冲突所带来的迷茫与痛苦，只能从自身文化的生活和状态中，体悟文化的深邃高远、明确文化的责任义务、树立文化的理想抱负、发展文化的创造能力，努力在文化的涵养与创造中解放和升华自己，从而实现自身的文化价值。只有这样，文化才可能不成为桎梏自我的枷锁，自我才可能在文化之中自救，才可能享有文化的平和与快乐，使生命更加富有价值与意义。我想，自身因文化而苦恼的原因，可能在一定程度上正是因自己不具备更深刻的文化蕴含所致。因此，克服文化观念在自身的分裂和对抗，求得自身文化状态与现实生活的和谐，树立正确的文化追求，创造自身的文化价值，愈加成为自我在历史价值追求之后的需要。

一、个人文化价值的体验与表现

随着自身阅历的增长、知识的积淀、情感的丰富、认知的深入和价值追求的递进，文化愈加成为一把双刃剑。在思考个人的历史价值之后，我一边按照既有的文化观念和文化意识调适自身，一边却更加向往一种能够超越历史观念的有文化意蕴的生命存在。于是我感到，文化既像召唤的太阳，也似朦胧的月亮，更像迷茫的夜灯，使自我的生存状态与生活感受处于三维向度之中，而由文化而生的个体价值观更像一种二律背反的符号，使我常常在现实中无所适从。

我感到，文化的追求伴随着文化的冲突，集中在文化自我与文化客我之间，而具体的表象又具有多层面多形式的特征。在我的生活和追求中，在对事物的理解、认知等感观、思想里，相关的观念、观点、概念、思想、价值等方面，均受到文化的价值传统、价值眼光、价值理念、价值体验与价值表现等诸多方面的影响。如果只是生活在文化的集体意识和文化观念之中，自身便只能成为一种观念化与概念化的文化人，被动地接受文化的浸润侵蚀而丧失原本的自我，感到文化生存中无所适从的茫然与痛苦。如果要摆脱文化观念的束缚，超越自然享乐、功利诱惑、社会羁绊、历史时空，又必须在文化中汲取养分、感受平和、获得新生，努力创造一种具有文化价值的人生。

当自身处于文化价值追求的层次时，我感到：虽然自身生活在物我对立之中、生活在社会角色与心灵自我的矛盾中，但文化价值追求中的自我正不断调和对立与矛盾，努力营造精神世界与物质世界的和谐统一与现实超越。在这种不断的调和与超越之中，个体社会存在的真正快乐不再完全源于或者依赖外在的事物，而更在于自身内心不断创造出的具有活跃、轻松而深沉的文化精神，以及这种深入灵魂的文化精神中所包含的文化意义与价值。当人具有了文化意义的理想信仰，在现实社会生存中便能够宠辱不惊、超凡脱俗，在现实社会生活中便能萧然淡泊、桃李成蹊，个体生命便会在文化理想信仰的引领下不断创造出个体的文化价值。处于这样一种精神境界之中，文化的自我便具有了一种超越具体社会和历史的魅力，文化的生活意义也具有了超越个体生命时空的特征，自身在文化精神引领下的文化价值也因此具有了超越时间和空间的价值。如果说历史的价值观在一定程度上还处于超越历时性的价值中，那么处于文化价值理想信仰的层次，则表明一个人开始了超越时空的价值追求。

当我思考个人文化价值中的表现时，我感到：尽管历史价值在一定程度上也是文化价值的一个部分，个人的文化价值表现可能在基本层次的外化上融入历史；但并不是所有的历史价值都具有文化意义的价值、都能得到文化价值评价体系的认同，如同历史上的一些著名战将，不仅自身缺乏文化，而且也得不到文化的认同与赞赏；更如历史中那些反面角色一样，还受到人们的贬斥与唾弃。因而，文化价值不仅高于历史价值，而且是超越历史的，是一种更高层次的人生价值心灵化的表现与追求。个人历史价值中的伦理价值、心性价值、民族价值、认知价值等，均在文化价值的审视中实现了文化意味的提升，具有了文化信仰追求的意蕴。同时，个人在由历史价值而文化价值的发展过程，或者在文化价值的目标取向中，不仅开始用文化审视着自身的价值，而且还用文化引领着自身的行为，丰富发展着自身的价值，个人更多地表现出一种文化超越的理想原则的"忘我"追求，表明一个人文化观念意义上的自觉，进入了生命的文化认知层次，开始迈入理想升华的文化信仰人格阶段，使人在脱离纯粹自然观念的人而成为社会观念的人后，个体生命又向着文化观念的人迈进。

当思考个体的文化理想信仰以及文化价值时，我又总会想到与此相关的另一个概念即文明，还会想到其中那些影响后世的杰出人物。文明是以文化作为基础的，是文化的表现形式或状态，没有伟大的文化就不可能产生伟大的文明，文化的价值既是历史的一个组成部分，但它又是超越历史的。一些未能延续的文明如玛雅文明、古埃及文明、古印度文明、古巴比伦文明等，至今为人所研究和颂扬，正好说明了文化价值的超历史性。那么，文明似乎是超越个体生命的概念呢？每一个时代具体的文明是基于与之相应时代的文化，时代的文化除了集体的文化之外，一般都有其代表性的文化成就或代表性的文化人物。尽管有的文明有文化的遗存，却没有了文化的代表人物流传下来；但更多的文明中不仅有文化的遗存，还有文化的代表人物流传下来。如中国古代文化的孔子等，能够作为文化文明的代表人物为全球所认同，在人类的历史上可谓是屈指可数，这正好说明了个人的文化价值是何等的弥足珍贵！如此，文明是以具体的文化为依托的，而具体的文化又大都是以具体的具有文化价值的生命个体为代表的。孔子之类的文化价值是人类的稀有品，是个人文化价值的精品，同样地，老子、庄子，黑格尔、康德、尼采乃至一些享誉世界的文学艺术家等杰出人物，同样是个人文化价值的极致，都具有超越特定历史和个体生命的文化价值。但就是这样一些杰出的文化人物，正如我们后人所知道的一样，他们所经历的文化探索实践和追求创造，既呈现了艰辛的文化苦旅，也饱含着孤寂的文化人生，当然更创造着令人景仰的有文化价值的人生，他们对人类和社会的发展进步，在认识上更深刻、践行中更艰辛、探索中更孤寂、价值上更重大、意义上更崇高、影响上更深远。

二、个人文化价值的意义与取向

任何物种都具有有限性的特征，也具有某种不朽性的可能。个体的生命同样有一种在时间和空间上既是有限也是无限的存在，有限的只是物化的生命，而无限的则是遗存的精神。虽然人的生命是有限的，而人的价值可以是无限的；个人有形的实体生命是有时空的存在，但其无形的文化生命价值却能突破时空，留存在人们的心中和历史的记忆中。因为从历时性与空间性而言，历史价值是存在的有限性与无限性的结合，文化的概念大于社会和历史的概念，文化意义上的价值比社会和历史的价值具有更高的层次。对一个民族或国家而言，只有其文化的终结，其国家才会消亡，历史也才会终结，所以消灭一个政权是无法消亡一个国家的，更不能消亡一个民族，只有消亡了一个国家的文化，才能真正消亡一个民族、一个国家。但即使是一个国家、一个民族的文化的历史终结了，但其文化价值对后世的影响依然存在，其文化文明仍将传诸后世，就如同古埃及、古巴比伦、古印度、玛雅文明及文化等。同样地，相对于个人的社会价值和历史的价值，个人的文化价值既能跨越时间的长度，也能超越空间的维度，具有超越时间和空间有限性的无限性，因而文化价值对人类社会的发展具有更加重大的作用、具有更为久远的意义和影响。正因为如此，个体生命对文化价值的向往和追求，既是一种生命的取向，也是一种人生的境界。

在思考文化价值的取向和追求的时候，我们还应该思考价值观和行为模式之间的关系。在现世性的意义上，文化价值本身是一种关系，是客观事物所具有的能够满足人类社会发展进步中一定文化需要的特殊性质，它包含两个方面的规定性：一方面存在着某种具有文化需要的主体；另一方面存在着能够满足某种文化需要的客体，当一定的主体发现了能够满足自己文化需要的对象，并通过某种方式占有这种对象时，就出现了文化价值关系。文化价值是社会产物，既具有满足个体文化需求的事物属性，也具有推动人类社会发展进步的机理；但人不仅是文化价值的需求者，而且是文化价值的承担者和创造者。文化价值任何时候都是为人服务的，人类不需要的东西不具有文化价值，人需要的东西也不一定具有文化价值。同时，文化价值又是由人创造出来的，不管是人的文化需要，还是满足这种需要的文化产品，都只能在人的社会实践中形成。人们创造文化需要和文化产品的能力，本身也是文化价值，而且是最本质的文化价值。任何社会形态都有该社会特有的文化需要，这种文化需要只有通过人们的文化创造活动来满足。

但是，作为理想信仰的文化价值追求是试图以人的自由和全面发展，以创造者每个人的自由和全面发展，去建构个人的主观世界与重建社会的客观世界。一个人有这样的理想追求，必须从一开始就坚信自身是一个有自由和全面发展追求、有价值可塑性的人，并且在现实社会生活中，能挣脱种种束缚人的固有观念和既定习俗，超然于纯粹自然物化的生命存在和现实的诱惑，包括超然于一些社会集体意识和思维定式的影响，力求自主自由地把握自身和世界。因此，文化不仅意味着对自然和社会的人化，而且也意味着对人的不断文明化，文化价值的取向包孕着两个向度：一是外向扩展的文化价值，即人按照人对社会发展完善的需要和理想，改变人以外的世界，包括自然和社会，以满足人自由全面发展的需要，这主要表现为人认识和改变客观世界的文化深化。二是内向完善的文化价值，即人按照人自由全面发展的需要和理想，升华、优化、美化和完善自身，把我们的品质、思想、观念、行为方式等，提升到真、善、美的优雅、高尚和完美的程度，在自由全面发展自身的同时，促进人类社会的发展进步。而当个体生命力图去尝试这种独立自由之文化追求时，常常会进入一种自我主体的孤独状态，体验到一种艰难的文化苦旅，历经一种痛苦的文化人生，在这种文化的煎熬中实现凤凰涅槃的价值重生。

在思考个人文化价值时，我也想到文化所具有的一些差异化与特殊性。文化似乎时常有地域与民族的区别，一个民族的文化通常拥有自身的系统性与价值观，来自不同文化的人所持有的价值观以及其形成的原因可能是完全不同的，在各自所属的文化背景中都是各自正确的。但是，作为人类生存与生活的基本情愫，以及对个体生命意义和价值的思考与追求，又具有普世性的特征。因而，在进入文化价值层次的追求阶段，个体生命才能都感受到责任义务及其伦理美善所带来的幸福快乐，才能感受到至真、至善、至美，这是既存在于我们内心，也超越我们生命的存在，是一个社会、一个群体乃至每个具体的人不断追求和向往的目标。其实，文化是文明的基础，文明是文化的外在表现。就每个生命个体而言，作为现实社会文明中的文化人，文化的内涵是精神价值，是长时间地沉淀出的高尚品格。文化最高目的是完成一种阶层价值，这种价值是现实社会之中个体生命在文化与文明体系中的延伸。

但是，即使文化价值的理想信仰，在愈加繁荣的物质社会，在人们愈加浮躁的现实生活之中，似乎已经是现实人生中难以企望的目标了，孔子、老子、庄子，黑格尔、康德、尼采等也都实现了个体生命的文化价值，甚至一定程度上已经是个人文化价值的极致，他们却仍然难以最终摆脱现实社会生活的羁绊、困惑与苦恼。在追求历史价值时，时常有一种现实的英雄孤独，在追求文化的价值时，时常有一种现世的文化孤寂，而这一切似乎都源于对社会现实的依赖和世俗的羁绊。是否人生在世就注定如此呢？我们能挣脱并超越种种依赖与羁绊并战胜心灵的孤寂吗？有没有一种能够让人真正超凡脱俗的理想信仰与人生价值呢？其理想的境界在哪里呢？我想，这种理想信仰及其人生价值的实现或许还相当遥远，但人总是在更高理想信仰的照耀下生活的，理想的境界也会长存于人们心中，而其发展的极致或许就是一种超越后回归的境界吧。

06

追求个人自然回归的理想信仰

—— 个人的超越价值

　　个人的超越价值是真正超越现实与现世、时间与空间观念的价值，是一种更加自主、更加自由、更为丰富、更为深刻的一种自然心性的价值，是自然、社会和人的生命融为一体的价值，体现了自然生态、社会生态与心性生态的和谐统一，体现出一种文化价值升华、超越、回归后，生命本体的一种态度、追求和状态，是具有生命终极关怀和终极想望意义的永恒价值，甚至在某种意义和某种程度上超越了价值意义本身。这时的生命个体，虽然物化的存在仍然脚踏大地，但心灵与精神已经突破了现有观念的约束、挣脱了大地的羁绊，是心之所往、性之所致地生存和生活在一种"随心所欲而不逾矩"的理想境界之中。

在对文化价值的追求中，为了安抚内心、激励前行，我努力丰富自己的文化修养、陶冶自己的文化性情，努力挤掉那些可能引起烦恼的闲暇时间。但在文化的涵养与追求中，我又感觉到另一种痛苦，似乎随着阅历的丰富、读书的增多、追求层次的上升，思想中的问题和疑惑也越多，越来越缺乏自信，缺乏对自我认知的自信，缺乏对现实世界发展及其应然性的认同，心灵时有空白与迷茫，使我愈加茫然与孤寂……我想，这可能在一定程度上是因自己不具备更深刻的文化蕴含和文化领悟所致，也或许是文化真能带给人一种充实而富有的孤寂感，而且孤寂得有孤独的痛楚、孤独的无奈、孤独的迷茫、孤独的思绪、孤独的快慰、孤独的向往……似乎这种孤独本身便是一种财富、一种拥有、一种境界。就像不遇的屈原有"世人皆醉我独醒"的孤独，田园的陶渊明有"采菊东篱下"的孤独，浪漫的李白有"唯有饮者留其名"的孤独，豪放的苏东坡有"明月几时有"的孤独，英勇的文天祥有"留取丹心照汗青"的孤独，壮烈的谭嗣同有"去留甘胆两昆仑"的孤独……我也常常在孤独中，并且常常在孤独中思考着屈原的孤独，体味着苏东坡的孤独，感叹着文天祥的孤独，哀伤着谭嗣同的孤独，羡慕着李白的孤独，向往着陶渊明的孤独，甚至孤独着没有孤独的孤独……而在这种种孤独之中能否拥有一种入世又超脱、充实又空灵、幸福又闲淡的孤寂呢？我常常在孤寂中思考。

　　我想，在对人生价值不断提升的追求过程中，即使是处于文化价值的理想信仰追求层次，个体生命在现实社会的生存与生活中之所以还有孤寂，或许便源于生存不等同于生活、生活不仅仅从属于个体的生命、生命也不仅仅从属于动物的属性所致吧。因为，生存不从属于动物性只是人的起点，而生活不从属于生命则是人自身的超越和发展；在现实社会中维系生存相对容易，保持生活的状态和质量却相对困难。就作为个体对立面的客观世界而言，因人生的碌碌无为，无人能够纪念，活着者可能已经死去；因人生的价值与意义，历史留下烙印，逝去者又常常活着。在经历了种种价值层次的思考与实践后，我愈加体会到人生价值的实现过程、理想信仰的追求历程，其实就是一个心灵世界不断充实与平和的过程，就是一个人生价值不断递进与不断超越的过程。从现世性而言是一个社会人的进步历程，从文化性而言是一个观念人的超越历程。因此，在文化价值之上的个人超越价值，是具有生命关怀终极意义的永恒价值，甚至在某种意义和某种程度上超越了价值意义本身。

一、个人超越价值的体验与表现

　　在对人生的种种价值进行思考中，我愈加感悟：人和自然本为一体，人从自然之中诞生并开始社会化的生存与生活后，人的社会化过程也是自然的社会化过程；人的发展纳入了社会化的进程，自然的发展也纳入了社会化的进程；人自身在社会化中本性的丧失和异化过程，也是自然在社会化中本性的丧失和异化过程。自然本真的人在逐渐淘汰自身天性中的丑恶，融入群体性生存和社会化生活的同时，又逐渐增多了社会性的丑恶，人与人之间也有了社会化的敌视与奸诈；连古朴的自然也逐渐变得狂野而狰狞，对社会和人类也有了生态的反抗与报复。在自然、社会与个人之间，伴随社会所产生的文化就像一种酶，在促进文明的进程中，使本该融为一体的人、自然和社会，在人类社会的发展进程中，却彼此相互作用而发生分离，而当这种相互作用与分离达到一定的程度，以致出现各自难以独立存在和发展时，又会在更高层次的文化意向中重新促成人、自然和社会融合，这在乡村建设及城镇化等文明进程中，从自然生态与醇厚民风的演变与重塑里尚可窥之一斑。因而，正如人和自然共同经历社会化过程一样，人向自然的回归同样是自然本身的回归，人的回归在一定意义上也是人向自然的回归，只是此时的人是更高层次社会化和文明化的人，自然也是更高层次文化了的自然。这时的人，因更高层次的文化熏陶而厚重；这时的自然，因更高层次的文化浸染而富有意蕴；这时的社会，也是更高意义上的文化的自然社会，而非远古那原始的自然社会。人的自然回归，成为人与自然在更高文化意义中的融合升华。这时，不仅人、自然、社会三者作为一个整体变得和谐而丰富，人也因之变得心境自然开阔而闲淡平和，生活也变得更加率性而本真，这就是个人超越价值蕴含的美好愿景，也是个人超越价值呈现的美丽画卷。

当自身处于超越价值的追求层次时，我感到：在我们经历了人生的种种际遇、种种追求之后，我们愈加感到躯体对现实的依赖，愈加感到只有心灵才能摆脱现实的羁绊，于是迫切地期盼心灵世界中永久的平衡与平和，有意识地在自我的精神世界中努力追求一种对现实、社会和自我的超越，并且努力在超越中找回失去的精神家园，而这个家园便是我们久违了的自然，是人、社会、自然三者融为一体的自然。因为，在这种和谐环境中，精神上的自足才能带给人心灵上的闲和与平淡，才能使人拥有"水流心不竞，云在意俱迟"的心灵净土，才能实现心灵的"坐忘"，才能拥有自我的"心斋"。因而，中国文化中"仁者乐山，智者乐水"所表现的心性快乐与人生追求，既是一种对自然的文化感悟，也是一种对文化的自然体验，更是一种"万物与我为一，天地与我共生"的人生境界与追求，是一种既融入自然而又超越现实的通感。这种快乐中表现出一种强烈的自我认同，契合了一种自然与我一体的体悟，是由"自以为然"到"自我为然"、再到"自然而然"的一种精神状态和心灵境界，这更多的是精神和心理层面的一种人生价值追求，是一种个人的理想信仰由平和而抵达心灵的恒定价值。

当我思考个人超越价值中的表现时，我感到：在由文化价值而超越价值的发展过程，或者在超越价值的取向追求中，个人已经完整而完全地表现出一种文化超越的理想原则的"忘我"追求，表明一个人已经完全摆脱了自然、社会、历史、文化，甚至一切的观念与束缚，真正表现出超越一切，甚至超越了自身的超越人格特征。这是一种超越的生活态度和理想信仰，是一种超然的追求和状态，是一种超越个人的人格生活，体现出一种文化价值升华、超越、回归后，生命本体的一种存在境界。在这种追求层次中的个体，既能享有社会文明的成果，也能感受自然古朴的本真，还能体味文化审美的快乐，但又能不为现实社会文明和文化所羁绊，具有充实、淡泊与空灵的特征，是人的自然化与自然的人化的统一体，个人生命本身也便成为对自然回归、超越价值的理想信仰的体认、享受与诠释。

当我对超越的价值理想满怀憧憬并努力追求的时候，我内心也在思索，也许超越的价值观及其理想信仰在一定时期内、在一定程度上还处于一种只能企望的理想境界，并且看似遥远；但这种境界又分明时常出现在我的思想、感知与体认之中，并且总在对人类社会的发展发出种种指引的信号。这种境界虽然还未能成为一种恒定的常态，但总在不经意中带给人回归的幸福惬意、引领人超越的期待向往。因为，在超越价值的生存层面、在理想信仰的生活境界中，虽然物化的生命存在仍然脚踏大地，但心灵与精神已经突破了现有观念的约束、挣脱了大地的羁绊，是心之所往、性之所致地生存和生活在一种

"随心所欲而不逾矩"的理想境界之中，生命个体真正成为自主、自由而全面发展的人，人所处的时空也是人类与自然、与社会经升华后融为一体的理想世界。这样美好生存、生活的未来，难道不值得全身心地体认、追求与付出吗？

二、个人超越价值的意义与取向

我想，物质由自然界的存在而衍生，物质又孕育出生命，生命再进化出人类，人类继而发展出社会，社会又催生出文化，文化又重归自然……似乎这个世界的衍生、孕育、进化、发展永不停歇，直至永远。但是，似乎一切的发展变化，最终仍将回归于自然。人类在进入文明的发展阶段后，便不断地进行挣脱自然束缚的抗争，并且在力求超越自然并经过长时间丰富与发展的历程后，最后又会在认识的新高度上超越自身并回复至自然，而此时的自然已是饱含文化意义的充实的自然；似乎正如同人的诞生与死亡一样，从无到有，又从有到无，但在有无之间，却在世界的时空中留下自身经历与思想精神的痕迹。因为，我们今天对社会发展规律的认知，对生活感知的表达，对个体生命价值的思考和追求，对理想信仰的追寻和坚贞，乃至对世界起源与终结的迷茫与恐惧，都来源于人类文化的观念；而人文观念本从自然中衍生，只是似乎人文越发展，我们就愈加难以摆脱现实的羁绊，距离自然就越是疏远，人文的弊害也就越是明显。在我看来，自然可以孕育人类和文化，也可以毁灭人类和文化，但人类和文化绝不可能毁灭自然，因为自然总会有其独特的生存方式和报复手段的，自然终究是不以人的意志为转移的，而且始终充满着谜一样梦幻般的肃穆、深邃与庄严。因而我们始终在心灵深处保存着对自然的敬畏，并将这种敬畏之情转化成对自然的文化提升与文化理想，而且正如自然的永恒一样，自我对自然回归的理想信仰也便成为一种永恒的价值观。

尽管今天我们的诞生乃至生存生活的时空，都来自至今未能完全认知和破译的神秘的自然，但随着人类社会的发展，似乎这个世界又在衍生中并行着自然的生态、社会的生态、人类心性的生态，三个生态既有相对的独立性，但又交织着相互交织的矛盾冲突性，并且在相互依存、相辅相成中共同构建起了人们生存生活的一个大系统，即我们所生活的世界、我们赖以存在的星球。而在这个生态世界的大系统中，还产生出一种文化及其文化观念，形成了一种文化的生态，而人正是在文化生态的作用下，不断提升并调和着三个生态的相互关系，甚至也不断发展完善和提升着文化生态，并将理想信仰的终极目标锁定在文化升华后的回归与超越。

个人超越价值及其追求个人自然回归的理想信仰，正是从生态文明和社会文化意蕴的视角，由古老自然社会本真的路径，重新审视生命个体在文化现实中的存在，寻找自己心灵的居所和灵魂的归宿。因而，超越价值的意义就在于寻求一种真正超越现实与现世、时间与空间观念的价值，超越一切社会现实和文化观念的价值，成就一种超越固有观念的价值意义的价值，从而使个人的超越价值成为一种更加自主、更加自由、更为丰富、更为深刻的一种自然心性的价值，使其成为自然、社会和人的生命融为一体的价值，体现一种文化价值升华、超越、回归后，生命本体的一种态度、追求和状态，体现自然生态、社会生态与心性生态的和谐统一，这是具有生命终极关怀和终极想望意义的永恒价值，甚至在某种意义和某种程度上超越了价值意义本身，是对价值本身无为而为的最大价值，就如同自然的有限与无限所呈现出的奥秘与价值一样，既美妙而又充满神奇、既深邃而又充满意蕴，总带给我们无尽的崇敬、遐想与向往。

把思考的视角从美好的愿景回到现实社会的生存和生活之中，当自我的价值追求达到一定的层次时，我们会感到自身的生存易于满足，甚至生存本身在一定意义上也并不重要；在生活中使人精神愉悦的途径多种多样，但人精神的满足似乎永无止境。如何使人拥有一个平淡闲和的心态，进而使人有一种超越尘世的平和的价值感，或许是人最为紧迫而理想的追求，也是一种至高的价值表现。尽管人的"想要"多种多样、不停地变化出新，但就物质世界而言，人真正的"需要"却总是比"想要"少，甚至在精神世界的终极阶段也复如此，而且真正的心灵"需要"似乎永远也不会改变，这就是内心的价值理想与心灵的充实自由。因此，生存自在且自由的人，都是生活简单的人；生活幸福的人，都是内心平和而充实的人。一个人要简单而幸福地活着，就必须充分地明白自身的状况如何，知道自身的理想信仰追求处于什么样的层次，并且以文化为桥梁不断超越自己。而超越自我，意味着清心寡欲和物我为一，意味着人与自然的统一，意味着物化的人与心灵化的人和谐成为情致化的人。此时的人不仅具有了超越时空概念的胸襟，而且具有了真正的"超人"特性。正因为超越了自我，才会实现无我，又正因为无我，所以才可望不朽。因此，超越价值中所蕴含的理想信仰，既是一种对自然本初理想状态的回归，也是一种个体生命的升华，在一定程度上也更具有宗教意味与科学意义。说其具有宗教的意味，是因为它蕴含着生命的关怀、体现出心灵的虔诚；说其具有科学的意义，是因为充满着自然的敬畏、代表着未来的前瞻。

我努力思考并探索这种价值的实现，尽力捕捉并保持生活中不时出现的这种拥有，想象并期盼这种理想境界的永恒——不管心中的路途多么遥远！

篇后小语

在对"我应该为什么活着"这个实然性问题进行思考时，我感到：人在生活中总是充满着无数的期盼和向往，也总在为之不断努力奋斗着。不管人自身是否意识到，人的心中也总是存在着自己的理想，总是在为一定的"理想信仰"而活着的。尽管理想信仰的具体指向不同、层次有别，但都事关生存和生活的感受，都与生命存在的价值、生活的质量和人生的意义密切相关，并且不断坚定着人生存、生活的理由，指引着人前行的方向。

回溯过往、体察机理，人的期盼向往、理想信仰又是建立在最基本的生存和生活诉求之上的，表现在人直接的"需要"和"想要"中，体现在具体的"所要"和"能要"之间。人要实现自己的"需要"，追求"想要"，这关系到人内心的感受和感知，这不仅来自物化生存的自然本能满足，也来自社会生活的精神快乐需求，更来自内心深处的心性认同，来自对具体的"所要"和"能要"之间的取舍抉择。在确立每个阶段的"需要""想要"，付诸实现"所要"和"能要"的过程之中，自然反映出个人在一定阶段、一定时期以至内心恒定的一种价值取向和价值追求，这既是自身诉求的驱动，也是自身存在价值和生活意义的体现，更是社会价值关系的反映，还事关人内在心灵的感受与感知。

由于人生存和生活的群体性、社会性属性，人在现实社会中实现自身"需要"、追求并调整自身"想要"的过程，既是人自身的心灵主体与社会角色客体之间不断调适的过程，也必然是人与群体及其社会发生关联、体现自身价值的过程。而人生的价值追求至少又包含着享乐的价值、功利的价值、社会的价值、文化的价值、历史的价值、超越的价值等几种具体的表现，虽然不同的价值之间层级有别、蕴含不同，但相互之间不仅相互关联、彼此影响，而且在理想信仰及其价值关联之中，还有一种逐级上升的递进过程，人必须在人与自我、人与人、人与社会、人与自然之间，从社会的责任义务和担当贡献等方面，在既有的价值体系中，按照公众的视域、社会的需要，进行权衡考量和审视抉择，在追求自身不同价值实现的过程中，反映出不同价值需求阶段的现实社会角色及其现实社会人格表象。而随着人对价值需求的上升、各种价值需求的并存，或者对正常价值需求层次的跳跃式追求，人在现实的社会生存和生活中，更会出现多种社会角色的扮演与多重社会角色的组合，呈现出多种多样的社会人格表象。

于是，在不同层级的价值实现和理想信仰的追求中，人会按照生存的"需要",取舍生活的"想要",自觉或不自觉地表现出人生应然性中的自我、本我、主我、次我、客我、他我、非我、实我、忘我等种种社会角色,甚至在各种社会角色中进行现实的选择与组合,创造并感受到自然、经济、情感、心理、伦理、认识、价值、信仰、回归、超越等种种应然性的价值体验,自觉或不自觉表现出自身的种种社会人格表象,进入相应的人格生活层次,将自身的生活需要与个人享乐的价值、功利的价值、社会的价值、文化的价值、历史的价值、超越的价值相关联,使生活中的追求在客观上成为一种主动的价值追求,继而成为一种价值理想,进而在不断地强化过程中形成理想信仰,并将之视作实现自身存在价值和生命意义的体现,从中感受生活的快乐和精神的愉悦。

通过对理想信仰的不断体认和追求,人会逐步从私我而短暂的享乐价值理想,递进到更具个人价值体验和社会关联特点的功利价值理想,然后上升到社会价值体系中体现自身责任义务和担当贡献的社会价值理想,继而又向突破时间限制得更为长久的历史价值、突破时空概念的文化价值迈进,最终将追求定格在经文化升华后的回归自然的理想信仰。在这一不断丰富、发展和完善的价值理想追求中,随着价值追求层次的不断提升,人不断突破自身的局限性,从自然生理需求的小我、发展到社会价值追求的大我、再到超越自我的无我境界的超我,人自身生存的"需要"愈加容易满足,人自身生活的"想要"会越来越少，人对物化生存的需要会越来越少，对心性精神的需求会越来越高。而理想信仰也会不断突破时空的限制，从有限时空的社会阶段性，逐步迈向突破时空的永恒性，在追求人与社会、人与自然的和谐发展中，不断实现人与自我、人与人、人与社会、人与自然的和谐统一，使心灵自我与社会客我、个人价值与社会价值日趋一致，在对自然本初理想状态的升华回归中，不断实现自然的人化与人化的自然的统一，在有限的生命中创造无限的价值，感受到一种较为恒定的充实幸福与闲淡平和，个体生命也因之得到升华和重生。而与我们共生的世界，在文化生态的作用下，也不断促成自然的生态、社会的生态和心性的生态的和谐统一。

因而，可以预见并期待的是：通过我们每个人的努力，再经过漫漫的征程，人自身的发展也好、社会发展的进程也罢，乃至自然的进化过程，都会在自身和相互的矛盾冲突中不断发展完善，最终形成相辅相成、相得益彰、和谐一致的共同体。那时，自然告别原始的野性，人战胜了本能的私欲，社会克服了体系的弊端，一切均超越了自身，实现了自身进步和升华的回归。而处于我们追寻和反思中心地位的人，在实现自由全面的发展之中，也超越一切社会现实和文化观念的价值，不再为物累、不再为欲伤、不再为形役、不再为名惑，真正超越现实与现世、时间与空间，成就一种超越固有观念的价值意义的价值，使个人的超越价值成为一种更加自主、更加自由、更为丰富、更为深刻的一种自然心性的价值，体现出一种文化价值升华、超越、回归后，生命本体的一种态度、追求、境界和状态。其中既蕴含着生命的关怀，也体现出心性的虔诚，还显现出情致的高远，是人自身心灵的居所和灵魂的归宿。

在上述体认与思考中，尽管将人"为什么这样活着""究竟是怎样活着的"的相关应然性理性思考，纳入社会现实中"究竟应该怎样活着""应该为什么而活着"，进行了实然性探索；通过自言自语的追问，在人生独语中初步完成了一次自我的"从哪里来""现在怎么样""到哪儿去"的心灵回溯、现实追思和人生展望。但我似乎还意犹未尽，我还得最后回答"怎样从自己的实际出发进行人生的定位""如何根据自我的人生定位进行现实的选择"。于是，沿着这一心迹和思绪，我将"人生的定位与现实的选择"作为最后的"结语"，这既可视作自己对整个人生独语的梳理总结，也可视作自己最后的追问和最后的交代。

人生的定位与现实的选择

生存的理由 —— 人生的定位 —— 现实的选择 —— 理想的召唤

我是谁？我时常问自己——我可能是来自自然的我、与社会共生的我，来自希望中应然的我、现实中实然的我，现实迷茫的我、理想召唤的我。

我该是谁？我不能不时常追问自己——我的生存和生活中似乎有着过去的我、现在的我、此时的我，以及未来的我，有时还同时存在着多种的我。

我会是谁？我时常在现实中面临选择——现实中最真实的我似乎从来不是单一的，社会表象的我也常常是多种多样的，即使心灵的自我也是复杂的，我时常既执着又迷茫、既崇高又渺小、既实在又缥缈。

我能是谁？我似乎一直在苦苦地追寻——现实中的我应该怎样生存和生活？应该怎样进行"定位—选择"与"选择—定位"以塑造现实中的我？我能寻找

到心中理想而恒定的我吗？

每个人都在寻求生存的理由，似乎一生都在找寻原因。

每个人都充满着生活的困惑，似乎一生都在寻找慰藉。

每个人都饱含着追求的渴望，似乎一生都在寻找家园。

每个人都在追问无数的问题，似乎一生都在找寻答案。

在现实社会生活中，自我形象似乎总是模糊不清。从时间状态而言，我可能有着过去的我、现在的我、此时的我以及未来的我；从生存状态而言，我可能是来自自然的我、与社会共生的我、社会应然的我、现实迷茫的我、理想召唤的我；从现实表象而言，不同的成长时期、不同的生存条件、不同的生活状况、不同的时令季节、不同的气候条件、不同的时间地点乃至不同的分秒时刻，都可能表现出社会现实中不同的我。现实中最真实的我似乎从来就不是单一而孤立的，常常多种多样、相互混杂，时常是既执着又迷茫、既崇高又渺小、既实在又缥缈，而且似乎常常还同时拥有众多我中的一个以上甚至众多的我。

现实中的我虽然总具象而又缥缈，既坚定而又充满矛盾，但无论何时何地，似乎又总是存在一个心灵恒定的我，使我总按一定的现实恒定的文化思维和心灵固化的心理定式进行着种种思考，而似乎正是这个冥冥之中恒定的我，影响着我对人生的行为及其反思。在即将结束自己的整个心灵之旅的时候，我将沿着"生存的理由—人生的定位—现实的选择—理想的召唤"的路径，将自己的人生独语进行一个总结梳理，最后追问自己——我是谁？我该是谁？我会是谁？我能是谁？我应该怎样进行自己的人生定位和现实选择？

一、生存的理由

毋庸讳言，当我开始人生心路历程的时候，特别是思考人生的意义与价值的时候，我的内心充满着无数的困惑、彷徨、苦恼与渴求。我存在于自然降生的生命体，而要保持生命物化的存在就必须生存，只有能够生存也才能生活，生存既是物化生命能够得以延伸的起点，也是精神生命可能长久于物化生命的基础，更关系着现实生活中一切物质与精神的甘苦品尝、得失把握及价值取向。存在无法选择，生存却可以自主，生存是自身生命和思考人生的起点和关节点。因此，我必须首先为自身的生存寻求理由，然后才能为自己的生活找寻方向。

（一）我们都拥有的生存理由：四个方面的应该

我想，生存的理由有很多，虽然每个人的情况不同、侧重有别、选择有异，但就我们所共同拥有的生存理由而言，至少来自四个方面：

首先，应该为了尊重自然和生命而生存。虽然在人、自然与社会之间有一种人为的认知界线，但生命本身便是一个奇特的现象，因为一个自然的生命不仅仅是包含着神秘基因信息的单个物化体，而且关联着类的存在和生物链的共生，关系着亲情友情和理想信念等精神的延伸，生命无疑是自然的奇迹之一。在寻找生存理由的时候，我首先想到的是自然所赋予生命的神奇力量与无限可能。尽管人类的起源在某种意义上似乎还在猜想与追寻之中，但正是在这种冥冥之中，我更能感觉到自然所赋予我们生命的丰富内容与伟大力量，更能体会到伴随我们生命始终的可感而尚不能尽知的无数奥秘。为了这神圣的赐予，并按照神圣赐予的丰富生命内涵，充分而自由地延展生命的意义与价值，甚至为了接近、挖掘和了解我们生命的本身，我们都应该满怀敬意地生存。

其次，应该为了联结的亲情和友情而生存。从自然之中诞生后，我们的生命在亲人的照顾中得以生存，在相互依偎中产生浓浓的亲情，在彼此的系念中延续着血脉。而为了抵御自然使自身更好地生存，我们的生命又与身边同伴、与同伴的同伴联结了起来，使自身的存在有了相互依赖、帮助、支持的友情。亲情和友情既来自生存之初的现实需要，也发展成为生活中难以割舍的精神纽带，成为相互间的精神依托和幸福快乐的源泉，形成了生命中的一张精神情感网，使我们的生命既属于自己，却又不仅仅从属于自己。如果失去这种关联中的某一个联结点，相关的亲友便会因失去既定的情感纽带而受到伤害，情感的伤痛便需要长时间的修补才能愈合。为了这种亲情和友情，我们应该心存感激有责任地生存。

再次，应该为了生活的感受与感知而生存。正如生存与生活中有亲情和友情一样，生活中能够带给我们的快乐还很多。社会能够历练我们的成长、丰富我们的生活，自然可以陶冶我们的性情、升华我们的人生；物质享受能使我们生活的感受变得更加富足快乐，精神充实能使我们的生活变得更加闲适独立，物质生活与精神生活的和谐统一更能使人生变得更加丰富全面并自由从容。我们需要不断提高自身的现实社会生活参与能力和创造能力，不断提升自身对现实社会生活的感受能力和感知能力，才能不断丰富发展自我，不断增强生存和生活的参与感、安全感、获得感和幸福感。为了感受并感知生活带给我们的磨砺与经历，体味生命历程中的幸福与快乐，我们应该饱含热情地生存。

最后，应该为了生命的意义和价值而生存。生存的理由除了敬畏自然、亲情友情、历练成长、感受感知、快乐幸福外，还有对生命价值的创造和生命意义的追寻。生命的意义与价值，不仅能够使一时一地存在的生命在时空上得以拓展，而且还能使有限的生命变得无限，从而为个人的生存与生活开辟出更为广阔的天地。尽管在追求生命价值和意义的进程中，不会都是洒满阳光、铺满鲜花的坦途；尽管在实现生命价值和意义的呈现上，存在层次高低、价值意义大小之别；但每个人所拥有的经历经验、成绩贡献和感受感知，本身也体现出一种生命的意义与价值，而正是无数的个体生命，不断创造并丰富着人类生命的意义和价值，不断促进着人类社会的全面发展进步。为了追寻并创造生命的意义和价值，我们应该充满理想和追求地生存。

有如此多的理由生存，我们应该努力坦然而自信地生存，不断创造富有价值意义且充实幸福的生活。

（二）我们都能够轻松地生存：想要的太多而需要的不多

自然界中的生命体，历经与自然和其他种群的抗争，在自身生存的同时，也在与同伴相互依存中形成共生的类的关系并顽强地生存了下来，并且创造出日益绚烂多姿的人类生活，这本身就是自然赐予我们生命的奇迹。作为人类生命的后继者，自降生始更会有一种求生的本能，都具有一种超常的潜在生存能力，特别是相对于我们的远祖，在当今高度发展的现代社会，人的生存就变得更为简单和容易，这更增添了我们生存的源动力。因为，满足人的基本生存所需要的条件并不多，只要有阳光、空气、水和食物便能生存，只要有住所、能睡眠就可以生存得更好，如果再加上自然生理需求的满足、同类间行为的相互依赖、亲友间情感的相互交流，我们就能坦然面对各种挑战，勇敢战胜种种困难，不断创造生存条件，生存得更好。而在当今的现实社会生活之中，这一切只需要我们本分地劳动和付出即可享有，而且生存乃至生活中真正"需要"的并不多，痛苦只是源自"想要"的太多。因此，在高度发达的现实社会中的人，只要拥有健全的体魄和一定的社会劳动关联，并且能够尽己所能地付出，便可以轻松地生存，而且还能够在生存中创造自己崭新的生活。

（三）我们都能够幸福地生活：幸福在于不断发现并用心拥有

生存是一件轻松的事情，而建立在生存基础之上的生活同样不难，因为生活就是生命体自身为了生存和发展而进行的种种活动及其所包含的种种内容，基本的生活必要条件就只是衣食住行。作为生命体的基本状态和生活条件而言，每一个健全的人都是相同的，每一个生命体都是普通而平凡的，我们所需要认识清楚的道理是，在社会现实中，由于不同的人的自身生命基因的不同、生理素质的不同、智力情况的不同、生活的具体背景不同、发展的际遇不同，自然会导致不同的人拥有的具体生活情况不同、所处的社会现实生活环境不同、自身面对的实际情况和实际困难不同，这一切都决定着人们在社会现实生活里，不同的人必然处于不同的生存状况、不同的生活境遇与不同的生活状态之中，这又必然决定着人不同的生活需求，也决定着不同的现实追求。但无论怎样，在为生存所进行的种种活动之中，尽管物质的享有各有不同，生活幸福的表象不尽相同，人生的价值意义追求各有高低，但生命体对生活愉悦幸福的感受感知在本质上是相同的，精神与心灵也是平等一致的。所以拥有丰富物质的人不一定都感到充实和幸福，而物质相对匮乏的人也能充分感受并享有自己的快乐，而且精神追求越丰富的人、心灵境界越高的人，生活越是简单、内心越是平和、生活越是幸福。只要我们能够清醒地感知并认识自己的状况与状态，充分参与、享有和感受当下的生活并努力向更高的需求迈进，我们都会拥有幸福的生活。

但是，如果我们把本该简单轻松的生存、生活复杂化，对生活索取多、回报少，感受多、思考少，冲动多、理智少，感动多、行动少，自身便会在现实社会生活中感到痛苦迷茫。其实，如果我们拥有充实的内心和丰富的情感，自然环境中的一滴水也能折射出一个五彩斑斓的世界；如果精神缺乏支撑、心灵缺乏滋养，天天面对朝阳和晚霞，也不会撼动心扉。我们只要在生活之中多一些面对困难的准备，多一些参与生活的体验，多一些发现快乐的努力，多一些感受生活的能力，多一些理智理性的思考，多一些闲和平静的心态，时常询问自己：难道有过不去的坎吗？此刻愉快吗？今天过得好吗？今年安排得怎样？时常追问自己：为什么不能生存得更轻松？为什么不能生活得更幸福？如果我们能够时常这样反躬自省，自足的生活便会变得轻松愉快起来，平淡平凡的生活也会变得富有意义起来，未来的生活也会在自足自适中不断迈上更高的层次。

二、人生的定位

在对生存的理由、对自身基本的生存和生活进行反思后，我愈加认识到，我们不仅可以轻松地生存，而且能够幸福地生活。但就我们今天所面对的社会而言，生活所提供的可选择的事和物又实在太丰富，世俗对我们的诱惑也实在太多，我们似乎并不只满足于有阳光、空气、水和食物的生存，也并不满足于简单衣食住行的生活，而且时常不能真正体味和享受已经拥有的生活，反而时常不切实际地觊觎他人的生活，甚至还会在不断地好高骛远中感觉失落与痛苦，以至于我们在现实社会生活中常常不能轻松地生存、幸福地生活。为此，在我们有充分理由和充足信心生存的情况下，面对今天绚丽多姿的生活，我们还可以并需要进而思考的是：我们的生存和生活究竟需要些什么？我们内心所真正渴盼的需求是什么？我们应该怎样为自己的生活进行定位？

（一）人生需要的追问：两类需要与四种能力

尽管我们可能的生活内容丰富多彩，但大致可分为物质与精神两大类，两大类既可独立思考，又彼此难以分离，而且相互作用，有时还能相得益彰，有时却会顾此失彼。其实，用心生活的人会发现，在生活中真正的需要并不多，即使从最基本的物质生活中也能发现精神的快乐，只要能珍惜并体味我们此时所拥有的一切，我们便可以轻松幸福地生存和生活。但是，能拥有并不代表就能享有，也不等于能做到取舍和知足，我们内心似乎永远不会止步于所处的现状，我们的生活也不会裹足不前，我们生活中希望追求、可以追求与值得追求的又实在太多。关键是怎样认识、对待和处理这"既不多而又多"的问题，以使我们能在一种闲和乐观的状态中不断进取、积极向上。

那么，我们应该增加的生活内容是什么？我们时常钦羡辛苦的体力劳动者在劳动之余所尽情享有的放松和亲情，也时常会痛惜拥有巨大物质财富者的精神失落与家友失和，并从中发现物质的享有与精神的感知时常并不一致，物质的拥有与精神的富足并非固化的正比关系。因为从本质上讲，单纯物化的需求是最简单的自然需要，只能满足自然本能的一时快感，而并非生活层次与人生意义上的快乐与境界；只有精神生活的充实与内心情感的享有，才是心灵真正快乐的动力和源泉。只要拥有平和顽强的内心和乐观富足的精神，加之一定的人文情愫与文化底蕴，并且百般珍惜当下的拥有、充分体味和享受当前的生活，便能不断提升生活的质量和内心的幸福度。因此，我们在生活中应该增加的是自身对生活的参与能力、把控能力、感受能力和提升能力，如果缺少了这四种能力，我们便不会懂得发现、享有和珍惜，便不能感受已经拥有的快乐和幸福，更不能拥有一种不断奋发向上的状态与追求，只能在怨天尤人中浮躁而茫然、痛苦而无望地活着。

那么，我们应该减少的内心欲求是什么？其实物质所带来的自然生理感官是具体且短暂的，也意味着索取对象的琐碎与庞杂；而精神和心灵的层面却是抽象而长效的，蕴含着需求对象的纯粹与丰富。在物质与精神之间是一种复杂的关联，有时物质的占有与精神的感受是一致的，物质的享有能带来精神的快感和放松；有时物质的占有与精神的感受又是反向的，物质享有越多而精神的感受越麻木甚至产生心灵的痛苦；有时物质与精神之间更是神奇的，物欲只能带来感官的快感而没有精神的愉悦与心灵的满足，物质的拥有并不能带来一种期待的满足与长久的享受，而即使最简单最平淡的生活又常能给人无尽的回味与快乐，甚至快感多了，快乐就少了。因此，恰当把握对物质追求的度而不盲目，认真分析人生此时的需要而不盲从，充分发掘已有的快乐而非不知足，尽量拓展内心的感受而不忽略，便成为我们生活能否快乐幸福的关键。如果我们能在现实的生活中放弃非必需的物欲，舍弃过多的物质占有，抛弃不切实际的向往，保持一种平和娴静的心态，即使在最简单的生活中也能感受最丰富的精神快乐，如此我们将能收放自如、自得自适、快乐幸福。

其实，如果我们细细想想，便会发现自己生活中真正需要的东西并不多，只是我们在某种生存状况与生活状态中，想要而难以得到的东西太多，所以我们才会感到生活的不快、不幸和痛苦。而生存状况与生活状态又反映出我们所处的生活层次，如果能够清楚地知道自己所处的生活层次，能够分析判明自己在特定生活层次上真正所需要的东西，并且充分把握和享受已经拥有的，就能生活得满足、自适和幸福，同时也能为自己向更高生活层次迈进做好准备。如果对此时和此刻、一天和一年、未来和一生的自我生存和生活感到迷茫忐忑、失意失望、惶恐痛苦，我们便应自觉且主动地反省自己的生存把握与现实拥有、生存定位与生活选择，寻求自己行动的方向和心灵的归宿，努力发现生活的快乐，找寻生存的意义，创造自我的价值，享有每个当下的瞬间。

（二）生活层次的定位：九种需求与三种状态

在现实的社会生存和生活之中，我们时常能够发现，相同生存处境中的人可能有着同样或相近的生存状况，但他们又时常有着不同的生活状态与内心感受。生存状况大多是一种物质条件、基本社会关联的反映，但生活状态却是对物质基础、社会关联的情感体验与精神反映，不同的体验与感受又总与人们不同的人生追求、文化素养和智商情商等相联系。因而，了解自身的发展需求、生存状况和生活状态并进行反思，明确自身在现实社会生活中的层次定位和角色充当，准备好为每一个需求努力，向每一个符合实际的更高目标奋进，是每个人都会自觉或不自觉地进行的反思与选择。

　　思考生活层次的定位，首先要思考我们的生存与生活需要。与我们现实社会生存、生活的需要相对应，我们的需求大致可分为九种，即生存的需求、经济的需求、情感的需求、心理的需求、伦理的需求、认知的需求、价值的需求、信仰的需求、回归的需求，而且每一种当下的需求总是在较低层次得到满足后的即时需求，而在现时需求的追求之中又总是包含着对更高一个层次的企盼。在我们的九种需求之中，生存和经济这两种需求都更多关联到物化的条件与欲求，生存的需求是生命存在的一种自然或自身物化形态的需要，它保证自然生命体的存在与延续，常能带给我们自然生理的最直接本能的满足与快感；经济的需求是现实社会生活的基础与物质生活的起点，虽然它会伴随我们生活的每一个阶段与每一个层次，但当达到保证生存所需的条件时，这种需求的自主能动性欲望常常会减弱，带给人的愉悦与满足也会减少。而情感、心理、伦理、认知、价值、信仰和回归等属于精神和心灵范畴的需求反而会增强，彼此的关系也愈加密切，这些需求层次之间不仅是一种递进的关系，而且同时还是一种互动的关联，相互间甚至难以进行简单的分割与取舍，在人生的享有感与幸福度之中，精神与心灵的需求在更高层级上占有更多也更重要的内容，也是人更高生活境界的一种诉求与反映，在越高的生活层次上，互动性越强，交融性也越深，而生存与经济的物质条件所能带给我们的快乐随之愈加弱化，在自我生活的幸福感与满意度中所得比例也越少。因此，当我们为生活而焦虑的时候，当我们为追求而彷徨的时候，当我们为生活中的困难和矛盾所困扰的时候，我们首先应该知道的是——自己究竟处于一个什么样的生活层次并期望向什么层次迈进，以此明白——自己在现实社会生活中究竟需要的是什么层次的互动与交融，以此探究——自己应该怎样应对所面临的问题。倘能如此，我们自身的每一种需要、每一种选择，哪怕在别人看来是最基本的或者较低层次的需要的追求中，我们都可以而且能够生活得自适、自乐、自足、自得、自尊。但如果要使生活富有意义和价值，上升到有意义、有意味的人生，这就关系到我们对生活的定位和目标的选择问题。

思考生活层次的定位与目标的选择，还需要进一步思考我们的生存状况和生活状态。我们所面对的九种需求层次大致可分为自然生理、社会情感、心灵观照三个相互关联的类属状态。

自然生理状态包括生存的需求和经济的需求。生存的需求既是我们生活的前提，也是我们每个人对生活最直观、最本能、最基本的体验；经济的需求虽源于现实社会中自然生理生存的需要，但体现和反映的是社会生活的需要，横跨了自然生理和社会情感两种状态，决定和反映的是我们在现实生活中最普遍的状况，影响着我们的生理体验与生活感知，且伴随我们生活的始终，与我们的生活形影不离。但经济的需求在自然生理与社会情感两者之间，又只是一种可能性与或然性的关联而非必然的结果，它是自然生理状态迈向社会情感状态的必经之路。

社会情感的状态包括了情感、心理、伦理、认知、价值的需求。它既因社会角色的关联及其社会价值体系评价，显示出人存在的价值与生活的意义；也因理性提升着生活的内涵、丰富着生活的内容；还因复杂的情愫与认知，影响着对生活的把握和感知，甚至影响着人生的取向。因而我们时常能够看到，即使是同样的生活际遇与生活内容，不同的人的感受是不同的。但因生活中的大多数人更多是感性地生活而缺乏理性思考，或缺乏清醒的体味与体认，或缺乏明确的指向与追求，所以我们大都经常生活并停滞在这一状态中瞻前顾后、裹足不前，以致成为我们最真实的一种生活常态。而一旦理清了社会情感的状态，人便会明确人生的方向与追求，生活也将变得丰富充实而多姿多彩，存在的价值和生命的意义也将得以显现。

心灵观照的状态更多体现出理想信仰和自然回归的需求。是生活由物质向精神、再由精神向心灵的一种人生取向，关系到生活的品质，影响着我们对生活的感受、认知和价值取向，决定着生命的意义和质量，这既是生活状态的提升，也是一种更高境界的追求。因为在三种生活状态之间是一种递进的层级式关联，心灵观照的状态会始终对社会情感和自然生理状态产生重要影响，并决定着人在两种状态中对各种需求的选择取向与搭配组合；社会情感状态在反映、影响心灵观照状态的同时，决定着自然生理状态的需求占比与选择走向；而随着生活状态在层次上的提升，自然生理状态的影响力和作用则逐次递减。因此，心灵观照的状态体现了对生活拥有、感知、向往的从容把控与沉稳参悟状态，是一种心灵主宰自我的生活境界，标志着我们在自由全面的发展中，拥有了一种成熟、自觉、积极、健康的人生。

因此，清醒研判我们自身所处的生活状态及其包含的生活需求与发展取向，就是对我们生活的定位。而不断地了解自己所处的生存和生活常态，知悉自身在不同生存状态和不同生活状况的现实需要及其价值取向与追求，为每一个需要以及每一个更高需要的目标奋进，是每一个人在生活中的外在实际状况和内在精神需要。我们越能较早认识到这点，我们就能够更早更主动地拥有一种更为清醒积极的人生。同时，在我们思考自身人生定位和发展取向时，我们必须清醒地坚守：只有我们生存和生活需要的，才是我们必需的；而我们想要的，不一定是我们真正需要和能要的。只要能够正确辩证地认识自身所处的特定生存环境和特定生活层次，正确地辨别需要和想要，努力发现生活的快乐与意义，生活中就不会没有幸福和快乐，我们每一个人就都可以而且能够生活得幸福快乐、生活得富有意义和价值。

三、现实的选择

　　尽管可以对人生进行一个较为抽象的定位和发展的取向，但社会现实生活中的人生又总是具体而复杂的，我们只有清醒认知自己的生存状况和生活状态，确立生活定位和发展方向，做好人生的规划，才能在充满变幻的现实角色中不迷失人生的方向。但当我们思考自身的生活定位并付诸行动的时候，我们会发现自身并不是孤立的自然生理状态的人，更不是完全独立的社会情感的人，甚至连心灵状态的自我都是与社会现实密切关联的，我们自然、精神和心灵的生活都会遭遇现实的矛盾与冲突，自身时常在这种矛盾冲突中实际充当着难以认清也难以选择的现实角色。我们都是现实中普通的凡人，然而我们每个人又都是社会中的唯一，甚至还常常希望成为不平凡的人。因而在现实社会生活中，在与人探讨生存与生活相关问题时，我们可能经常平和而理智地对同伴说"我们不是一个层次上的人"；当与人在一些社会生活问题上发生分歧时，我们也可能经常情绪化地在内心想"我们不是一个层次上的人"；当与人为一些事情发生争执的时候，我们还可能经常矜持而愤怒地说"我们不是一个层次上的人"。尽管生活中的人或许都处于相同或相似的生存状况和生活状态，但"我们不是一个层次上的人"这句话，经常出现在我们的思想中、印记在我们的内心里、伴随在我们的话语间，让他人觉得似乎总隐含着一种指斥、一种轻视、一种鄙夷、一种嘲弄、一种褒贬、一种矜持、一种自傲……其实，不论思者或言者的本意具体如何，也不论他人的具体感受如何，"我们不是一个层次上的人"这句话确实包含了一个明白无误的道理：社会现实中的人们都是在不同的生活层次上生存、生活和追求的。——这种诘问，其实不只是对他人，对自己而言也是成立的。这也说明我们对他人和对自己在现实社会生活中所处的状况状态，时常是在不同的境界中通过不同的视角进行感知的，甚至有时是不能准确感知的；对于他人和自身的现实角色也时常是难以确定和认同的，甚至时常是模糊不清的。因此，现实选择的问题，就是我们基于自身现状的人生价值取向及其生活层次定位、现实角色的选择认同及行为指向的问题。为此，我们还得联系人生价值的取向和现实角色进行追寻，看看我们在现实中是怎样选择并充当自己的角色形象的。

（一）六种人生价值观与九种现实生活角色

怎样才能在现实社会生活中既认清自己的现实状况，承担好自己社会角色理应肩负的责任与义务，同时又不放弃自我的追求并完善自我心灵角色的修炼呢？当我们产生这种迷惑并希望解决这一问题的时候，也正是我们在现实社会生活中特别是在社会情感生活中面临价值取向及相关角色选择的时候。不论我们的生活面临物质与精神两类需要，还是处于自然生理、社会情感、心灵观照三种状态，或者是在具体的生存、经济、情感、心理、伦理、认知、价值、信仰、回归九种现实需求的追求中，我们总是在不断渴求着生活的丰富和自我的发展。怎样创造自己希望拥有的生活？怎样成为自己希望成为的那样的人？现实的选择其实是一种生活态度的选择，也是一种人生追求的选择，更是一种人生境界的选择。在现实人生定位的基础上，我们至少会面对六种人生价值理念的选择，并且至少会面临九种现实社会生活角色的选择及其各种组合。

我们可能面对的六种人生价值理念是个人的享乐价值，功利价值，社会价值，历史价值，文化价值，超越价值。六种价值取向是心灵观照下不同的社会情感需求和生活状态的反映。虽然六种价值观有一个思考上的层级划分，但这种层级的区分又不是截然的，层级之间常常是密切关联的，甚至是相辅相成的。我们在现实生活中对六种价值理念的选择可以是单一的，也可能是多向的，我们的实际感受与收获却常常是多维度的，更高层级的价值生存状态能够具有下面层级的体验，而下一层级的价值生存状态却常常难以感受上一层级的价值与意义。例如，追求享乐价值或功利价值的人，不一定有社会价值等更高层级的追求；但追求社会价值的人，则能够正视并感受到享乐价值与功利价值所包含的快乐；而追求社会价值的人，不一定有追求历史价值、文化价值、超越价值的自觉与取向，但有文化价值自觉意识与追求的人则能感受到社会价值、历史价值的成就。也应是说上一层级的价值取向不会以下一层级的价值观为目标，却能体验到下一层级的收获；而以下一层级的追求为目的，便时常是裹足不前，不能向上一层级的目标迈进，也感受不到上一层级的快乐、价值与意义。因此，价值观的取向与追求，其实是一种生活境界的选择与涵养，我们不仅需要一个符合自身实际的价值追求，而且更需要有更高目标的追求，这样的人生才会更加富有意义和价值，也才能体会到生活中更多的快乐。尽管在价值观的取向上需要着眼于高层次的目标，但我们又必须从自己实际的生存状况和生活状态着手，而不能好高骛远、急于求成，因而我们无法回避自身在价值追求中的现实角色选择、角色表现和角色扮演。

我们可能面临的九种现实生活角色是尊崇"自然生理的天性原则"的"自我"，恪守"保护自我的快乐原则"的"本我"，追求"主宰自我的自主原则"的"主我"，遵循"压抑天性的理性原则"的"次我"，表现"调适自我的观照原则"的"客我"，体现"弱化自我的现实原则"的"他我"，显现"失去自我的异化原则"的"非我"，陷入"现实角色的转换原则"的"实我"，实现"文化超越的理想原则"的"忘我"。我们现实的角色常常是按照自己的生活需求、生活状态、生活定位、价值取向，并结合现实的环境条件与可能，自主或不自觉地在九种角色中进行角色选择定位、搭配组合和调适完善等选择的，而按自主意识进行的现实角色选择，又是受我们人生价

值取向所主导的。但不论是那种角色，其实都包括有心理角色
和社会角色两种状态，社会角色的恰当充任可以获得一种认同
感的快乐，心理角色的正确定位和调适则可以产生一种长久性
的愉悦，而两者统一基础上形成的心灵观照状态则可以形成一
种超然的和谐与平和。如果能拥有一个基于恒定价值观的心灵
观照的生活状态，便能有一个较为明晰的心理角色定位及其状
态，也便能拥有一个相对稳定的社会角色定位及其表现，从而
形成我们较为稳固淡定的心灵角色及其境界。然而，九种角色
在主观选择上可以或可能是单一的，但现实表现又时常不是单
一的，甚至现实的选择也不是单一的，而这似乎才是我们真正
拥有的现实角色常态。这种非单一性的现实角色存在状态，是
我们的现实选择与实际表现，是基于我们心理角色和社会角色
在生活中的相互关联与作用所形成的。那么，我们是如何在生
活中进行现实的选择呢？这又需要我们从心理角色与社会角色
的关联状态进行分析和思考。

（二）心理角色与社会角色的三种关联状态

在现实社会中，我们存在着实际生存的发展轨迹和心灵
追求的生活脉络。我们的实际生存是一种自我生存、生活结构
的社会化发展模式，即"个人—家庭—集体组织—社会"的
模式，在这个由内（自我）向外（社会）的发展轨迹中，自我
的生存、生活关系面渐次扩展，生存空间也逐渐放大，生活状

态也随之不断提升，但外界对自我的影响也愈渐增强。而我们心灵追求的是一种人生意义与价值结构的个体自主心灵观照的模式，即"社会—集体组织—家庭—个人"的模式，在这个由外（社会）向内（自我）的发展脉络中，自我的心灵生活境界日益广阔，自主的心灵观照不断增强，生活的意义与价值进一步提升，而外界对自我的影响却愈渐减弱。而这两种生活发展的过程又不是孤立的，时常在相互的交织演变中构成我们自身的矛盾与困惑，即自我个性追求的心灵化与自我生存、生活结构的社会性之间的矛盾会时常显现，作用于我们的人生，构成我们生活的常态。正因为我们生活中始终存在着心灵与社会的关联，所以才会有心理与社会、理想与现实、理智与情感的关联。心理角色与社会角色的这种相互关联互动与矛盾统一及其现实表象，造就了我们的现实生活角色选择与实际表现。因此，如果我们要清楚自己在生活中的定位及其现实角色表现，如果我们感觉需要在生活中进行合理的现实角色选择，进而帮助自己进行符合实际的生活状态判断与现实角色调整，就必须分析清楚心理角色与社会角色之间的种种关联及其状态。我们的价值观选择、所处的生活状态影响着自身生存方式与生活的需要，决定着我们角色的选择与表象，也就是说应该明白现实中的人是什么样的人？造成这种状况的原因是什么？自身又是怎样成为这种复杂矛盾的人的呢？这或许和心理角色与社会角色之间的三种关联状态密切相关。

一是心理角色与社会角色的和谐与统一，这是我们理想的现实状态。 心灵追求的生活模式在一定程度上以理想与理智为基础，形成我们的心理角色，收获的是心灵情感的生活，更多反映的是我们的精神生命所在；实际生存的发展模式则在一定程度上以现实与情感为基础，形成我们的社会角色，感受的是社会现实的生活，更多反映的是我们的物质生命所在。保持心理角色与社会角色的统一和协调，不仅是维持一个人基本生存和生活常态的基础，更是一个人在现实社会的生存和生活中不断向上进取的前提。不论我们处于人生需要的哪一个层次或者何种价值定位，现实角色都必须在其特定的生活层次及其现实角色中获得心理角色与社会角色的统一，只有这样，人才会因为存在并生活着而感到快乐。如果心理角色与社会角色是一致的，即无论是在自我、本我、主我、次我、客我、他我、非我、实我、忘我九种角色的哪一种角色充任中，心理角色与社会角色都是基本对应一致的，心灵生活与社会生活的状态是和谐统一的，精神生命和物质生命对生活的知、行、感也是统一的，因而这种状态中的生活是充实快乐且娴静平和的，心灵是充实且富足的，所以当我们的生活定位与现实角色相统一并定格在单一的现实角色状态时，心理角色与社会角色是容易统一和谐的。但在实际的社会生活中，角色充任其实也并不总是和谐统一的，尊崇"自然生理的天性原则"的"自我"，恪守"保护自我的快乐原则"的"本我"，追求"主宰自我的自主原则"的"主我"，这三种角色因基本契合人心理与自然的诉求，因而在心理与社会的层面是较容易契合一致的；而遵循"压抑天性的理性原则"的"次我"，表现"调适自我的观照原则"的"客我"，体现"弱化自我的现实原则"的"他我"，这三种角色虽然在人的内心渴求与现实追求之间存在一定的隔阂或距离，通过自身的调整与努力，也是能够实现心理角色与社会角色统一的；但显现"失去自我的异化原则"的"非我"，陷入"现实角色的转换原则"的"实我"，这两种角色本身便蕴含着心理角色与社会角色的矛盾、冲突与困惑，很难取得和谐统一。所以，心理角色与社会角色相统一的和谐状态是一种理想的角色状态，一般只有在单一或少数现实角色扮演取向下的简单生活，或者在更高层级的自主心灵观照状态下才能有如此恒定的心理角色状态，才能把控社会角色的选择与扮演，并实现心理角色与社会角色的和谐统一。这也就是我们常说的，简单的生活不仅是最本真的生活，而且也是最快乐的生活，人在高层次的心灵观照下，总是清纯而单一的。

二是心理角色与社会角色的混杂与调适，这是我们实际的现实状态。在我们人生经历和情感历程中有一种值得深思的奇特现象，似乎人生中任何社会生活的体验最终都要通过心灵的感受来过滤，而且只有经过心理直至心灵的认同才能获得真正希望拥有的幸福与快乐，这种过滤与认同实质上是一种心灵的感受与思想的体认过程，如果社会角色与心理角色在心灵的过滤体认中求得一致，便会获得人生的和谐与快乐，反之则会造成心理角色与社会角色的混乱、错位，导致现实人生的痛苦，这在"压抑天性的理性原则"的"次我""调适自我的观照原则"的"客我"、体现"弱化自我的现实原则"的"他我"三种角色状态中的感受与表现最为明显。从心灵生活与社会生活的发展轨迹还可以发现，在理性思考人生意义与价值的学理中，除在单一的现实角色状态外，只有在"历史—文化—超越"的价值层面，心灵的生活与社会的生活、精神的生命与物质的生命，在一定程度上才不需要过滤便能重叠并取得一定意义上的统一和谐，但社会生活的模式必须在发展的高级层面才能具有"历史—文化—超越"的价值意义，人在心灵生活或者社会生活的现实中，都不一定能生活在或者能够自觉发展到高级的生活层面，心理角色与社会角色常常是处于脱节或隔阂的状态，也就是说心理角色与社会角色并非总能协调一致，常常处于一种角色错位或者多种角色混杂且错位的角色状态，比如我们心理角色可能处于或向往"自我"或"本我"或"主我"等角色状态，社会角色却处于或"次我""客我"或"他我"等角色状态，甚至是这样一些角色相互混杂并错位的现实角色状态。因此，要使心理角色与社会角色处于统一和谐的状态，时常需要我们在心灵过滤体认的过程中，对心理角色与社会角色之间的关系进行调整，努力实现两种角色的相互适应、协调与谐和，而这种调适状态似乎才是我们所拥有的真实生活常态。在这种真实的生活状态中，调整过程虽然难以避免，但具体调整行为的取向和方式方法又是可以选择的，一般具有两种表现形式。**一种是良好心理角色状态下不受现实干扰的"稳固性导引形式"**。我们真正难以选择并带给我们迷茫和痛苦的是社会角色的充当，即使心理角色的困惑也常常是因社会角色迷茫所致，而心理角色在一定意义上是可以自我选择并定位的，个体心灵生活在一定程度上是能够超越社会现实生活的，也就是说人的精神生命在一定程度上是可以把控并超越物质生命的。因而在这种现实状态下，不论我们处于九种现实生活角色的哪种角色状态或者哪两种以上角色的混杂状态，我们都能够较为充分地自己规定自己、自己发展自己、自己完成自己，我们的精神生命始终处于一种主体自觉且自为的稳固把控状态，能使尊崇"自然生理的天性原则"的"自我"、恪守"保护自我的快乐原则"的"本我"、追求"主宰自我的自主原则"的"主我"的心理角色始终处于一种主导的支配地位，让自己的社会角色从属于心理角色并服从心理角色的导引与调控，不在变化难测的社会角色中丧失自我的心理角色而导致两种角色的错位或分离，继而实现社会角色与心理角色较为稳固的协调状态。**另一种是心理角色不断适应社会角色发展变化的"被动性调整形式"**。或者因为缺乏必要的文化的、心理的素养与现实的实践把控能力，无法自觉地在心理角色与社会角色之间进行有准备有预见的调适；或者本身便将物质的生命看得比精神的生命重要，从而使心理角色从属于社会角色；或者是根本没有意识到人的生活中存在并需要这种调适，只能在潜意识或无意识中进行这种调整；以致生活中的大多数人并非处于一种超然或超越的心理稳固性导引状态，其现实生活中的心理角色与社会角色时常难以统一协调，时常混杂着其他角色的干扰，整体上缺乏一种相对稳固的自我、本我或主我的现实角色把控，因而自身更多的是处于一种无准备的、仓促的，甚至是无所适从的心理角色调整状态，常常处于"压抑天性的理性原则"的"次我"或"调适自我的观照原则"的"客我"或"弱化自我的现实原则"的"他我"现实角色状态中难以自拔，甚至即使在单一现实角色状态中的心理角色与社会角色之间也时常处于一种调整的状态之中，使自己时常处于一种不得不进行两种或多种现实角色间的整合调整状态，以期努力求得心理角色与社会角色在现实中的相对协调。因此，尽管我们都憧憬心理角色与社会角色统一和谐的理想状态，但我们在现实生活中又很难单纯地享有或者轻易地获得这样的状态，我们真实的生活常态更多的是在心理角色与社会角色的矛盾与关联中螺旋式地生存、生活并发展的。

三是心理角色与社会角色的错位与分离，这是我们痛苦的现实状态。我们在社会生存、生活和发展中，现实的状况决定需要和追求，关联到人生价值的定位，决定着我们在现实中的角色选择和充任，如果在现状、需求、定位与角色之间是一种合乎实际的关联，我们的心理角色与社会角色便容易统一协调，反之心理角色与社会角色便难以协调和谐。**首先最容易发生的是心理角色与社会角色的错位，**即人在追求自身需求和实现自身发展的过程中，因现实状况、需求定位、角色充任之间出现偏差所导致的心理角色与社会角色相互错位的现象，如当自身最迫切的需求尚处于满足个人的"经济人格"以丰富自身的生活条件时，自身却把现实的人生定位在更高的"情感人格"或者更低的"生存人格"，使人生的追求定位与自身的现实需求出现偏差。**而我们最容易出现的是现实角色的小错位，**这是对自身的现状、需求及其角色定位缺乏准确的把握，在生存、经济、情感、心理、伦理、认知、价值、信仰、回归等九种需求中的相邻需求之间产生错位所致，这便会直接造成我们心灵过滤与认同中的心理角色与社会角色的错位，使我们的生存紊乱或者生活无序。**如果对现实角色的小错位不加重视和调整，便可能导致现实角色的大错位出现，**这是自身选择的追求定位与自身生存、生活的实际需求状况相去甚远，或过高或过低地脱离了自身所处的人生实际状况所致，使我们自身在实现一种非现实目标的过程中，在进行自我、本我、主我、次我、客我、他我、非我、实我等现实人生角色的选择和转换充任时，出现心理角色与社会角色的脱节错位，导致我们常说的自卑情结、好高骛远、妄自尊大，也会使自身的发展在人生追求与现实之间、在希望与梦想之间出现失衡，直接的后果便是在社会生存、生活和发展中，感到精神的失意失落与心灵生活的痛苦迷惘。**其次，更为严重的是，人生角色的错位还会导致角色的分离甚至是分裂，**即在现实社会的生存、生活和发展之中，因需求定位与现实状况之间出现严重偏差所导致的心理角色与社会角色相脱离，甚至相互矛盾冲突的现象。两种角色的分离，加之心理角色在一定程度上的相对独立性、稳定性和封闭性，其导致的直接后果便常常是心理的孤寂性偏执乃至精神性分裂，甚至还会因自身与社会的矛盾而导致与社会现实的对立冲突，这对人自身和社会都是可怕的甚至是危险的，因为孤寂性偏执时常会导致人的自我毁灭，比如沉沦、疯狂、自杀等，更为严重的还会导致某种超乎寻常的行为，做出一些常人难以理解的、与一个人平常的性格、与其社会角色不相符的、令人吃惊意外的冲动行为，比如对外界事物和他人强烈的排他性、攻击性、破坏性等，特别是由于心理角色与社会角色的分离常常具有不自觉的特性，所以在心理角色与社会角色分离下的孤寂性偏执，不仅不像那种自我主体意识和主动行为支配下的孤寂能具有一定的创造性和活力，而且反而会扼杀一个人创造的活力，甚至还会导致人自身的分裂、疯狂，甚至是自我的毁灭。

其实，我们在现实社会生存、生活和发展中的迷茫和痛苦乃至心灵的失落，大多是由于对自身现状、需求、定位与角色缺乏清晰的认识和判断，使相互之间关系失衡而导致自身心理角色与社会角色的矛盾冲突所引发的，致使我们的现实角色既无法由"自然生理的天性原则"的"自我"或"保护自我的快乐原则"的"本我"或"主宰自我的自主原则"的"主我"稳固把控，又缺乏对"压抑天性的理性原则"的"次我""调适自我的观照原则"的"客我""弱化自我的现实原则"的"他我"进行有效的调整，我们便会处于"失去自我的异化原则"的"非我"或陷入"现实角色的转换原则"的"实我"之中，使心理角色与社会角色表现为错位、分离，甚至是分裂，使我们的现实生存、生活和发展处于一种混沌痛苦的状态。这种状态可能是在九种现实种角色中的一种状态上的错位分离，也可能是在多种角色的混杂调整状态中的错位分离甚至分裂，例如，我们自身的社会角色（或心理角色）是处在"次我"或"客我"或"他我"的状态之中，心理角色（或社会角色）却停留在"自我"或"本我"或"主我"的状态中，从而使自身的心理角色与社会角色之间始终处于一种错位、分离甚至分裂的痛苦混沌状态中难以自拔，这不仅会造成我们生活状态和生活方向的迷失，使人产生迷茫、浮躁、惶恐、痛苦和绝望，而且严重者还会造成人格的分裂与精神的错乱，造成与社会的对抗与冲突。因此，在现实的社会生活中，我们应该自觉主动地防止心理角色和社会角色的错位与分离。

（三）现实生存生活与人生发展的路径选择

我们在相当长的历史时期，不可能要求社会给予自身一切生存发展的条件和选择的自由，但我们却可以在自身的现实生活层次和所处的社会现实环境中，通过自身的修炼和涵养，寻找到使自身幸福快乐的方式和途径。关键是我们必须认识自己所处的生存状况和生活层次，认识自己当下是"怎样活着的"，进而发现自身"可以和可能怎样活着"，以及未来"希望怎样活着"，这些都是为了对自身现状做出较为恰当的定位，为下一步可能的生存、生活与发展做出符合实际的定位预期，努力创造希望拥有的生活和人生。为此，在进行现实生存、生活和发展的路径选择与人生规划时，我们至少需要注意三个方面的把握。

一是高起点的心灵追求定位，涵养并提高精神生活的境界，保持心理角色与社会角色的和谐统一。 因为真正的幸福感来自心灵的感受与体验，任何物化的快感都只有通过精神才能直抵心灵，所以丰富多彩的物质生活常常难以带给人所期待的长久快乐，只能让人感受到一种短暂的快感，甚而物质生活的丰富还时常使人感到自身精神生活质量下降，心灵的幸福认同降低。因而睿智或境界高远的人，能够一开始便将自己的精神生命定位于物质生命之上，在具体人生价值追求的选择中，使现实生活的心理角色定位于如"历史—文化—超越"的较高价值层面，不断涵养、丰富和提升现实的人格生活，在自身面

391

对生存、经济、情感、心理、伦理、认知、价值、信仰、回归等九种具体的人生需求时，自身的社会角色不受现世"享乐—功利—社会"的价值标准所羁绊，在心理上把握自己，在心性上涵养自身，使心灵处于一种远离尘嚣的高远状态，减少心灵调整调适的煎熬，缩短心灵过滤体认的过程，增强对社会角色的心灵把控、精神体验和调整导引能力，尽量不为世俗的社会角色所羁绊，使自身的现实角色能由"自然生理的天性原则"的"自我"或"保护自我的快乐原则"的"本我"或"主宰自我的自主原则"的"主我"稳固把控，始终保持心理角色和社会角色的协调与和谐，甚至在一定层次上使心理角色超越社会角色，使自身在平和的心性心态中由小我到大我，不断追求更高价值层面的生活，从而实现人与自身、人与人、人与社会、人与自然的和谐统一，使有限的生命能够突破时空的限制，在一种较为恒定的心性状态中，感受精神的无限和生命的延展，不断创造更加富有意义的人生，在萧然淡泊与闲和平静中提高境界、体味人生。因而，这是一种值得倡导的选择。

二是符合实际的人生追求定位，增强心理角色的"稳固性导引"，防止心理角色与社会角色出现错位。虽然我们都可以并希望拥有一个较高的心灵定位，但我们又总是生活在纷纭复杂的现实社会中，在努力涵养生活境界并保持心理角色与社会角色的和谐统一的过程中，甚至即使在相对宁静的生活中，也难免有现实的干扰和影响，心理角色与社会角色在一定程度上也总处在一种磨合调整和调适之中。因而选择一种符合实际的人生追求定位非常重要，只有这样才能拥有一个较为坚实的心理角色基石，拥有一种较为稳固的心理角色状态，从而不断增强心理角色主观能动性的"稳固性导引"，努力增强对"压抑天性的理性原则"的"次我""调适自我的观照原则"的"客我""弱化自我的现实原则"的"他我"进行有效的调整，使之尽量回归到"自然生理的天性原则"的"自我"或"保护自我的快乐原则"的"本我"或"主宰自我的自主原则"的"主我"状态之中，在不断追求的过程中不受或少受现实的干扰。因为，社会角色只有从心理角色的需求去不断追求更高的目标，才能够正视并超越现实的自我，获得更好的现实生存和社会生活，拥有一个充实自由且全面发展的人生。当社会发展还未达到无限开放并且无比理想的未来，我们没有理由为目前的生存和生活进行抱怨和辩护，我们自身所能并且必须做到的是不断提高心理角色的现实调适能力，充分地自己规定自己、自己发展自己、自己完成自己，使精神生命始终处于一种主体自觉且自为的稳固把控状态，努力避免心理角色与社会角色错位所导致的迷茫和痛苦。所以，聪明的人会懂得心理角色在现实生活中的重要性，能够以强有力的心理角色对社会角色进行较为稳固的导引，使自身哪怕在不如人愿的生活境遇或者即使在较低的生活层次中，都能够在当下的生存现实和生活状况中发现、寻找并享有到自得自适的快乐和幸福。因而，这是一种必须正视的选择。

三是防止过高或过低的追求定位，减少心理角色的"被动性调整"，严防心理角色与社会角色的分离分裂。虽然心理角色与社会角色在一定程度上总处于一种磨合调整和平衡调适的状态之中，但我们应该具有并且需要的是一种主观能动的稳固性心理导引能力，而不能是被现实社会所牵引的被动性心理调整状态，如果自身总是处于被动性的心理调整状态，那就是一种可怕的心理角色被动常态了，在这种状态下就难以避免心理角色与社会角色的错位、分离，甚至分裂，自身也会处于"失去自我的异化原则"的"非我"，或陷入"现实角色的转换原则"的"实我"之中。因此，现实社会角色的定位必须立足于当下的实际，并以此作为人生追求的基石与起点，努力避免心理期待与现实的落差，即使是心理期待与现实状况间出现裂痕，也要尽量使心理角色与社会角色的混杂模糊得到清晰与超越；而且在减少心理角色的"被动性调整"、严防心理角色与社会角色分离的现实过程中，尤其需要注意充分运用心理角色与社会角色磨合过程中所具有的求同作用、升华作用、移置作用、融合作用、妥协作用、摈弃作用、补偿作用，以及心理角色的自我防御、自我调节、自我变通等作用，尽量减少生存、生活中的被动性心理调整，防止被动性心理调整的常态化，力求心理角色与社会角色在现实生存、生活中的彼此调整适应，进而实现心理主我与现实客我之间和谐与统一，有效防止社会角色与心理角色、现实客我与心理主我的错位，避免小错位造成大错位以至造成分离分裂的痛苦混沌状态。

在对我们生存的理由、人生的定位和现实的选择进行反思的时候，我们会发现，我们都有能力在坚持"自然生理的天性原则"的"自我"、或"保护自我的快乐原则"的"本我"或"主宰自我的自主原则"的"主我"，与"失去自我的异化原则"的"非我"或陷入"现实角色的转换原则"的"实我"之间做出理性而明智的选择，而且也能够在"压抑天性的理性原则"的"次我""调适自我的观照原则"的"客我""弱化自我的现实原则"的"他我"等角色中进行有效的调整，使我们的现实角色尽量回归到心理角色与社会角色相统一的和谐状态之中；我们也会从自身实际出发，根据法律与道德的尺度，结合自己的理想追求，为自己做出种种现实角色、生活层次、生活定位乃至价值追求的排列或排序的办法。但是，虽然生活的层次、价值实现的层次在心灵的境界是可以超越的，在心理的层面是能够前瞻的；而在现实社会与物化的层面，一般而言是难以逾越的，其生存生活大都是按部就班地、不僭越自身实际地进行现实定位，并且按照生活层次逐级上升的，常常能在正常有序的现实社会中（战争、自然灾害等例外），使生活变得有益而幸福，而脱离自身实际状况的超常规逾越，常常会带来一种难以实现预期的痛苦。同时，现实生活中的人，尤其是困境中的人肯定不会只停留在过去，也不会止步于现状，至少都会感到自身的生存、生活中包含有一种明确或不明确的需求，总是希望通过自由选择来不断解放自己、重新塑造自己，超越自我现实的角色，按照自身可能的发展和希望的目标不断重新设计、选择和规划自己的未来，努力实践自己所选择的对更高角色定位设计的需求，追求一种高于自身现状的生存与生活层次，并以此作为生活的抱负和目标。而我们自身在这一过程中能动支配的意识来自心灵，释放出来的是心性的力量，调适的是现实的角色，透露出的是人需要依靠理想信仰而存在、而活着、而追求。

四、理想的召唤

从某种意义上说，生活中的每个人都是独一无二的，每个人都有基于自身实际的思考，每个人都能具有心性修炼的定力，每个人都会拥有符合自身天性的生活，每个人都能享有自我精神的幸福，所以我们思考所及的生存观念、生活态度和价值理念，及其生存生活定位、现实角色选择、追求目标确立等，只要不违背法律的规定和道德的底线，原则上都是可以根据各自的具体情况选择不同的人生追求的。但是，我们希望自己过怎样的生活、希望拥有什么样的人生、希望成为什么样的人，都取决于自己的决定，自己必须承担责任，同时也意味着还要对我们所处的社会和他人负责。虽然我们不反对基于法律与道德基础的个人自由选择，但我们的生存、生活及其发展的底线选择，又不等于人生的境界，我们更倡导一种底线基础之上的，既有生活激情又不乏理性与睿智、既合乎自身实际又有较高理想精神境界的人生追求。因为思考生存观、生活态度和价值理念等是对生命存在的尊重和珍惜，虽然尊重并珍惜生命存在的人常常因思考而痛苦，但行动中的快乐似乎总会大于思考中的痛苦，付诸为生活之爱而行动的人总能因执着而充实幸福，所以我们不应该只在思考中，而应该存在并生活在现实的行动中，如果能生活在伴随思考的行动里，生活将因我们有激情、有理性、有尊严、有意义和有价值的生命而幸福快乐。因此，我们应该怀揣理想，为生命的意义和人生的价值而活着，不断追求和创造我们有品位的人生，有价值的人生，有意义的人生。在这种人生追求中，不仅每个人都能够充分地追求并创造各自有品味、有价值、有意义的生活，而且还能够做到"万物并育而不相害，道并行而不相悖"，在每个人自身得到充分自由而全面的发展的同时，也推动着人类社会的全面发展和进步，社会大家庭中的每个人都能互补共赢，共同描绘丰富多彩的现实人生图画，建设一个不断完善和愈加美好的社会。为此——

（一）我们都可以拥有自己有品位的人生

有品位的人生，既是自然的，也是社会的；既是生命感性

的，也是文化理性的。有品位的人生是一种基于文化底蕴的有档次、有品质的人生，正因为有了人类文化的产生和发展，才有了文化的观念和蕴含，才有了文明的进步与绚烂，才使我们拥有了有别于我们祖先原始生活的现代生活，才使我们可以拥有源于自然天性而超越自然天性的有文化意义的生活。我们因此才懂得，生活以生存为前提，但生存又不等同于生活；纯粹的生命存在是原始自然的状态，而生活是一种社会文化意味的存在；人活着的存在固然有一生的轨迹，但为存在而活着便失去了生命的意义和价值。因此，我们都需要不断寻求、涵养和丰富自身有品位的生活，创造并拥有自己有品位的人生，当有品位的人生达到一定的境界时，我们便能在文化的意味、文化的意向、文化的意义中返璞归真，拥有最简单而又最充实的美好生活与美丽人生。

有品位的人生，既是一种修养，也是一种表象；既是一种实践，也是一种状态。我们每个人都以各自特有的方式生存着生活着，每个人的生存方式有别，生活的层次不同，内心的感受不同，情感的拥有不同，快乐的享有也不同，这些不同在一定意义上都与我们每个人的品位相关。我们每个人的品位又具化为现实生活品位、人生追求品位、心灵感受品位，不论我们感知与否、认知深浅、追求层次，人生的品位既客观存在，也真实地与我们的生活相连，始终影响着我们的生活乃至人生。要真正拥有一种有品位的生活，就必须不断增强自身文化素养、文化认知、文化参与和文化创造的能力，只有这样，我们才能在有品位的人生中不断提高自身人生的心性修养，不断充实提高天性中的真善美，更加从容淡定地面对生活，在平常真实琐碎的生活中找寻快乐，在时常重复的生活中发现并享有幸福，我们的生活也便会因此真正富有文化的意味与文化的意义。这既需要坚守，也需要发展；既关系着当下，也影响着未来。

有品位的人生，既是主观的，又是客观的；既是现实的，也是超越的。我们的文化观念和生活品位植根于现实社会的关联之中，不管我们自身是否意识到，我们每个人都实实在在地生活在与自我的关系、与他人的关系、与社会的关系、与自然的关系之中。这些永远需要协调的矛盾与关联，不仅是我们必须面对的现实世界，而且还构成了我们生活本身，在一定意义上还包容在我们因文化而生的丰富思想认知和心灵情感之中，成为一个无处不在、遍及一切人的共同体。虽然独立的社会主体能在一定程度上自主地支配自己的活动，但事实上又处在一个并非能够完全独立的时空，常常会感觉置身在一个不能完全自主支配的世界，甚至有时还会感觉世界越丰富、越精彩，现实的世界离自己越远，幸福度也越来越低。而这似乎也应该成为文化的思索与苦恼，甚至这在一定程度上也是文化自觉者有品位的生活的一个内容。而当有品位的人生达到一定的境界时，才能感受到超越现实、超越观念、超越自我的无所羁绊的快乐，也才能体悟出简单平淡中蕴含的充实丰富和快乐幸福。正因为如此，有品位的生活既是主观的，又是客观的；既是现实的，也是超越的；既是恒定的，更是悠远的。

（二）我们还能够实现自己有价值的人生

有价值的人生，既包含着个体的价值，也包含着社会的价值。有品位的人生不仅是个体化的，也是社会性的，还是具有价值的。人本身就是价值创造与价值创新的本体，价值是人类对于自我存在发展的本质发现，有价值的人生就是一种生命个体之所以能存在的人生，是一种有人格魅力的人生，是一种使人生活的自得自尊和自信骄傲的人生。有价值的人生不仅使人发现自身生存的理由，而且使人感到所处的社会生活环境和人群需要你的存在。对人的现实生命而言，不仅每人都可以按照自身独有的天赋生存、生活的快乐幸福，而且每个人都具有自身应有的独特价值蕴含与独有价值体现。同时，有价值的人生既包含着个体的价值，也包含着社会的价值，有价值的人生既属于个体，是个人有品位人生内在的具体化；有价值的人生也属于社会，是个体价值外化的社会认同。没有人生的社会价值，也就没有人生的个人价值，个体价值也得到不断地充实、丰富和发展。因此，要实现自身有价值的人生，必须不断拓展价值的眼光、丰富价值的蕴含、提升价值的理念、付诸价值的创造，增强价值的体验。只有这样，有品位的人生才是有价值的人生，个体的价值才能通过社会价值得以实现并扩大。

有价值的人生，既是一种人生的价值理念，也是一种人生的价值行为。价值观是一个人对人、事、物等客观事物的意义、重要性的总体评价和总体看法，人生的价值理念就是一个人对人生的价值观，价值行为就是其价值观念不断付诸行动的实践，有价值的人生是价值理念和价值行为的社会实践结果。有价值的人生，首先在个人的人生观上表现为价值取向、价值追求，凝结为一定的价值目标；其次又表现为对社会实践的价值尺度和行为准则，成为人们判断事物有无价值及价值大小的评价标准；而对诸事物的看法和评价，所进行的主次、轻重、缓急的排列次序，又构成了价值观体系，价值观和价值观体系是决定人的现实行为的心理基础，个人的价值观一旦确立，便具有相对稳定性。但由于相伴的社会环境和社会同伴的更替变化，社会或群体的价值观念又是不断变化着的，传统价值观念会不断地受到新价值观的挑战，所以价值观又是在价值环境和价值行为中不断丰富发展和完善的。在有价值的人生中，理念对价值而言，包含人的意识与生命的双重发展；价值对行为而言，包含人创造自我世界和外在世界的一切发展。在以人为本的社会发展中，价值的核心是人，人本身是价值的根本对象，人即价值本体，人的行为即价值源泉，个人社会价值的实现也是个体价值的实现，人的发展本身也是价值结果。人生的价值观念影响并决定着人生的价值的行为，而人生的价值行为又丰富发展着价值观念，人生在两者相辅相成中相得益彰，人生也因之获得生命的尊严和存在的价值，同时也收获着人生的快乐。

有价值的人生，既是个体内在抽象的，又是外在具体关联的。人生的价值观作为一种思想的理念，具有内在个体化与抽象性的特点；价值观作为一种价值行为，又具有外在具体化的关联性特点。因为即使是人的发展自身，也是人的内在矛盾与外在矛盾的对立统一，是人的意识与人的生命的整体发展，也是人与自我、与他人、与社会、与自然的整体发展，是人内在的自我创造与外在的社会和自然创造的统一。因而有价值的人生源自个体的价值观，个体的价值观植根于现实社会并形成价值体系，使人生具有享乐的价值、功利的价值、社会的价值、文化的价值、历史的价值、超越的价值等多种价值层次、多种价值形态和多种价值选择，使人自身的发展在不同层次和不同领域中体现出范畴性、规律性的本质性存在。每一种价值层次和价值形态又包含着具体的关联内容，反映出人在现实社会生存和生活中的自身需要，如有人梳理出"生理、安全、社交、尊重和自我实现"的需要层次，有人归纳出"成就的需要、权力的需要、情谊的需要"三种基本需要等，但不论什么需求，人的价值观都是人的责任意识的反映，是社会成员对自己所承担的社会职责、义务、任务和使命的自觉程度，它要求个人除对自己所作的各种行为负责外，还必须对他所处的社会负责。

在这个意义上说，有价值的人生，就是一种有责任感和使命感的人生；努力践行自己责任和使命的人生，就会实现有价值的人生，也就能拥有快乐的人生。所以，在追求和实现有价值的人生中，当面对多种价值层面和多种价值形态的选择时，应该着眼于高层次的价值需求，努力追求有知识睿智的理性生活而非无知的人生，追求有道德仁善的生活而非狭隘的人生，追求有文化蕴含的美好生活而非世俗的人生。因为有价值的人生既是个体的追求，也是社会发展的目标，而在实现社会价值最大化的进程中也就促成了个体价值的最大化。那时，不仅个人的幸福与社会和他人相连，而且个人的幸福也会来源于社会和大众的幸福。

（三）我们更应该追求自己有意义的人生

有意义的人生既是富有价值的人生，也是享有意义的人生。自我们从纯粹的自然状态存在进入社会的生存和生活，我们便具有了作为社会人格意义的生活和价值，人生追求的价值也随之丰富多彩，我们的生命也成为自然人格、社会人格、文化人格的综合体。作为理想召唤而言的有价值、有意义的人生，是建立在高尚人格基础之上的价值实现，是基于价值观的人生憧憬和人生目标，是在文化人格意义引领下的社会人格的实现和自然人格的回归。尽管我们面对现实社会的自然、经济、情感、心理、伦理、认知、价值、信仰、回归等九种人格意义的生活层次，并不断由低级向高级迈进，但作为理想而言却会着眼于较高的层次，因为每一个层级所包含的人格价值和人生意义是不同的。在我们所追求的有意义的人生中，在缺乏人生价值和人生意义的现实生活层面，自然、经济等越低层级所占有的需求越大，认知、价值、信仰、回归等更高层级需求所占有的需求越小；而在人生意义的理想层面，更高层级所占有的需求更大更丰富，较低层级的需求则越小，甚至只会满足于一种基本的生存条件即可；其中关键的作用则来自低级和高级之间的情感、心理、伦理等层级的需求，这些层级的需求时常影响并决定着人生需求与人生意义的心灵价值过滤与判别，决定着人生的价值追求和意义取向。但是，尽管个人的现实人生价值是由个人认识并决定取向的，但作为个体存在的作用和价值的大小，以及能享有的美名和声誉等是由社会认定的。人生的意义是人生价值的社会体现，人活着的意义在于一个人之所以存在的社会原因、作用、贡献及其价值，人生的最大意义不是自己获得了什么，而是为社会贡献了什么，自身享有了什么。换言之，一个人为什么可以存在，既包含着人生的自省与现实的指向，也包含着客观的现状和社会的认同，因此我们倡导一种基于自身实际的，对他人和社会都富有人格价值和人生意义的生活，即使是做些我们力所能及的事，也能使我们拥有一种有价值且富有意义的生活。

有意义的人生既是现实社会的人生，也是自然复归的人

生。在现实的社会生活中，我们感受最深、影响最大的是原初自然生存需要与社会生活需要的混杂矛盾，人本是和自然一体的，连自然社会化的过程也是人社会化的过程，在一定程度上说，自然在社会化中本性丧失和异化的过程，其实也是人自身在社会化中本性丧失和异化的过程，而在这一过程中本是融为一体的自然和人同样也被迫在异化过程中分离。所以当我们处于原初的生存状态时总渴望社会化的进程，而在社会文明的进程中又时常怀念自然生存状态中的纯真。在我们成长的经历中总有这样一种悲哀，似乎人自身成熟的过程也是自身天性逐步丧失的过程；在我们生活的历程中总有这样一种感知，似乎社会文明发展的过程也正是那些我们熟悉的原始自然丧失的过程。在疲于社会文明创造和忙于文明社会进程的闲暇，我们总会盼望、寻找并返回那些还未消失殆尽的原始自然、古朴小镇与原生态村落，这也正反映了我们心底的一种最深切的期盼，即在文明的进程中不仅不丧失我们天性中美好的一面，而且希望能在这一进程中与社会一道，努力实现一种文化蕴含提升后的自然社会回归，这也正是理想召唤中有意义人生的更大价值所在。因此，人自身和社会文明发展完善的进程，是一种人和自然在社会文明化进程中，去粗取精、去伪成真的自我扬弃的过程；人实现自身价值并富有意义的过程，既是自我不断发展完善的过程，也是自然和社会不断发展完善的进程；有价值意义的人生，便是在理想闪耀中全身心地投入这进程、最大化地实现和体现自身价值的人生——这才真正称得上是人生的最大价值和人生的最大意义所在！尽管人生也好，社会也罢，似乎总有一种在失去时候才能清醒的悲哀，但我们应该坚信，理想的召唤源自我们最纯朴、最自然、最美好的天性，也指向我们最期待、最盼望、最永恒的未来。希望不灭，我们便会永远生活在希望中，并在努力奋进中拥有社会人文情怀与纯朴自然情怀相协调的有意义的人生。

有意义的人生既是自主自觉的人生，也是自由自在的人生。 有价值和有意义的人生，既是作为类的概念的人的目标，也是作为个体的人的目标，而这个目标的更大愿景及其意义，还在于实现每个人自主自觉且自由自在的人生，亦即在实现人性最大化的同时，也实现人性的完美化。因为，我们处在一个永远不断发展的世界，"人性"作为一种概念随社会一同诞生，也随着社会的不断发展而发展，随着人的生活层次的递进而不断地发掘、培植和发展，个性解放和主体意识也随之不断增强，自我个性独立、自我尊重、自我设计、自我选择、自我实现、自我负责、自己掌握自己的命运、过自己选择的生活的主张、以及对精神世界向往的意识不断增强，对自身生活意义与人生价值的探求也愈加强烈。但是，我们必须清醒地看到，我们在现实社会生活的具体内容与具体价值取向中，又始终存在着人的自然属性与人的社会性之间的矛盾，始终存在着人的心灵主体与社会客体之间的矛盾，始终存在着人的自主活动与其社会条件之间的矛盾，这些矛盾时常导致我们在价值观方面存在价值真空、价值多元、价值悬置、价值虚无等问题，也时常使我们的价值行为外化出沉浸型、自主型、超越型等纯粹理性的人格，或者外化为奋斗型、排他（封闭）型、对抗型、逃避型、混沌型等理性的现实人格，甚至外化为追逐型、混迹型、消融型、泯灭型、顺从型、他动型等实践工具的人格。究其原因，其实在一定程度上都是因为自身的绝对权力自由化、自我宽容性、自我不可侵犯性、自我不可控制性、自我妄自尊大性、以及自我的迷茫性等人性弱点所导致。但人作为一种情感与理智、感性与理性并存的高级生物，人的生命活动的独特性在于人能"使自己的生命活动本身变成自己意志的和自己意识的对象"，"自己究竟需要什么样的生活，怎样营造、创造和实现这样一种生活"是决定我们现实行为和理想追求的关键，而人类社会发展的终极目标就是人的自由全面发展、人性的丰富完善和人性最完美的最终实现。所以，在我们的希望和理想之中，在向人生意义的最终目标勇敢挺进时，虽然我们既会感性地面临现实迷茫与矛盾挣扎，但也会理性地拥有心灵向往、自由情感与美好憧憬，现实不会毁灭人性，也不存在人性复归，只存在人性内涵的丰富完善过程与人性理想的实现过程，而最大最完美的人性，便是在实现有价值、有意义的人生中，既能充分体现我们人生的自主和自觉，也能完美实现我们人生的自由和自在，自主自觉不是一种简单的率性而为，而是一种有文化责任的自觉与人生意义的自主；自由自在也不是一种单纯的个体目标，而是一种秉承美好天性并与社会和自然协律并进的自由自在。那时，有价值、有意义的人生，已经成为一种既合社会生活目的、也合自然天性本真的理想人生，这也许才真正是我们人类社会发展的最终理想。

理想是对未来事物的美好想象和希望，也是对未来事物臻于最完善境界的观念，更是一种为之付诸人生实践的行为，我们既希望为自己有限的人生增添价值和意义的色彩，更渴望实现一种闲适、平和而不乏幸福快乐的充分人性化的生活。人本是和自然一体的，自然社会化的过程也是人社会化的过程，社会化的进程也是人和自然的社会化的进程，所以社会的发展既是以人为本，也是以自然为本，社会本身也既包含人的自然属性，也包含社会的自然属性。我们从自然来，终将复归自然去，只是我们所发展、所憧憬、所展望的自然，不再蛮荒、也不再有血腥、也不再有丑恶，那时的自然已是一种既有自然的古朴、又有文化的意义的更加美丽、更加美好的自然。我们从自然来，按照天性而生存；我们到社会中，在社会洗礼和文化熏陶中开始生活；我们在生活中，不断完善着自我，也完善着社会，不仅我们每个人都能秉承天性快乐地生存、生活，而且还能拥有自己有品位的生活，创造自己有价值的人生，体现自身有意义的人生。

所以，我们需要并将要创造的人生价值和人生意义，以及所期待的人生奋斗目标和生活理想，便是一个从有品位人生到有价值人生、从有价值的人生到有意义的人生、从有意义的人生到人性至臻目标的过程。我们时常会觉得，尽管梦想离我们太远，现实与我们很近，但有价值、有理想、有意义的人生却始终深藏在内心。因为我们懂得：有品位的人生才可能有价值，有价值的人生才能富有意义，有意义的人生才能使我们的生活享有永恒的快乐。富有品位、饱含价值、充满意义的人生，需要有理想的热忱与信仰的忠贞，需要我们不断地砥砺前行。

——这正是我们的生活召唤和理想所在！

后　记

　　人生的独语终于结束，但思绪无法终结，过往历历在目。

　　遥想动笔之初，刚而立不久，从学校的求学生活步入社会的职业生活，在年少时萌动的人生理想感召中，对生活既充满青春的激情，也充满对现实的困惑，更充满对未来的迷茫，于是开始自我对人生独语式的思考，后却因工作生活的忙碌而中断。在不惑之初，社会角色更加深入，工作生活迈入新的阶段，年少时的人生理想也不再只有稚嫩的激情，对现实又有了更多的接触，对人生有了更深沉的体会，对未来有了更理性的思考，继而又继续开始自己的人生独语，但因工作生活得更加忙碌，使我难以拥有一种相对独立的时空，难以保持一种持续宁静的状态，进行心之所向的系统缜密的探究，于是在时断时续中艰难地前行，终于在知天命之时勉强跋涉完自我的心路历程。但随着自己年龄的增长、阅历的丰富、角色的变换，对生命的存在、生存的感知和生活感受，有了更多更深的实践和感悟，于是又再次启程，对自己的人生独语，进行心灵的回溯，期望能使自己追寻的思考更加完善。在结束人生的独语之时，

410

在如释重负中，自己已快近耳顺之年，不禁喟然太息！

自己的对人生思考，其实也是人生对自己的追问；自己对心灵的回溯，其实也是心灵对自我的回溯。当然，我也揣测，这或许也是我对同类的思考、同道的追问。所以，我想把这关于人的存在、人的生存和人的生活的独语，与愿意交流者交流，以期得到方家的指正和帮助，交流的快乐毕竟大于独语的快乐。

同时，也借此向给予我学术滋养的前辈致以崇高的敬意并表达衷心的感谢！因为在我的思考中，融入了不少先哲的思想，吸纳了众多专家学者的智慧，正是有了他们的指引，才有了我内心的冲动，也才有了如此的"独语"，虽然因体例和篇幅，未能一一注明，但感激之情已经融入我的内心、溢于我的文字。

最后，我还要向重庆大学出版社致敬，在人们对当下的浮躁充满担忧的时候，饶帮华社长、陈晓阳总编及本书的编辑、装帧设计者和校对等相关同志，却对本书的出版给予了大力的帮助支持，付出了大量的心血，彰显了出版人的沉静与执着，这也更加坚定了我对存在、生存和生活的沉静、思考与执着。

心灵的回溯终于停歇，但生活还在继续，思考仍未终结。

二〇二一年十月

图书在版编目（CIP）数据

人生独语：关于存在、生存和生活的心灵手记 / 王增恂著 .
-- 重庆：重庆大学出版社，2022.1
ISBN 978-7-5689-2925-7

Ⅰ . ①人… Ⅱ . ①王… Ⅲ . ①随笔—作品集—中国—
当代 Ⅳ . ① I267.1

中国版本图书馆 CIP 数据核字 (2021) 第 170342 号

人生独语：关于存在、生存和生活的心灵手记

RENSHENG DUYU: GUANYU CUNZAI、SHENGCUN HE SHENGHUO DE XINLING SHOUJI

王增恂　著

策划编辑：姚　颖
责任编辑：刘秀娟
责任校对：关德强
责任印制：张　策
书籍设计：周伟伟
内文制作：常　亭

重庆大学出版社出版发行
出版人：饶帮华
社址：（401331）重庆市沙坪坝区大学城西路 21 号
网址：http://www.cqup.com.cn
印刷：重庆俊蒲印务有限公司

开本：880mm×1240mm　1/32　印张：13.375　字数：268 千
2022 年 1 月第 1 版　　2022 年 1 月第 1 次印刷
ISBN 978-7-5689-2925-7　定价：68.00 元